徳間文庫

マトリョーシカ・ブラッド

呉　勝浩

徳間書店

目次

一章

1

　朝もやが煙り、視界ははっきりしなかった。夕べから降り続いた長雨が土くれの登山道を柔らかくしていた。ぬかるみに足を取られるたび顔をしかめつつ、彦坂誠一は前を行く制服警官の背を追った。

「大雨でもなけりゃ、この時期に遭難なんてまずありません」

　柴田と名乗った津久井署の若手がはつらつとした口調でそう言って、慣れた歩調で進んでゆく。

　陣馬山は標高八百五十五メートルほど、富士山が拝める大パノラマまで四キロ少々。登山靴やピッケルを必要とする山容ではなく、気軽なハイキングスポットとして有名だ。そんな場所で、神奈川県警本部に勤める部長刑事がすっ転ぶわけにはいかない。

背広に運動靴という身なりも言い訳にならないだろう。

気張った矢先、よろけて手をつきそうになってしまった。

足を止めた柴田に、

「やはりガセかな」

ごまかし半分に問いかける。

「念には念をという姿勢は大切だと思いますが」

「だが実際、物騒なものを担いで登る道でもないだろ」

「和田峠へつながる車道が近いですよ」

県境に位置する都道521号線だ。山の北側は東京都八王子市に住所が変わる。

「夜中は人目もありません。ただ――」二本のスコップを手にした柴田が、遠慮気味に言った。「こういうイタズラは少なくないので」

六月二十日月曜日、通信指令センターに匿名（とくめい）の通報があったのは、雨があがりかけた午前七時だった。

――はい、一一〇番緊急電話です。どうされました？

〈五年前、陣馬山に遺体を埋めた〉

――もう一度お願いします。

〈山に遺体を埋めた。新ハイキングコースの中腹にＭの字を刻んだ木がある。そこから西へ、奥に進め。大きな岩の辺り、同じ印を刻んだ木の根本を掘れ〉

――すみません、あなたのお名前を。

〈埋まっているのは香取富士夫だ〉

そこで通話が切られた。発信はＪＲ川崎駅構内の公衆電話から。高くひずんだ声はボイスチェンジャーを使ったものと思われる。

五年前、陣馬山に遺体を埋めた――。こうした通報のほとんどは、愉快犯によるイタズラだ。建前上、真偽の確認は行うが、よほど具体的な根拠でもない限り本腰は入らない。たいてい最寄り交番の人間が指定の場所をぐるりと回り、怪しい建物があれば見分し、地面を踏んでみたりして、何もなければ異常なしの報告をあげて終わる。少なくとも未確認の時点で強行犯係の班長が駆けつける話ではなかった。

ところがその通報を知るや、当直を務めていた彦坂の眠気は飛んだ。

埋まっているのは香取富士夫。

まさか、という思いがあった。ついに、という気持ちもあった。いても立ってもいられずデカ部屋を飛び出し、本部庁舎がある横浜市から相模原市へ覆面パトカーを走らせた。途中、津久井署に電話をし、登山道の入り口で確認役の柴田巡査と合流したのが午前九時。

それから三十分、初夏のハイキングが続いていた。

「無駄足になりそうだな」

「自分はそうでもありません。彦坂巡査部長とご一緒できたのはラッキーです」

「ヒコ岩だろ?」

柴田がバツの悪そうな表情になった。

「張込みの達人だと伺っています」

「ほかに能がなかっただけだ」

「そんなこと――」

「おれの機嫌をとっても出世はしないぞ」

柴田は黙った。彦坂も口を閉じ、黙々と歩いた。気の利かない堅物野郎――ヒコ岩のあだ名に込められた皮肉だ。

こぼれかけた自嘲をのみ込んだ拍子に、緊張が途切れた。頭上から響く小鳥のさえずりに耳を奪われ、白く霞んだ空へ真っ直ぐにのびる杉の群れに目が向く。

いつか妻の塔子と歩いてみるのもいいかもしれない。できるなら、息子の健一も連れて――。

「あっ」

前を行く柴田が立ち止まった。

彼の視線は、登山道の脇に生えた一本の木に注がれていた。幹に、ナイフで刻まれたと思しき傷がある。

「M、ですね」

M字の傷をなぞりながら、目で指示を仰いでくる。彦坂の体温がわずかに上がる。

「地図とコンパスくらいは持ってるな？」

彦坂の問いかけに頷きが返ってくる。

「応援を呼びますか？」

「――いや、行こう」

登山道から森の斜面へ踏み出す。通報者の言い分に従って、西へ。

途端に足場が悪くなり、手近な木で身体を支えながら二人は進んだ。運動靴の底に湿り気が忍び込む。緑の香りが濃くなった。登山道などしょせんは人工物にすぎず、この捉えどころのない勾配こそが山なのだと感じた。

道を外れて二十分ほど、左右を注意しながら進んでいたから大した距離ではない。視界の先に大きな岩が現れた。そばに立つ杉の木に、傷が刻まれている。

「Mですね……」

刻まれた傷を前に、柴田が不安げにもらす。

「君、死体を見たことは？」

「交通事故と行き倒れくらいですが」

「よし。覚悟だけはしておけよ」

柴田の手からスコップを受け取る。

湿った地面に刃は容易く突き刺さった。しばらく二人で、土掘りに専念した。しとしとと、霧のような小雨が降りだした。汗と雨粒が相まって、すぐにシャツがずぶ濡れになる。薄くなり始めている頭髪から水滴が、スコップを握る手の甲に落ちた時、彦坂は手応えを感じた。一メートルほど掘り進めたところだった。

「くそ」

思わず悪態をつき、拳で額を打つ。雨降りの山中で、汗と泥にまみれた作業の報酬――土の中から現れた白い骨。

「彦坂さん」

柴田が強張った声で呼んだ。「これは……」

白骨の傍らに立つ柴田の足元へ目を向けた彦坂は、さらに眉をひそめねばならなかった。

つるりとした質感、丸みのある形状、カラフルな色あい。泥の隙間からのぞく愛らしい顔。

「人形？」

いや――。

マトリョーシカだ。

2

「香取でまず、間違いない」

彦坂がそう告げると、電話口の向こうで息をのむ気配がした。

井岡義次の、探るような声が訊いてくる。〈白骨なんだろ？〉

「ああ。所持品どころか服も着てない」

〈なら――〉

「遺体のそばにマトリョーシカがあった」

〈マトリョーシカ？〉

「憶えてないか、あの部屋を」

〈まさか……〉

「どのみち、歯型とDNA鑑定が答えを出してくれるはずだ」

ためらいのような間があいた。

〈コロシなのか?〉

「給料全額賭けてもいい」

〈——おれ、どうなるんだ?〉

弱々しい問いかけに「わからん」と返す自分の声も頼りなく、なるようにしかならないと思う反面、胃の底にじわりと痛みが生じた。

「また連絡する」

携帯電話をしまった彦坂は津久井署の二階、狭い廊下に立ってしばし呆然とした。すっかり疎遠になっていた友人の声を懐かしむ気分にはなれなかった。耳に残る脅えを振り払うべく息を吐き、刑事課の空き部屋へ足を向ける。

扉を開け、床に敷かれたビニールシートを見下ろす。白骨は科捜研へ送られ、シートに置かれた証拠品はただ一点、カラフルなマトリョーシカのみだ。

「班長」

強行犯係の部下、本郷(ほんごう)の大きな身体が寄ってくる。

「もうすぐ署長さんが状況を聞きにいらっしゃるそうです」

神経質そうな早口に頷きを返し、彦坂はしゃがみ込んだ。頭部と胴体に分かれたマトリョーシカをそれぞれ掴(つか)む。

木製の人形は、滑らかな楕円のフォルムをしていた。多少の傷みはあるが腐敗は免れている。コーティングのおかげだろう。胴体に描かれているのは民族衣装のようだった。色とりどりの線と模様が躍っている。

頭部を包む花柄の赤い頭巾。栗色の髪、小さな唇。長いまつげの瞳はぱっちり開いている。かわいらしいようでいて、突き放した無表情にも見える。黒い左目の下に描かれた一粒の涙が、妙な不気味さを醸している。

美術など専門外だが、価値のある人形ではないか。べっとりと染み込んだ、血液の付着さえなければ。

「遺体の血でしょう」

覆いかぶさるように立つ本郷の指摘を曖昧にやり過ごしながら、彦坂は記憶をたどった。五年前、あの部屋にこの人形はあっただろうか——。

「気になりませんか？」

試すような声が追想を断ち切った。本郷の疑問はすぐにわかった。マトリョーシカの高さは二五センチほど。しかし中に、入れ子の人形がない。空っぽなのだ。

「空っぽじゃあないですよ」

本郷が、先輩刑事の早合点をからかうように保管袋をぶら下げてくる。「人形の腹にはこいつが納まってました」

手にしたマトリョーシカをシートに置いた彦坂は、奪った袋の上からそれに触れた。

しっかり蓋が閉められた、ラベルも何もない小瓶。瓶の中で、透明な液体がとろっと揺れる。

「シロップみたいだな」

「飲んでみてください。そしたら毒かどうかわかります」

なめた態度に腹を立てる余裕もなく彦坂は立ち上がり、そっと額の汗をぬぐう。

「ともかくこいつらも、科捜研のまな板行きです」

本郷の手を離れ、マトリョーシカが保管袋に落ちた。

横浜市中区にある県警本部庁舎へ彦坂たちが戻ると、係長の春日が「コロシで決まりだ」と吐き捨てた。

「頭蓋骨に複数個所、殴打の痕。鈍器で殴られたんだろうってよ」

春日の顔に張りついた渋面は雨の日も風の日も、娘の結婚式でさえ消えなかったと噂され、彼の微笑みは本部長賞より価値があると囁かれている。

「川崎駅での通報者捜しは空振りだ。ラッシュには早いが、通勤通学の客がほとんどだからな。駅員でもない限りみんなどっかに消えちまう」

「防犯カメラはどうです？」

「川崎署を借りて確認中だ」

彦坂班の二名が向かったという。

川崎駅は横浜に次ぐ県内二位の大型ステーションだ。利用者の数や構内の広さだけでなく、三方面六線、いずれの車両に乗り込んだかを調べるだけでも骨が折れそうだった。

「津久井署にMの傷をつけた人物の聞き込みをお願いしてあります。行って帰っての登山客が相手じゃお手上げだと愚痴られましたが」

「ふん。泣き言はてめえのオツムを絞ってから吐けってんだ」

ほかには？　と鋭い視線を投げられ、「そんなとこです」彦坂が逃げを打った時、本郷が口を挟んだ。

「向こうの署長さん、関わりたくないって感じでしたよ。帳場は相模原か本部にしてくれって」

余計なことを――。本郷が浮かべる薄笑いが、いつも以上に気障りだった。

春日が苛立たしげに返す。「頼まれなくても、どうせそうなる」

香取富士夫は五年前、横浜市内の職場を出たのちに失踪したとされている。殺害時期もその付近が有力だろう。ならば今さら、窮屈な所轄に帳場を立てるメリットは小さい。

「早けりゃ夕方にも血液型判定の仮結果が出る。白骨の身元は香取、死因はコロシ。

そのつもりで準備だ。本郷、津久井署はお前に任せる」

「津久井署なんか勝手にやらせとけば――」

「いいから行け、バカヤロウっ」

不満げな本郷を追っ払った春日が、ぽつんと残る彦坂を見据えた。

「ヒコさん。あんたは香取の資料集めだ」

「了解です」

「香取の奴、当時の住まいは東京だったな」

「八王子です」

「陣馬山の近くか」眉間の皺が深くなる。「嫌な感じだ」

腕を組みながら、「あの液体……」と春日がもらす。それだけで充分、彼が自分と同じ想像をしているのがわかった。

「……あんたが飛び出していく必要はなかった。いらんことしやがって」

「すみません」

「そう思うならさっさと仕事にかかってくれ」

一礼し、彦坂はデスクから離れた。

3

午後六時過ぎ、マトリョーシカに付着した血液が香取と同じA型と判明した。歯型の照会には一週間、DNA鑑定もまだ時間がかかるが、事実上、香取がなんらかの事件に巻き込まれ殺害されたとする条件が整ったのである。

それを受け、即席の会議が県警本部内でひそやかに開かれた。

小会議室に集まった彦坂班四名と鎌安（かまやす）班二名はきっぱり分かれて固まり、隅の席に鑑識課の一名がちょこんと座っていた。前方の長机に捜査一課長と管理官のしかめっ面が並び、物々しい雰囲気に拍車をかけている。

管理官の横に陣取った春日が「これより陣馬山の白骨遺体について情報共有を始める」と号令をかけた。戒名もなければ会議でもない、情報共有。いかにも奇妙な響きに、居並ぶ刑事たちが小首を傾げる。

「鑑識さん、お願いします」

顔馴染みの中年男性が立ち上がり、説明を始めた。

「まず科捜研の報告ですが――」

白骨が香取のものであることも、鈍器による撲殺（ぼくさつ）とみられていることも、彦坂たちには当然の前提となっており、細かな科学的根拠は刑事の耳に念仏のきらいがあった。

「現在のところ、確認されている遺留物は遺体とともに埋められていたマトリョーシカのみです。犯人につながるものを得るにはいたっておりません」

木に刻まれたMの傷について――。

「傷は比較的新しいものです。幅をとっても一週間以内でしょう。使われたのは刃渡り五センチから十センチ程度の、おそらく登山ナイフのたぐいと思われます」

足跡痕(げそこん)は――。

「目立ったものはありません。前日に雨が降っていたことを考えると、その前に刻んだ可能性が高い」

川崎駅の公衆電話――。

「使用された機器に指紋や唾液はなしです」

「ちょいと補足を」

ゆるく手を挙げ割り込んだのは彦坂班のナンバー2、四十男の輪島(わじま)だった。

「該当の時刻に電話機を使用していた人物の写真です」

防犯カメラの映像をプリントアウトした紙が配られた。上から見下ろす角度で写された人物は、季節に似つかわしくない薄手のロングコートを着込んでいた。黒のニット帽を目深にかぶり、白いマスク、受話器を持つ手には革手袋だ。

「映像を見ていただければわかりますが、真っ直ぐやって来て迷いなくダイアル。通話中は口もとを隠し、終話後はご丁寧にハンカチでぬぐってやがります」

もちろんテレホンカードも持ち去った。

「足取りについては後で聞く。——続けて」

春日にふられ、鑑識の男が再び口を開いた。

「一一〇番の音声はボイスチェンジャーが使用されており、ナイフ同様、こちらも特徴のない市販品と思われます」

「小瓶の液体は？」

「科捜研から、もう少し時間がかかると。今のところは以上です」

「この先、物証が出てくる見込みは？　率直に」

「感触を申せば、難しいかと」

「わかった。明日の昼までに内容をまとめておくように」

腰を下ろそうとする鑑識の男へ、「すぐにかかってくれ」と春日が重ねた。きょとんとした顔を浮かべつつ、彼が部屋を出てゆく。こんな途中退席も異例といえば異例だった。

「輪島、匿名の通報者について報告」

輪島が、短く太い身体をのそりと起こす。

「えー、問題の人物――仮にXと呼びますが、映像から推測する限り性別は男性、身長一七〇センチから一七八センチ、体重は七五キロ、誤差は前後五キロずつくらい。年齢は不詳です。Xは通話を終え、JRの改札を越えています。行き先は不明。現在も彦坂班の者が、川崎署でカメラの映像を洗っているところです」

「近隣の駅には？」

「写真は回してますが、まだ特には。で、もういっぺん写真をみてもらいたいんですけども、背中のふくらみがわかりますか？　たぶんこれ、リュックじゃないかと」

「コートの下にか？」

「中身がなけりゃぺったんこってやつもありますから。たとえば便所かどっかで、着替えたのかもしれません」

空のリュックにコートとニット帽をしまえば、ありふれた体格以外にとっかかりは消える。

「逆に言うと、着替えの瞬間が写っていれば一発ということですね？」

硬い声がすぱっと切り込んできた。細面（ほそおもて）の若い班長、鎌安だ。

「手洗いに入った人間と出てきた人間を突き合わせれば変装後の格好はすぐにわかるはずです」

「ぜんぶの便所を？」輪島が肩をすくめる。「そもそも着替えが川崎とも限らないし」

「だったら聞き込みをすればいい」

「何人で、って話だよ。カマちゃんさ、あんた川崎から行ける駅の数を知ってんの？」

「言い訳ですか」

輪島が、ひきつった笑みを鎌安へ向ける。

「くだらない口喧嘩は飲み屋でやれっ」

春日の一喝が飛んだ。へらへらしながら輪島が腰を下ろす。輪島の相棒で坊主頭の円谷（つぶらや）が、澄まし顔の鎌安を睨んでいる。

「次、本郷」

「木にMの印を刻んだ人物ですが、日にちも服装もわからない上、期待される目撃者のほとんどが観光客である以上、公開捜査もなしに突き止めるのは難しいと津久井署は言ってます」

いかにも無責任な口ぶりに、任された仕事への不満が表れていた。たしかにメディアを使い、「ナイフで木に目印をつけていた人物を見なかったか」と呼びかけでもしなければ雲を摑むような話だろう。これには鎌安も素知らぬふりを決め込んでいた。

「次、マトリョーシカについて」

本郷と入れ替わりに、鎌安が背筋をのばす。

「市内の雑貨店及びアンティークショップに問い合わせたところ、現場にあった涙目のマトリョーシカと同型の人形を扱っている店はなく、量産品でない作家の一点ものだろうという回答を得ています。マニア筋に声をかければ販路の特定は可能かもしれません」

「じゃあさっさと特定してよ」すかさず輪島が茶々を入れた。

「ウチの班は午後から、急遽の参加ですよ？」

「言い訳じゃん」

「輪島」春日が怒鳴る前に彦坂がたしなめた。

発言が途切れ、春日の視線がこちらを向く。

「ガイシャについて、彦坂」

自分の腰の重さに、彦坂はいったん大きく息をついた。

「お配りした資料をご覧ください。ガイシャと思われる香取富士夫は五年前に失踪しています。当時の年齢は五十五歳。住まいは東京都八王子市のマンション、妻と息子二人の四人家族。職業は医者。勤め先は横浜市保土ヶ谷区にある東雲(しののめ)総合病院です」

県警本部から車で三十分とかからない距離にある大病院は、特に化学療法内科の技術と先進性で全国随一といわれ、県外の利用者も多い。

「香取は内科部長まで昇りつめた男ですが、失踪の二年前につまずいています」

世にいう「ムラナカ事件」だ。

「少し長くなりますが、香取富士夫の失踪にいたる経緯を説明します」

発端は七年前にさかのぼる。

二〇〇九年七月、東雲総合病院で治療中だった癌患者五名の容態が立て続けに急変した。複数の臓器が機能障害を起こす急性多臓器不全に陥り、急性期の嘔吐、敗血症、呼吸困難などによって中年男性と、小児癌を患っていた十歳の女の子が亡くなった。

遺族に対し病院側は不可抗力の事故と説明したが、およそ一ヵ月後、それを覆す告発記事が全国紙の一面を飾る。この集団被害の以前から、東雲病院で複数の患者が同様の事態に見舞われ、うち二名が死亡していたというスクープだ。

発症者には、共通の薬剤が投与されていた。日本のムラナカ製薬が開発した抗癌剤、商品名「サファリ」。東雲病院が業界に先駆けて導入していた新薬だった。

新薬の副作用――素人でも考えつきそうな疑惑を病院側は巧妙に隠し、サファリの危険性を報告していなかった。

十名を超える被害者、四名の死者、加えて最後に亡くなった女の子の死が同情を呼び、マスコミはいっせいに病院の粗探し（あらさがし）を始めた。成り立ち、評判、財界人とのつながり、現場の声などが連日にわたって報じられ、中には『殺人病院の実態を暴く！』とぶち上げる週刊誌もあった。

ほどなく、ムラナカ製薬営業部長と東雲病院内科部長の癒着が報じられる。高級クラブの飲み歩き、ゴルフセット、腕時計、観劇チケットの贈呈……。

「マスコミにこぞって糾弾された男――」彦坂は感情を殺し、事務的に告げる。「サファリの導入を決め、有効性を内外にアピールしていた内科部長が、香取富士夫です」

批難は役所にも飛び火した。薬剤の許認可を出す厚生労働省――現在の医薬・生活衛生局にあたる当時の健康局総務課長に対しても接待攻勢があったというのだ。

薬剤にまつわる黒い霧を誰もが想像する中、香取の部下が自殺する。

「城戸広利、享年四十二。現場でサファリの投与を直接指示した内科医です」

首を吊った書斎のデスクに直筆の遺書が残されていたが、文面には通り一遍の謝罪と家族へのメッセージしかなく、ムラナカ事件についての詳しい記述はなかった。

彼の死により、いつの時点で誰がどこまでサファリの危険性を承知していたのかという要点が不透明になった。業務上過失致死を巡る刑事事件としては城戸医師に責任を押しつける形で決着がつき、香取たちは起訴不相当とされた。

それを受け、被害者団体が結成される。病院と製薬会社、そして厚生労働省を相手取った民事訴訟の結果が出たのは二年後、東日本大震災の爪痕も生々しい二〇一一年の秋だった。

「結局、原告側は事故とサファリの因果関係を立証できませんでした。薬剤の安全性は現場の臨床を経て明らかになるという、医学的な事情もあったようです」

東雲病院とムラナカ製薬が提示した和解案に基づき、見舞金という名目の慰謝料が支払われたが、納得のいく結末だったかは疑わしい。厚労省の課長にしても贈収賄は立件されず、監督不行き届きの降格処分で終わった。

「和解の三ヵ月後、十二月の初めに民放キー局がゴールデンタイムの報道特集でムラナカ事件を扱いました。反響は大きく、再び東雲病院やムラナカへのバッシングが起こります」

そして年の瀬が迫った十二月二十日――。

「香取が失踪します」

家族が八王子署に相談したのは二十二日。香取が家を空けること自体は珍しくなかったが、携帯電話もつながらず、メールの返信すらないのは異常だった。年末から年始にかけ、海外へ家族旅行に出かける間際というタイミングも不自然だった。

ムラナカ事件で部長職は解任されたものの籍は東雲病院に残っており、香取は二十日もいつも通りに出勤していた。年内最後の出勤日だった。

「午後六時半、愛車のベントレーで病院を去る姿が守衛の記憶と、防犯カメラに残っています」

以後、彼の足取りはぷつりと途切れる。

家族の相談があってすぐ、新横浜駅近くの路上でベントレーが見つかった。運転席に本人の携帯電話が置き捨てられており、家族は八王子署に捜索願を出した。

世間のバッシングから逃げるための失踪――。新幹線が走る新横浜駅という場所から導かれる想像は、予定していた海外旅行にもその思惑があったと家族が認めて補強された。自殺の可能性も考慮し、全国規模の捜索網が敷かれる一方で、しょせんはありふれた訳あり男の雲隠れにすぎないという見方もあって、せいぜい関係機関に顔写真を手配するくらいに留まったのは、容疑者でもない男に対する警察の、いわば通常対応であった。

「失踪直前、香取は個人的につくっていた口座から五百万の金をおろしています。現金を手渡した銀行員によると相手は本人に間違いなく、金の用途は曖昧に濁していたそうです。家族にも内緒のへそくりだったようで、夫人もその金についてはまったく憶えがないと言い切っています」

こうした動きも、失踪説を支持する根拠となった。

「問題は、そんな男が今頃白骨で出てきたってことだな」

春日が口を挟んだ。たんに失踪者が殺人被害者だっただけで済まない、粘っこい苛立ちが滲(にじ)んでいた。

「現在にいたるまで香取の消息は不明、有力な情報もなしです。もしも香取が五年前の時点で殺害されていたのなら、ムラナカ事件の関係者を洗う必要があると思われます」

輪島がぼそりともらす。「小瓶の液体が、サファリって可能性もありますね」

皆が押し黙る。まさに彦坂と春日が想像した通りの予感を、暗に支持する雰囲気が漂った。

「最後に――」一つ間を置き、彦坂は続けた。

「涙目のマトリョーシカは、香取が知人のために用意した手土産だった可能性があることを付け加えておきます」

「そんな話は初耳だ」

鎌安が鋭い怒声を放った。

「わざと無駄足を踏ませたんですか?」

「未確認の情報なんだ」

言って後悔した。五年前に消えた男の白骨を前に未確認だからといって出し惜しむ情報などないし、少なくともマトリョーシカのブツ取りを任された鎌安班に伝えるのは当然だ。それを怠ったのは意地悪でも怠惰でもない、ひとえに迷いのせいだった。

すまない――喉もとまで出かかった台詞をのみ込んだのは、同僚であっても弱みを見せたくないという、誰の役にも立たない刑事の習性だった。

「にしても詳しいなあ」

鎌安の隣に座る白髪頭の先輩刑事、庄治（しょうじ）がにやけた声で言う。「わずか半日でここまで情報を集めたんだから大したもんだ。で？　その優秀なヒコ岩さんが匿名の通報に飛びついて、陣馬山くんだりまで足を運んだのは第六感かい？」

「身内でごちゃごちゃやってる場合じゃねえぞっ」

怒鳴りながら春日が立つ。「明日の朝イチで会議だ。彦坂班はXの追跡。所轄の応援を十名呼んでる。必ず匿名の通報者を見つけ出せ。本郷、お前は引き続き津久井署に張りつけ。鎌安班、五年前の失踪を洗え。ムラナカ事件についてもすべてだ。ただし、余計な波風は立てるな」

「八王子に問い合わせるなってことですか？」

春日が無言で鎌安を睨みつける。鎌安は顔色一つ変えず、かすかに彦坂を向く。

「マトリョーシカはどうするんです？　よければ適任者にお譲りしますが」

春日は相手にしなかった。

「DNA鑑定は最速で依頼してある。それまでに結果を出せ」

微妙な空気が流れた。上層部はマスコミに匿名の通報の通りに白骨が見つかった経緯を公表しながら、濃厚な他殺の疑いやマトリョーシカの存在、そして香取富士夫の名前を伏せている。未確認の建前はわかるが、強行犯係の主力二班を投入し、応援をかき集める大掛かりな態勢と裏腹に、特捜本部を立てるでもない中途半端さは、命じられれば動くほかない末端兵士といえども勘繰って然るべきだった。

「ここだけの話だと思って聞いてくれ」

空咳（からせき）をついた春日の口調に重たさが加わった。

「失踪の四日前、『香取が襲われるかもしれない』という相談がウチに持ち込まれている」

事情を知らない捜査員たちが眉を寄せる。八王子署や警視庁でなく、神奈川県警に？と。

「相談者は横浜市青葉区に住んでいた女性で、ありていに言えば、香取の愛人だったそうだ。マトリョーシカは彼女への手土産だった見込みが高い」

それ以上説明しない春日に、声をあげる者はいなかった。それぞれがそれぞれの立場や経験に基づいて、上司の言葉を吟味する沈黙だった。

眦（まなじり）をつり上げた春日の視線が一同を刺す。

「このヤマ、絶対にホシをあげなくちゃならん」

4

散会後、こつん、と小気味よい革靴の音が迫ってきた。

「情報共有、お願いできますね」

こいつは取調べの時、こんな冷たい目つきで容疑者を品定めするのか――。鎌安を見上げ、彦坂は小さくかぶりを振った。「向こうに訊いてくれ」

「鎌安」春日が手招きをし、こつん、が向かう。その後ろに白髪の庄治が続く。

「カマ男が」

耳もとで、輪島の暗い呟きが聞こえた。「エースなんて呼ばれていい気になってやがる」

二番手班の二番手に甘んじる男の聞き飽きた毒に、今夜ばかりは胸がざわつく。

「ヒコさん、もっとがんがんいきましょうや。若造にでかい面させておいちゃあ教育上よろしくないですよ」

「今回はお前が仕切ったらいい。おれは遊軍扱いになるだろうからな」

なぜ？　と細められた目を、彦坂は無視した。

諦めたような吐息。それから輪島は、豆タンクと称される身体を起こした。

「本郷っ。お前、今夜は津久井署に泊まりな。陣馬山付近の地理を頭に叩き込んでおけよ」

じめっとした視線を残し、本郷が部屋を出てゆく。

「おれは防犯カメラを肴に川崎で徹夜です」

ぼやきの裏に、詳しい話は後で――というメッセージが込められていた。

相棒の円谷を従え出口へ向かう輪島を見届け、彦坂は席を立った。鎌安の、しゃんとのびた背中に近づく。課長と管理官が苦虫を嚙みつぶした表情で見守る中、エースは春日とやり合っていた。

「正確な情報なしに正確な捜査はできません。当然でしょう」

「デリケートな状況だってのがわからねえのか」

「そっちの都合でババを摑まされたんじゃ、下の人間に示しがつきませんよ」

「そっちだと？　てめえ、その口のきき方はなんだ！」

「八王子にも問い合わせるなと言われて納得する腑抜けはウチの班にいませんから」

「係長」彦坂が割って入った。「わたしから説明させてください」

今さらごまかせる話ではない。こうなった以上、知らないほうがまずい。

それは春日も心得ていた。鎌安の態度に歯嚙みしながら、目で上司にお伺いを立てる。

「まあ、捜査員同士の意見交換ということで」ハゲダヌキの異名をもつ管理官が独り言のようにもらし、課長とともに立ち上がる。この先は我々の知るところではない——そんな置き土産を残し、そそくさと席を離れる。その刹那、課長と春日の間にささやかな目配せがあった。——後で。

今夜、男たちはそれぞれの都合を抱いて、陰った場所で密談を交わすのだろう。

鎌安に庄治、そして席に座ってむすっとした春日を順に見やってから、彦坂は切り出した。

「まず、香取が消えた原因の一つと考えられたテレビ放送についてだが、実はこの番組に香取自身も出演している」

出勤時を狙った突撃取材だ。追いすがるカメラとレポーターを邪険に手で振り払うところまでは同情の余地もあった。執拗な付きまといにたまりかね、叫んでしまうまでは。

——ツイてなかったんだっ。

「被害者のことなのか自分のことなのかはわからないが、印象は最悪だった。再燃したバッシングに、しばらくは職場も自宅も大変だったらしい」

「自業自得っちゃあ自業自得かね」

庄治の乾いた合いの手を聞き流し、彦坂は続けた。

「十二月十二日、横浜市青葉区に住んでいた林美帆（はやしみほ）という在日中国人の女性が青葉署にやって来た。彼女は職員に、自分の友人が嫌がらせを受けて困っているから警護してもらえないかと訴えている」

「ああ。説明も要領を得ず、青葉署は話を聞くだけで終わりにしたんだ」

「香取の名前は出さずに？」と鎌安。

庄治が眉をひそめた。県警本部は相談窓口の体（てい）をなしてない。たいていは最寄りの所轄署へ誘導されるし、中に入ることすら自由ではない。

四日後の十六日、林は県警本部を訪れる。

「所轄署では埒（らち）があかないとゴネてな」

ここで彼女は香取の名前を口にした。立ち番の警官が気を回し、生活安全課へ案内した。

林美帆いわく――香取の様子がおかしい。異常に脅えている。身の危険が迫っているのかもしれない。周辺の警備を強化してほしい……。

「しかし具体的な被害申告はなかった。本人を寄越すように告げても『きっと応じないし、連絡されると自分が叱られる』と固辞され、結局、対応した職員は彼女の訴えを取り上げなかった」

しんん、と場が静まった。彦坂の額に汗が滲む。

「たしかに、あやふやな訴えですね」

鎌安が口を開いた。

「失踪の当日、彼女は香取と会う予定だったんですか?」

「そういう話は聞いてない」

「するとマトリョーシカが手土産だったとする根拠はなんです?」

「彼女は、人形コレクターなんだ」

情報を吟味するように、鎌安が腕を組んだ。

「信憑性はともかく、たんなる失踪ではないと疑う根拠はあったわけですね? にもかかわらず、八王子署は失踪で終わらせたんですか」

「八王子は知らないんだ」

鎌安が、ん? という顔をした。

「林美帆の相談は、なかったことになっている」

再び、沈黙が場を覆った。

「林はそれで納得を?」

「したんだよ」

させたんだ――というニュアンスを隠しもせず、春日が吐き捨てる。

「林には弟がいる。チンピラみてえな男で、モグリのデリヘルをやってた」

「なるほど」鎌安の口調に嘲り（あざけ）の気配があった。「林からすると自分はしょせん愛人。警察のお粗末を騒ぐより、身内に対するお目こぼしを選んだわけだ」

「おい、口を慎め」

「コロシとなったら内々の問題では済みませんよ」

部下を見上げる目つきが鋭さを増す。相談があった直後に香取が殺されたとなれば怠慢の誹り（そし）は免れない。

「関係者のリストはあるんですか？」

鎌安に向かって、彦坂が答える。「おれが個人的につくって八王子に流したやつが」

「林の情報は？」

差し出したペーパーが無遠慮に引ったくられた。

「通名はハヤシミホ。在日二世。当時三十三歳。横浜市中区のラウンジに勤務。役所に届けられた住所は都内の蒲田だが、実際は青葉区青葉台のマンションに暮らしていた。現住所、勤務先は確認できていない」

「外国人登録の住所は？」

「蒲田のままだ」

更新期限内であれば無断転居もたいてい見逃されてしまうから正確性の保証はない。

彦坂の説明を聞き終えた鎌安が、ペーパーに目を通しながら春日に問うた。

「ようするに、彼女を見つけろってことですか」

騒がないよう、あらためて納得させるために。

「DNA鑑定の結果が出るのは明後日だ」

白骨の身元を発表する前に幕を引きたい——それが春日の本音なのだ。

「現状、ホシの最有力は川崎駅の通報者Xですが、共犯の可能性もあります。当然、林も容疑者に含めなくてはなりません。その点は大丈夫なんでしょうね？」

唇を結ぶ春日に、鎌安が鼻を鳴らす。

「ババだな」

言い捨て、踵(きびす)を返す。後に続く庄治が気の毒げな、そして少し愉快げな表情で彦坂を一瞥(いちべつ)し通りすぎていった。

「くそっ」

春日の拳(こぶし)がテーブルを叩いた。

「すみません」

「よせ。あの時、隠すと決めたのはおれだ」

歯ぎしりが聞こえそうな顔つきが、わざとらしく和(やわ)らいだ。

「なあに。殺害と失踪が無関係って可能性もまだあるんだ。大した話じゃねえさ」

頷きながら彦坂は、林美帆の訴えを退けた友人になんと声をかけようかと考えていた。

5

富士見公園はＪＲ川崎駅から東へ、ちょうど警察署と同じくらいの距離にある。国道１３２号線を挟んで南側に競輪場、北に行けば川崎競馬場、彦坂が目指す七番出入り口のすぐ横には地方裁判所や市役所が建つ、一風変わった町並みであった。

「待たせたか」

彦坂の声にびくりと反応し、丸顔の中年がベンチから立ち上がった。

「悪いな、わざわざ」足早に近寄ってくるなり、井岡は血走った目をむいた。「どうなってる？」

「歩こう」

時刻は午後十時を回っているが、どこに警察関係者やマスコミがいるかわからない。競馬場の方角へ進みつつ、彦坂はありのままの現状を伝えた。井岡はハンカチで、しきりと汗をぬぐっていた。

「ようするに、香取は殺されたんだな？」

「だとしても、まだ失踪との関わりは定かじゃない」

小さく叫び、井岡が足を止めた。本部勤めだった頃、顔を合わせるたびに愚痴をぶつけ合い、酒を酌み交わした友人は思いつめた表情でうつむき、やがて「すまん」ともらした。

「どのみち――」目をつむり、長く息を吐き出す。「どのみち自業自得だ」

「……お互いな」

「お前は関係ない。おれの優柔不断に巻き込まれただけだろ」

それこそ気休めだ。きっかけは井岡でも、この状況を生んだのは彦坂や春日だ。

「……林の訴えに具体性は何もなかった。よくあることだ。大した問題じゃない」

「本気で言ってるのか？」

言い返せなかった。常夜灯が、立ち尽くす二人の刑事の夜を照らしていた。

「――健一くんは元気なのか」

突然、井岡が友人の顔で尋ねてきた。

「まあ、変わらずだ」

彦坂も無理やり笑みをつくって応じた。

「塔子はおれなんかより肝っ玉が据わってる。あいつがいてくれたら心配はない」

「さみしくないか？」

「もう十年だ。頑張れば月に一度は会いに行けるし、たまにはメールのやり取りもあるしな」

「羨(うらや)ましいよ。おれなんか、ずっとそばにいるのに置物扱いだ。娘も息子も、父親なんぞＡＴＭくらいにしか思っちゃいない」

「財布の紐を握ってるのはカミさんなのにな」

「おれは暗証番号だって知らないよ」

からっとした自嘲には潔(いさぎよ)さがあり、目の前の現実を精いっぱい受け入れようとする意志があり、そんな井岡の性格を知っているからこそ彦坂は、部署違いの彼と親交を深めてきたのだ。

それでも——と、井岡の笑みがしぼんだ。

「それでも、おれにとっちゃあ大事な家族だ。ＡＴＭの役割すら果たせなくなるのはたまらんよ」

「まだ、会社に残る道もある」

「いや、これ以上はさすがにつらい」

五年前、本部から小さな町の所轄署へ異動させられた男の口調に影が差した。

「なあ、彦坂。初めてだよ。事件の真相を知るのが怖いなんて」

返事が見つからず、彦坂は地面へ視線をそらした。

川崎署へ歩く彦坂の頭には別れたばかりの井岡と五年前の一幕、そして健一の姿が浮かんでいた。

八歳の頃、アトピー型気管支喘息を抱えていた健一を、新たな病が襲った。COPD――慢性閉塞性肺疾患。呼吸困難や心不全の併発によって死にいたる恐れもあるこの病気の、根治的な療法は確立されておらず、薬物療法、予防接種、リハビリテーションなどで進行を食い止めながら一生付き合っていかねばならない。

通常、COPDの主たる病因は喫煙とされるが、子どもの健一に当てはまるはずがない。息子の発症は、遺伝子的要因によるものとみなされた。a1アンチトリプシン欠損症。国内で二十例ほどしかない稀な病に、なぜ自分たちの息子が。気まぐれな不運を前に呆然とするよりなかった。

わたし、煙草を吸っていた時期があるの――。塔子は泣きじゃくった。たった一年間、日に二、三本吸うか吸わないかの程度だ。第一、親の喫煙が発症につながる事例はない。

それでも塔子は納得しなかった。健一の病の原因を食生活や化粧の習慣にまで求め始めた。今にして思うと、自分を責めることで正気を保とうとしていたのだろう。役に立たない慰めを繰り返すくらいしか、彦坂にしてやれることはなかった。

そんな生活が二年ほど続いた十年前、塔子は健一とともに富山県で暮らす親戚の家へ移り住む決心をした。空気がきれいなのだ、水がきれいなのだ、健一のそばにいてやりたいのだ……。

子どもがいなかった親戚家族は、健一を我が子のようにかわいがってくれた。塔子との仲も良好で、彼女は瞬く間に立ち直り、吹っ切れたようなたくましさを得た。共同生活は正解だった。

一方、彦坂へ向けられる周囲の視線は冷ややかだった。家族を見捨てたのかと、陰に陽に批難された。そのたび、塔子は言った。胸を張りましょう。

働かねばならなかった。健一と塔子のために金を稼ぐ。こちらに残った自分にできる、絶対にしなくてはならない役割だった。彦坂は仕事に打ち込んだ。妥協せず手を抜かず、ひたすら足を棒にして犯罪者を捕まえる。胸を張る。

不運かもしれないが不幸ではない。夫婦にとって、それが絶対に譲れない矜持(きょうじ)だったのだ。

そんな折、彦坂は林美帆に出会った。

追っていた強盗傷害事件の情報提供を求めて生活安全課に立ち寄った時、井岡は相談対応中だった。しばらく待つうち、弱り顔で声をかけてきた。

——ちょっと困ってるんだ。

相談者の女性を遠目に見ながら話を聞いた。長い黒髪の林美帆は、上品なコートを羽織っていた。その横顔は、十人いれば十人が美人と口を揃えそうなほど整っていた。

——香取富士夫の愛人らしいんだが、はっきりしなくてな。

香取の名は知っていた。彼が関わったとされるムラナカ事件も、疑わしき背景も承知していた。そして彦坂は、憎んでいた。なんの罪もない患者を金儲けのために死へ追いやった連中に憤りを覚えていた。医療に頼らねば生きていけないのは健一も同様で、被害者となった十歳の女の子の死が、とても他人事とは思えなかった。

身の危険などと言っても、どうせ相手はマスコミのたぐいに決まってる。自殺した部下に責任をなすりつけ、美しい愛人を抱え、今度は警察を利用して面倒を遠ざけるつもりなのか？　唾を吐きかけたいほどむかっ腹が立った。

——どうするべきだと思う？

井岡を遮り、十メートルほど先の林美帆へ目をやった。彼女もこちらを見ていた。視線が交わった。不敵な瞳に見えた。こちらを見透かすような冷たさがあった。彦坂は彼女を見下しながら、井岡に告げた。

——適当にあしらっちまえ。卑怯者の味方をする義理はない。

川崎署の明かりが目前に迫っている。中では輪島たちが、彦坂の到着と説明を待っている。誰よりも早くホシを捕まえる高揚にとりつかれた男たちの不気味な欲望すら、今の自分に比べれば健全に思え、彦坂は背を丸めた。

玄関をくぐる間際、携帯が鳴った。

〈今どこです？〉輪島の声は上ずっていた。

「ちょうど着いたところだ」

彦坂がそう返した時、ドアの向こうで携帯を耳に当てた輪島と円谷の坊主頭が見えた。

「ヒコさん」この男にしては珍しい、切迫した顔つきだった。「かけてきやがった」

「かけてきた？」

「Xの野郎です」

一一〇番に。

「次の遺体があると」

「え？」

「それも、八王子だって」

上手く、思考が回らなかった。

二章

1

騒ぎだした着メロに動きを止める。昂(たかぶ)っていた熱がたんなる疲労へ転げ落ちる。倒れ込み、呼吸を整える間も、安っぽいダンスミュージックは鳴り続けた。

「うるさい。重たい。暑苦しい」

気だるげな文句に身体を起こし、彼女の薄い背中をぺしっと叩く。

「うるさい着メロに設定したのは君だろ」

うつ伏せに寝そべるレイナが顔を横にし、つむった目の端に緑色の髪がかかった。手のひらから伝わる体温はひんやりしている。いつだってそうだ。この子の興奮は身体に表れない。それはつまり、どこにも表れないに等しくて、声も反応も、いわば規律のようだと感じてしまう。

華奢な身体から離れ、サイドテーブルのスマートフォンを手にする。

「六條です」

〈寝てたかな〉

「いえ……何時です？」

〈十一時過ぎだよ。君のことだから起きてるとは思ったが〉

加古の口調は、いつもと変わらずゆったりしていた。

「飲みの誘いなら勘弁してほしいですけど」

〈うん、実はコロシでね〉

ちぇっ、と心の中で舌を打つ。加古が仕事以外の電話をかけてくるはずもないが、事務的な連絡や確認ならスーツに着替えなくて済んだのに。

〈出てこられるかな〉

「了解です」

現場の住所を聞き、六條陸は通話を終えた。

ベッドを降りてクローゼットへ。フローリングの床は冷たく、汗もすっかり乾いている。シャワーを浴びる手間は省けたが、強すぎるエアコンに不満を覚えた。

整然と並ぶスーツの中から一着選んだ時、布が頭に飛んできた。レイナが投げて寄越したトランクスだ。

「たぶん朝まで帰れない。もしかしたら明日の夜まで」

返事はなかった。この時刻のレイナは、びっくりするほど大人しい。たいていのことに興味を示さなくなり、目を離すと眠りに落ちていたりする。楽は楽だが、拗ねるふりくらいはしてほしい気もする。行かないでと請われたところで、行くしかないのだけど。

カチッという音がして、六條は振り返った。

「煙草はダメだってば」

六條の小言など聞こえなかったように、レイナはベッドに寝そべったまま煙を吐いた。いつからかサイドテーブルに定着した灰皿に灰を落としつつ、頬杖をつき、眠そうな目でこちらを見てくる。小ぶりだが形の良い乳房の下、うっすらアバラが浮かんでいる。好みの身体つきだとあらためて思う。あと少し、汗ばんだ湿り気があればもっといいのに。

「一本だけな。エアコンはタイマーをかけるか、温度を上げて」

「あい」と投げやりな返事。

「メールするよ」

「いってらっさい」

寝言のような見送りを背に、六條は寝室を後にした。

玄関を出て、アルコーブを抜け、廊下へ。床は吸音材、部屋と部屋の間隔も広いから真夜中でも気にせず出歩ける。室内壁の防音もちゃんとしていて、揉め事やクレームの経験はない。その代わりでもないけれど、同じ階の住人とはたまに顔を合わす程度の付き合いだ。

レイナが住み着いて半年になる。婚前同棲が注意の対象になると知った時は、なんて馬鹿げた慣習かと呆れた。もちろんそこには警察官という職業に求められるイメージだけでなく、守秘義務の側面がある。どこの誰とも知れない人間と寝起きして、捜査情報が漏れたり警察手帳を紛失したりとなれば大問題だと理解はできる。けれどやっぱり、前時代的すぎだ。だいたい結婚したからって、相手が本当は何者か、わかる保証もないじゃないか。

自分が不在の時、レイナがどうしているのか、そもそも彼女がどこの誰なのか、実はよく知らない。自分と一緒にいる理由が４ＬＤＫの快適さゆえなのか、飯と小遣いにありつける便利さゆえなのか、詮索したってしようがない。髪の毛を緑に染める感性だって、もちろん不明だ。きれいだとは思うけど。

ようするに彼女はここにいて、自分はそれを苦にしていない。それでいい。

エレベーターは真っ直ぐに地上を目指す。いつでも現場に飛び出していけるように高層階を避けるつもりで選んだのは、七階という中途半端さだ。

駐車場へ向かう気になれず、六條はタクシーを拾った。

八王子市めじろ台のマンションから、都道506号線を経由して北東へ。道沿いに建つ第九方面合同庁舎を通りすぎ右手に折れると、やがて八王子署が見えてくる。そこを過ぎてすぐ、左折して浅川を渡ったところ、料金メーターが二千円を超えたあたりでタクシーを停めた。小宮公園の入り口には警察車両とマスコミ、野次馬の姿がちらほら。職場から近いこの場所はちょっとした緑地公園くらいの広さがあって、住民の憩いの場として有名だ。

規制線の前に立つ制服警官に手帳を見せる。「こんばんは。八王子署刑事課の六條です」

「お疲れ様です。現場はひよどりの小道を奥へ行った辺りです」

「本庁さんはいらしてます?」

「機捜と鑑識のみなさんは」

警視庁の刑事がのんびりしているなら大したヤマではないのかもしれない。すでに容疑者が押さえられていることを祈りながら、六條はテープの内側に入った。明かりの落ちたサービスセンターの建物を越え、左手の道を行く。石畳の道が木の板を敷いた散策道に変わった。暗闇を覆う緑を感じながらしばらく進むと、正面からハンドライトで照らされた。

「ご苦労さん」加古が、にこやかな笑みで迎えてくれた。古株の先輩刑事はたるんだ瞼のせいか、たいていいつも微笑んで見える。

「ホトケを拝みにいこう。もうちょっと先だ」

「ホシは？」

「まだだよ」

「本庁さんもまだなんですね」

「なんとも言えない状況だからね」

そのくせ来たら来たで威張り散らすんだもんなあと思いつつ、現行犯逮捕でないなら、こののどかさはいかがなものかと訝しむ。殺人犯が園内をうろついているかもしれない緊張感がまったくない。

「実はね――」疑問を察したかのように、加古が口を開いた。「匿名の通報があったんだ。神奈川のほうで」

「神奈川？」

「横浜駅の公衆電話から、ここに遺体があるってね。どうもそいつがホシという見込みらしい」

ふうん、と微妙な反応になった。通報者が犯人ならとっくに逃げた後だろうが、どういう性質の事件なのか摑みにくい。

「向こうさんがいらっしゃるんですか」

「そのへん、上が調整してるとこなんだろう」

暗い林道の先で、光を焚いた一角が現れた。投光器に照らされた幾人もの鑑識職員が地面とにらめっこをしている。高床になった板の下を細い小川が流れている。ひよどり沢だ。

「遺体はデッキの外」

四角い囲いの回廊へ近寄る。

「見てもいいですか？」加古が尋ねると、年配の鑑識職員が「どうぞ」と身体を避けてくれた。

投光器に照らされた遺体を見て、思わず「おっ」と声がもれた。

そんな六條の横で加古が遺体に手を合わせている。慌てて加古に倣い合掌してから、あらためて遺体に目をやる。

痩身の男性が回廊の外、草むらの中で仰向けに倒れている。スーツにネクタイ、そばには手提げ鞄が落ちている。

「死因はわかってるんですか」

加古に笑みを向けられ、「愚問でした」と照れながら返す。

「それにしても、ひどいな」

被害男性は中年、おそらく五十歳くらいだろう。しかしその印象に自信がもてないほど顔面が変形している。ぼこぼこに腫れあがり、血塗れだ。そして――。

顔面に、ナイフで刻まれたと思しき、大きなＭの傷。

「怨恨、でしょうか」

「さあね」と加古が呟く。

「身元は？」

Ｍのイニシャルを想像したが、加古の口から出たのはまったく関係ない名前だった。

「弓削浩二（ゆげこうじ）、五十一歳」


遺体の搬出間際になって、ようやく警視庁の刑事が到着した。出迎えを命じられた六條がサービスセンターの前に着いた時、前からそれらしい男が歩いてきた。

「所轄の人？」

「はい。刑事課の六條です」

男はポケットに手を突っ込み、散歩のような足取りで六條の前に立った。一七五センチの六條を、悠然と上からのぞき込んでくる。ツンツンにおっ立った短髪、こめかみの辺りに走る小さな傷。歳は三十代半ば、自分より少し上といったところか。

「何してんの?」

「へ?」

「案内」

「あ、はい。こっちです」

来た道を戻りながら、ハズレかな、と思う。

「あの、お名前は」

「辰巳(たつみ)」

「辰巳さん、お一人なんですか?」

「駄目か」

「いや、コンビかと思ってたので」

「駄目なのか」

「いえ……。神奈川のほうはどうなってるんです?」

「お前、うるせえな」

「あ、すみません」

やっぱりハズレだ。もう話しかけまい、と六條は決めた。

ひよどり沢のデッキで待つ加古が、辰巳を見て軽く頭を下げた。長身の男はそれを無視し、遺体を見下ろした。

「誰？」

「所持品の免許証と名刺によると、弓削浩二、五十一歳。肩書は『ハクホウファイナンス』営業課長となっています」

会社も住所も大宮ですね――と如才なく伝える加古に六條は感心した。「誰？」なんて訊かれたら自分は、「へ？」と返しただろう。

「致命傷はわかりませんが、頭部を鈍器のようなもので複数回殴打された痕が確認されます」

「殺害現場はここ？」

「でしょう。デッキにも血痕が飛び散っています。殺害後、草むらに転がしたのではないかと」

「ボッコボコだな」

辰巳の目が、じっと遺体を捉えている。

「顔面の傷の意味は？」

「まだなんとも」

「浩二くんのスマホ」

「あります。ロックがかかってなかったのでメールと着信を確認しましたが、直近で非通知の着信が一件。時刻は午後六時十五分です」

「連絡済みです。今、上司の方が八王子署へ向かってくれています」

「職場には？」

「そちらも間もなく」

「家族」

ふん、と辰巳は鼻を鳴らした。

「この公園、夜の人通りはどうなの」

「それなりですね。ウォーキングをする住民の方もいらっしゃいますが、通り道というものではありません。森のような公園ですから、日が暮れますと足もとも覚束ない暗さになります。このデッキの辺りで大きな声を出しても、なかなか公園の外までは届かないでしょう」

「周辺の聞き込みは？」

「いちおう、済んでます」

「いちおう？」

「時刻が時刻ですので。上からもそのように」

「ホシがどっかの家に立てこもってたらどうすんだ」

「神奈川なんでしょ？」

思わず口を挟んでしまった。

辰巳の、ぬるりとした視線が六条を向く。

「誰が決めた？」

「はい？」

「ホシが横浜駅の通報者だと、誰が決めた？」

六条は、黙って頭を垂れた。ちんたらやって来たくせに、と思いながら。

「所持品といえば――」加古が穏やかに切り出す。「こんなものが」

保管袋の中、カラフルな女の子の人形を見て辰巳が訝しげに目を細めた。高さ二〇センチほどのこれが、遺体のそばにちょこんと添えられていたのだという。

「ロシアの民芸品、マトリョーシカです」

「同じ人形がポンポン入ってるやつか」

「ええ、どんどん小さくなっていくやつです。ただ、こいつの中身はこれでした」

掲げた二つ目の袋に、透明なプラスチックケースに収まった黒い小さな長方形の物体。

「ちょっと前に主流だった、家庭用ビデオカメラのＤＶテープかと」

「カメラ本体は」

「どこにも」

辰巳は視線をマトリョーシカへ戻し、じっと押し黙った。

「遺体を搬出してもよろしいですか?」

質問を無視し、辰巳が訊く。「この人形、なんで泣いてんだ?」

「わかりません」

加古はそう返し肩をすくめた。

2

刑事課に配属されて三年。六條は今でも被害者家族——とりわけ殺人事件の遺族と顔を合わせるのが苦手だった。

突然の不幸に取り乱したり茫然自失となる遺族の姿は、現場の刑事である以上、避けては通れない。時に怒りをぶつけられることもある。なんでこんなことになったんだ、なんで守ってくれなかったんだ……言いがかりではあるものの、それを受け止め、「必ず犯人を逮捕します」と誓うのが警察官だ。

たとえ自分に、その力がなくとも。

「父ですね」

洒落たおかっぱ頭の男性は、損傷の激しい遺体に腰を引きながらも冷静にそう認めた。

「もっとも、わたしたちが家族と呼べるかどうかは知りませんが」

弓削浩二の長男によると両親は四年前に離婚し、父親とはすでに姓も違うという。

加古が尋ねる。「最近の浩二さんとはまったく?」

「まったくです。母もぼくら兄妹も、特に何も思ってなかったので」

「浩二さんのご親族の連絡先はわかりますか」

「母ならおそらく。ただ、関わりたくないと言うでしょうが」

「どうかご協力を」

「まあ、聞いてみます。葬式だなんだ、こっちに押しつけられたらかなわないですから」

垢ぬけた風体の彼は父親の遺体を一瞥し呟く。「こんなもの、なんでしょうね」

「こんなもの、とは?」

「彼の人生です」

言い捨て、出口へ向かう。

真っ直ぐ帰ろうとする彼を加古が引き止めた。

「恐縮ですが、いくつかお話を伺わせてください。これに見憶えは?」

マトリョーシカとDVテープの写真に、長男は首を横に振った。

「Mという文字と浩二さんについて、何か思い当たることはありませんか」

「くどいようですが、彼とはほとんど親交がありませんでした。父と母が離婚する前からずっとです」

ふむ、と加古は間を置いてから重ねる。

「恨みをもたれていたというようなお心当たりも？」

「わたしたちのほかに？」

柔らかな笑みで受け流す加古に、長男は疲労の滲んだ吐息をもらした。

「恨みならあいつは、腐るほど買ってますよ。インターネットで検索してみてください」

「できれば、あなたの口からお聞きしたいのですが」

ため息まじりの答えが返ってきた。「刑事さん、ムラナカ事件ってご存じです？」

司法解剖を請け負ってくれた大学病院から八王子署へ向かう道すがら、覆面パトカーのハンドルを握る六條はなんとも言えない虚しさを覚えていた。悲しみに打ちひしがれる遺族の姿もこたえるが、冷淡すぎる態度もそれはそれでつらいものがある。

「複雑な家庭のようですね」

「単純な家庭なんてないよ」

助手席の加古に子どもはなく、夫婦の二人暮らしと聞いている。

「こんな遅くに飛んできてくれたんだから、多少の情はあったんだろう」

弓削の家族は都内在住とはいえ、日も変わった時刻に車を走らせてきたのだ。

「加古さんが殺されたら、奥さんは泣きますか」

「泣いてはくれるだろうけど、案外しっかりしてるんじゃないかな」

にこにこと加古が続ける。「今時は百歳も当たり前みたいにいわれてるけど考えものだよ。呼吸をするにもお金がかかるご時世だからね。老人ホームに入る余裕はないし、中途半端に駄目になるくらいなら、さっさと死んでくれと願うかもね」

「大げさですよ」

「普通さ。君には縁のない話だろうけど」

縁がなくてすみませんね――。チクリと感じる疎外感を脇に置き、つとめて明るい声を出す。

「しっかし、ひどいのを摑まされちゃいましたね」

「辰巳さん?」

「ええ。マルボウかと思いました」

短い髪をツンツンにおっ立てた男は、むしろ取り締まられる組員のほうが似合っている。

「変わり者らしいね」

噂だけど、と断ってから付け足す。「ワケありだそうだよ」

どんなワケか訊く気にはなれなかった。どのみち面倒には違いない。

北大通りの道沿いに素っ気ない建物が見えてきた。地上四階建ての八王子警察署だ。市役所がある元本郷町に新庁舎が建つ予定だが、完成は来年以降にもち越されそうだという。六條にすれば八王子駅も近い今の立地に文句はないし、いかにも古臭い鉄筋コンクリートの無骨さが気に入っていた。

「帳場はウチですかね」「神奈川の絡みがどうなるかだね」そんな会話を交わしながら刑事課のフロアへ。

捜査部屋には八王子署の面々に混じって、ツンツン髪の男がいた。無遠慮に長い足を組む辰巳のそばに、痩せぎすの中年がひっそり座っている。憶えのない顔だから警視庁の刑事だろう。遅い時刻とはいえ、たった二人とは珍しい。

遺体と発見現場の写真が貼られたホワイトボードの前に課長の前橋（まえばし）が立ち、号令をかけた。

「じゃあ、始めるぞ。遺体発見の経緯から現在の状況まで、加古さん」

加古がゆったりと報告を始めた。

「昨日六月二十日、午後十時四十五分、神奈川県警の通信指令センターに『小宮公園、ひよどり沢に遺体がある』との一一〇番通報。神奈川県警から連絡を受け、最寄り交番の巡査が確認に向かったところ、沢を囲うデッキの外、草むらに男性の遺体を発見。通報者は匿名で、発信場所は横浜駅構内の公衆電話とのこと。捕捉は神奈川さんが請け負ってくれているはずですが……」

加古の視線を受けた前橋が、「現在も捜索中」とだけ返した。

「遺体は頭部を激しく損傷しておりますが、凶器や致命傷等々含め、解剖の結果待ちです」

顔面に刻まれたMについてもだ。

「次に遺留物ですが、財布や手提げ鞄に漁（あさ）られた形跡はなく、物盗りとは考えにくい状況です。現場の小宮公園、特にひよどり沢付近は夜間の利用者も少なく、たまたまガイシャと出くわして襲ったという通り魔的な犯行の可能性は低いでしょう。ガイシャの現住所、職場ともまったく違います」

大宮にある職場から八王子まで、車で一時間ほど。用もなく立ち寄ったとは思えない。

「被害者の携帯電話に残った午後六時十五分の非通知着信からも、呼び出されたか、あるいは待ち合わせの約束をしていたのではないかと推察できます」

すると弓削浩二には殺害される動機があったことになるが、加古はその点にはふれず遺留物の報告を続けた。

「遺体のそばにあったマトリョーシカは現在、科捜研に詳しい解析をお願いしてあります。それと、マトリョーシカの中にあった家庭用ビデオカメラのDVテープですが」

再び投げられた加古の視線に前橋が応じる。「今、再生機を探してるとこだ」

「これらがガイシャの持ち物なのかホシの置き土産なのかは不明ですが、早急に内容を確かめる必要があるでしょう。また、早朝一番に周辺の聞き込みを行うつもりです」

以上ですと加古が切り上げ、六條が立ち上がる。

「遺族の証言を報告します」

形ばかりに声を張ってはみたものの、慰謝料で揉めることもなくきれいに別れ、きっぱり関係を断ったという長男の証言に反応は薄かった。

「詳しい話は明日、こちらから出向いて伺わせていただく予定です」

「アリバイは？」

声の主は、何かと六條を目の敵にしてくる古参の男だった。

「ホシは横浜から通報してるんですよ」

「だから？　父親を殺して横浜へ、通報して八王子へ。どこに無理がある？」

「ほとんど付き合いはなかったという話ですが」

「自己申告だろ？　共犯がいないとも限らない」

はい、正論。

「さすがは坊ちゃん。詰めが甘えや」

「アリバイは次の機会にしようと、わたしが言ったんだ。ガイシャの情報をとるのが優先だってね。へそを曲げられたらかなわないからさ」

やんわりとした加古の説明に、古参の男が鼻を鳴らす。

実際、聞き取りを行ったのは加古だから、六條が責められるいわれはない——そう思う反面、ようするに参考人の前で突っ立っていただけという負い目もあった。古参の男のねちっこい嫌味にも加古の庇護にも、いささか辟易する。それこそ甘えだとわかっているから、余計に面白くない。

「続けてもいいですか？」

半ばムキになった六條に冷笑が返ってくる。

せいぜい驚くなよ——。

懐に忍ばせた切り札を晒そうとした時、「続きはわたしが」と水を差された。

辰巳の横の、痩せぎすの中年が立ち上がる。

「警視庁の小此木と申します。ガイシャの上司、ハクホウファイナンスの専務の話をお伝えします」

文句を言う気も失せ、六條は脱力しながら席に着いた。

「業務は貸付けに不動産ローンや資産運用の相談など。資本金七億。設立は二〇〇七年です。弓削の正式な役職は営業推進部アドバイザーとなっておりますが、実際の立場は現場の課長クラスと変わりなかったようです。大宮の本社に平日九時から六時の勤務。弓削は定時に出勤し、部下の前で朝礼をしたといいます」

二十日は給料日で、その日は毎月役員が部下に労いや発破をかけるのだとか。なんだそりゃ、と呆れつつ耳を傾ける。

「午後は席を外していたという話ですが、詳細は不明。問題は退勤時刻ですが、通常であれば六時のところ、昨日に限って弓削は遅くまでデスクに残っていたという証言があります。八時くらいまではいただろうと」

「タイムカードはないんですか」と、先ほどの古参の男。

「役員待遇らしいですから」小此木は動じない。

「車通勤とのことなので、防犯カメラを調べれば絞れるかもしれません。どちらにせよ携帯に残っていた非通知の着信を、弓削は埼玉県で受けたことになります」

六時十五分に連絡を受けた弓削は、会社に残って時間を調整していたのではないかというのだ。

九時の待ち合わせとすれば、八時に大宮を出てちょうどいい。横浜駅から通報があったのは十時四十五分。八王子から横浜へ、こちらも一時間少々。弓削を殺害する時間を考えても時間的には間に合う。

「次に弓削の経歴ですが、彼とハクホウファイナンスの契約が三年前。役員待遇には理由があります。弓削はもともと厚生労働省に勤めていました。それも課長級です」

ざわっ、と室内がどよめいた。

「憶えのある方もいらっしゃると思いますが――」小此木の口調は乱れない。「彼は七年前に騒ぎになった、ムラナカ事件の関係者です」

何人かが「おおっ」と声を上げ、何人かは首を捻っている。自分が起こすはずだった波紋を、六條は冷ややかに眺めた。

「あれ、神奈川の事件だったよな」またしても古参の男だ。「横浜駅の通報と関係があるのかな」

小此木は答えず、催促するような視線を前橋へ投げた。まるで機械的な動作に見えて、少しばかり気味が悪い。

むすっと唇を結ぶ前橋に、

「神奈川さんはだんまりですか」

辰巳が、足を組んだまま問いかけた。

「情報の一つくらいあるでしょ、普通は」

「向こうは通報を受けただけだとおっしゃってる」

「本気で言ってんすか？　おれの情報だと、神奈川の連中は通報があってすぐ横浜駅へ機捜を動かしたって話ですがね」

「わたしは聞いてない」

「まあ、あんたはそうなんだろうね」

六條は呆れた。本庁と所轄に暗黙の上下関係があるとはいえ、ひどい口のきき方だ。前橋課長は怒りよりも戸惑いを浮かべている。

乱暴に足を解いた辰巳が、ゆらりと立ち上がる。

「匿名の通報に迅速な対応は心当たりがあったからに決まってる。課長さん、ちゃんとニュース見てます？　陣馬山は知ってるね？　八王子と相模原の境だから知らないはずねえよな。昨日の昼間、山ん中で白骨遺体が見つかったのは？　それも、きっかけは匿名の通報だったらしいよ」

前橋の喉仏が動いた。六條も唾を飲んだ。マジかよ、と思った。

「至急、神奈川県警に情報提供を要請。至急だ」

辰巳が命じた直後、部屋のドアが開いた。モニターを抱えた職員が告げる。

「ＤＶテープの再生機が準備できました」

マジかよ――。六條はもう一度そう思ったし、モニターを囲む捜査員たちも同じ感想をもったに違いなかった。

DVテープに写っていたのは、ブルーシートの上で仰向けに寝そべる男性だった。青白いライトを浴び、カメラに見下ろされている彼の年齢は五十代くらい。大きな身体を包んでいるのはスーツ。ブランドものっぽいな、と六條は思う。

白目をむき、だらしなく口を半開きにした表情が寝顔でないのは明らかだ。薄い髪の、頭頂部まで禿げあがった頭から夥しい出血。ピクリとも動かない。

頭部のそばに人形が置かれている。マトリョーシカだ。

「――弓削じゃねえな」

辰巳がもらした通り、目を見開く男は小宮公園で見つかった弓削浩二とは似ても似つかなかった。ならばこの男は誰だ？

「五年前か」と前橋。映像の端っこでカウントアップしているレコードの日付は「2011／12／21／00：05」。素直に読めば、二〇一一年十二月二十一日午前零時五分。

「あのテレビは――」加古が呟く。「NHKかな」

横たわる男の頭上、地べたにぽつんと置かれた小さなブラウン管の中で、アナウンサーらしき男性が口を動かしている。テープに音声はなく声は聞こえないが、画面左上の時刻表示はレコードと一致していた。

と、ここで唐突にテレビのチャンネルが変わった。民放のバラエティだ。それがまた変わる。スポーツニュース。次々チャンネルが変わり、最初の男性アナウンサーに戻った。

「なんなんだ?」

古参の男が、一同を代表して呻いた。

「おっ」横たわる男のそばに人影が現れ、六條は声をあげた。映るのは背中のみ。雰囲気は男性に見えるが……。

ぐちゃ。

音はないのに、そう聞こえた気がした。影の人物が横たわる男性の頭蓋に、鉄パイプを振り下ろしたのだ。

ぐちょ。

男の顔面が変形する。感じたことのない痛みを、腹の底で想像してしまう。

横たわる男はまったく反応しない。すでにこと切れていたのだろう。男の血液でマトリョーシカが濡れていた。

影の人物は男を打ち終え、画面の手前に消えた。映像の中のテレビでは、相変わらずアナウンサーが何か喋っている。

やがて映像が途切れた。

「香取です」

沈黙を破った小此木に、え？　と視線が集まった。

「香取富士夫。先ほど報告させていただいたムラナカ事件の関係者で、現在行方不明中。映っていた男によく似ています」

落ち着き払った説明に、空気がまた一段重たくなる。

ちっ――。辰巳が放った忌々しげな舌打ちを、六條は聞いた。

3

香取富士夫の失踪を担当した刑事は中野署へ異動しており、今は最寄りの官舎に住んでいるとわかった。明朝に、という前橋の提案を一蹴し、辰巳は中野行きを決めた。できることが限られた午前三時、その判断は正しいのかもしれないが、叩き起こされる捜査員には同情した。

中央自動車道は快調に流れ、後部座席で足を組む男さえいなければ深夜のドライブを満喫できたろうに。小此木が乗ってきた警視庁の覆面パトカーのハンドルを握りつつ六條は、ふんぞり返っている辰巳の様子をバックミラーで窺った。話しかけまいと誓ったが、あまり不愛想にして前橋に迷惑がかかるのは気が引ける。

「神奈川の情報が遅いですね」

愚痴と悪口は付き合ってもらいやすい。社会に出て学んだ、心底くだらない法則だ。

「横浜の通報者の続報もまだだし、白骨体のほうもぜんぜんじゃないですか。昔っから神奈川とウチは仲が悪いっていいますけど、今時そんな近親憎悪みたいな意識ってダサいですよね」

きっぱり無視され、六條は今度こそ黙ろうと思った。

「六條だったな」

府中市に入った辺りで、辰巳が話しかけてきた。

「幾つだ？」

「二十九です」

「何年目？」

「大卒なんで、七年になります」

「ふうん」

話しかけられた以上、話し返すのが礼儀だろう。

「辰巳さんは、お幾つなんです？」

「知ってどうする？」

黙っていればよかった。

「いや、お若いなと思って」

「若いから？」

「警視庁の一課は、すごいじゃないですか」

「どうすごい？」

「そりゃあ、やっぱり、憧れますよ」

適当なお愛想は鼻で笑われた。なんだこいつは。

「どう思う？」

「え？」

「え？　じゃねえ。どう思うんだ」

「いや、ですから、すごいなと」

「脳みそ腐ってんのか？　事件のことだ」

府中市から調布市へ。

「捜一に憧れてんなら、筋読みくらいしてみろよ」

「いや……さすがに、まだなんとも」

「アウトだな。刑事やりてえなら一つや二つ捻り出すんだよ」

別にやりたくないですよ――そんな台詞をのみ込んだ。

「仕事ができねえから坊ちゃんなんて呼ばれてんだろ？」

「口の悪い人が多くて困ってます」

辰巳が再び鼻で笑い、興味を失ったように窓の外に顔をやった。闇の向こうに、調布飛行場の敷地が見える。

「筋はわかんないですけど」

六條は口を開いた。

「おかしいとは思ってます。なんで五年後なんだろうって」

辰巳がこちらを向く気配がした。

「ホシの動機はムラナカ事件に関わる何かって可能性が高いですよね。五年前に香取を殺して、それで今夜、弓削を殺した。この五年は、いったいなんなんでしょう」

「五年間、弓削を探してたとしたら？」

「そんなにかからないと思います。相手は関東在住で企業の役員です。印象的な苗字ですし」

少なくとも殺す気で探すなら方法はあったはずだ。

「今になって急に恨みが再燃したんじゃねえの」

「だったら、あのテープが意味わかんなくないですか？」

なぜあんな映像を撮っていたのか。持っていたのか。弓削の殺害現場に残していったのか。

「わかんないといえば、マトリョーシカに入れてた理由も、Mの傷も、さっぱりですけど」

「知能はあるみたいだな」

見下した台詞に「どうも」と返す。

「映像の内容については？」

「変ですよね。映ってたテレビ、チャンネルまで変えて、わざと臭かったです」

「どういう作為だ」

「それは、思いつきません」

「日にちだろ」

「日にち？」

「香取を殺した日にちだ」

それでテレビか。

「あの写し方、テレビにビデオデッキがつながってないと強調してるように見えたろ」

「加工じゃないと示したくてチャンネルを変えたってことですか？　でも、なんのために？」

「テープを残してった理由は簡単だ」

「同一犯の主張ですね？」

バックミラーに映る辰巳は、にやにやを浮かべるだけ。

「顔面のMの傷も、何かのメッセージなんでしょうか」

「さあな。今の段階じゃたんなる可能性の話だ。一人で先走ってのぼせんなよ」

暇つぶしにからかわれただけか。ムキになった自分の饒舌を後悔し、六條は奥歯を噛む。杉並区を抜けると、間もなく目的地である。


中野署の応接室で、香取の失踪を担当した職員と向き合う。入れ違いで異動になった先輩と面識はなかった。

「時間を考えてほしいですな」

チリチリパーマの男は見るからに不機嫌そうな表情を浮かべていた。

「あと三時間もすりゃあ、こっちだって気持ちよく協力するんだ。だいたい五年も前の失踪について話せって、寝ぼけてちゃ記憶もしっかりしないでしょうが」

「ちゃんと思い出すまで三時間、付き合うよ」

パーマの目つきが鋭くなった。

「あんた、何さんでしたっけ？」

「辰巳。警部補」

パーマがピクリと目もとを引きつらせる。警部補といえば所轄の係長、警視庁なら主任クラスの階級だ。それで年かさの小此木を顎で使っていたわけか。

「その若さで大したもんだ。ですがね、本庁だろうが警部補だろうが、なんでもかんでも思い通りとは考えないほうがよろしいですぞ」

「なんでもかんでも思い通りならとっくに長官になってるさ。あんたみたいな年寄りを整理するためにな」

「脅しのつもりかよ」

パーマは怯（ひる）まず、赤くした顔を近づけてきた。

「おれはそっちの非常識に抗議してるだけですよ」

「あんた警官じゃねえの？」

「その前に人間だろっ」

「自分の役目を果たすのが人間だと、おれは思うがね」

冷や冷やしながら、六條はため息をつきたくなった。突っかかるパーマも、それを受け流さない辰巳も、どっちもどっちだ。

「顔洗ってしゃきっとしてくるか、さっさと終わらせて二度寝するか。どっちでもいいぜ」

「……もちろん協力させていただきますよ、警部補殿」

儀式のようなやり取りが終わり、パーマが資料を滑らせてきた。

家族から訴えがあったのは十二月二十二日。その月の初めにムラナカ事件の特集番組が放映され、香取の周辺は慌ただしかった。失踪は、バッシングから逃げるために計画された海外旅行を目前にした時期だった。

「最後の目撃証言は？」

「二十日の午後六時半、職場の病院を退勤する姿が確認されてます」

新横浜駅近くの路上で見つかったベントレーには香取の携帯電話が残されており、その追跡で場所の特定ができた。怪しい発着信はなかったという。

「で、あんたはこの件、神奈川に投げたの？　それともこっちで処理したの？」

「訴えは八王子の家族からなんでね。協力は要請したが、基本はウチが動きましたよ。向こうさんが乗り気じゃないのは、まあ、いつもの通りで」

「田舎もんのひがみ根性だけは時代が変わっても健在だな」

パーマが初めて笑みを見せた。やっぱり心を開く近道は愚痴と悪口なのだ。

「香取にキナ臭さはあったの？」

「そりゃあムラナカの件で叩かれていましたから。あの事件は子どもも亡くなってる。おれにもガキがいるからね。自分が遺族だったら……」

喋りすぎをごまかすように、語尾はうやむやになった。

「当日の足取りは？」

　職場の東雲総合病院は横浜市保土ヶ谷区にあり、関係者用の地下駐車場からベントレーが走り去る姿が防犯カメラに残っていた。

「左折したところまでね。おそらく16号線に乗ったんじゃないかと」

　八王子の自宅までほぼ一本道。香取の通勤コースであったと多くの同僚が認めている。

「新横浜の周辺のカメラにも当たりましたが、ベントレーが停められていたのは人通りのない路肩（ろかた）でしてね。残念ながらさっぱりです」

「Nシステムは？」

「そこらへんは手続きの問題もあるんで、まあそれなりに」

　形だけの手抜き捜査――嫌でもそう聞こえてしまう。

「関係者のリストは？」

「三枚目に」

　辰巳がめくると、名前や住所を記した紙が現れた。個人情報もくそもないと思いつつ、六條ものぞき込む。

「多いな」と、辰巳がぼやく。

「ムラナカの被害者は十人くらいいましたからね。親戚縁者を含めたら何倍にもなっちまう。それに香取はけっこうアクの強い人物だったみたいで、職場でも諍いには事欠かなかったって話です。内科部長の地位は理事長に可愛がられてたおかげだってのがもっぱらの評判で、やっかみも相当あったらしい」

「具体的に怪しい奴とかはいたの？」

「失踪案件ですよ？　行き先に心当たりがないか聞いて回ったくらいですって」

これが警察の本音だ。近年、殺人件数は右肩下がりだが失踪者数は横ばいに近い。この数値が何を意味するのか証拠もなく語れるものではないが、現実問題、科学捜査の技術が発達したように、犯罪者たちが遺体を始末する方法も増えた。インターネットで情報を漁れば注意点を指南してくれるほどだ。

そして優秀な警察官も科学技術も、訴えを事件として認知しない限り活かされない。

辰巳の目がリストをなぞった。「何人か消えてるな」

「失踪の時期に国内にいなかったり、アリバイが確定していたりです」

「あんたが中心になって調べたんだ」

「そりゃあ担当でしたから」

「ふうん」気のない吐息をもらしたかと思うや、突然辰巳が前のめりになった。

「嘘つけ」

パーマが目を丸くして固まった。

「家族以外、どいつもこいつも神奈川の奴ばっかじゃねえか」

「職場がそっちなんだから当然だろ」

「アクの強い人物だったみたいで、諍いには事欠かなかったって話で――って、てめえで裏取った言い方じゃねえなあ。それにしちゃあこのリストはよくできてやがる」

「変な言いがかりは――」

「協力者がいたんだろ？　神奈川に」

パーマが唇を結ぶ。

「気持ちはわかるよ。家族の訴えを受理したのはこっちでも、職場もベントレーが見つかったのも向こうだもんな。おまけに失踪の条件も揃ってたわけだし、手配書を回すくらいで充分だって、おれでも思うぜ。特に今、似たような状況だから余計にな」

「どういう意味だ」

「五年前に起こった神奈川のコロシを押しつけられてるってこと」

パーマの瞳が揺れた。「まさか、香取が？」

辰巳がにゅるりと笑みを浮かべる。

「知ってること、ぜんぶ話しといたほうがいい。でないと、あんたを守ってやれないぜ」

階段を下りながら六條は尋ねた。

「当てがあったんですか」

辰巳が振り返り、問い返すような視線を寄越してきた。

「あんな言い回しだけで神奈川の協力者なんて確信をもてないと思って」

「はったりに決まってんだろ」

たんなる失踪と決めつけていたあのパーマが、熱心に関係者リストをつくったはずがないと踏んだのだろう。

「神奈川で見つかった白骨が香取だって、そう読んでるんですか」

「じゃねえの?」と、面倒くさげな声が返ってくる。

すると神奈川県警が情報を渋っている状況も説明がつきそうだった。たいていどこの県警も近隣同士は仲が悪い。特に首都・東京の治安を担う警視庁は人員も予算も別格、おまけに我こそが警察という言動もしばしばあって、目の敵（かたき）にされがちだ。明文化されない上下関係のこじれは根深く、つまるところ意地の張り合いだからやっかいだ。合同捜査となろうものなら、一歩でも相手を出し抜こうと血眼（ちまなこ）で足の引っ張り合いが演じられることも珍しくない。かつて六條が応援で参加した山梨県警との合同捜査でも、証拠隠しに情報隠しが横行し、犯人逮捕に余計な時間と気苦労がかかったものだ。

「仲良く犯人逮捕とはならないもんですかね。手柄なんて、誰が立てたって一緒でしょう。メンツで飯が美味くなるわけでもないのに」

「おい」

一階に着いた辰巳が見上げてくる。

「うるせえよ」

「すみません」

結局、本庁と所轄もそっくり同じ構図なんだよなあ、と六條は思う。くっだらねえ、と。

しかし向こうさんも大変だ。パーマによると関係者リストは県警刑事の「熱心な個人的情報提供」を元にしたものだという。これが本当なら県警サイドには憎っくき警視庁に協力せざるを得ない事情があったに違いなく、弓削の死、香取の白骨と殺人テープの出現に、今頃慌てふためいているのではないか。パーマに情報提供した、彦坂という名の巡査部長さんも。

「神奈川へ行きます？」

「八王子」

さすがにそこまで暴走はしませんか。

中野署を出ると、夜はもう終わっていた。隙を見つけて、レイナにメールをしなくては。

三章

1

登山道を歩いた朝が遠い過去に思えるほど事態は急速に、そして最悪の方向へ転がっていた。

〈おれのこと、憶えてるか？〉

川崎署の廊下のどんつきで、彦坂は耳に当てた携帯を握り直した。名乗りもしない男の名前は忘れていたし、顔も知らなかったが、声とタイミングでどこの誰かは察しがついた。

〈さっき本庁の野郎に、あんたのことを訊かれた〉

香取の件だ。八王子署に勤めていたこの男と彦坂の接点はそれしかない。

「向こうからわたしの名前が出たんですか？」

な〉

〈辰巳って警部補だ。八王子のガキと一緒だった。いちおう伝えておこうと思って
煮え切らない返答にピンときたが、彦坂は素知らぬふりを決め込んだ。

〈ああ、まあな〉

仁義を通したというよりも、遠回しな牽制に聞こえた。

「わざわざありがとうございます。お礼はいずれ」

〈いらん。その代わり――〉

「迷惑はかけません」

〈うん……じゃあ〉

携帯をポケットにしまい、朝日に映える曇り窓を眺める。目の奥が、チリチリと微熱を発している。

弓削浩二の遺体発見は衝撃的だった。横浜駅へ飛んだ輪島は通報者を捕え損ね、春日の指示で川崎に留まり防犯カメラを夜通し見つめた彦坂たちもこれといった成果をあげられず、憂鬱な朝を迎える羽目となった。

大した問題じゃない――井岡に言い聞かせた台詞は、一日ももたずに覆った。春日のプランも、すべて崩れ去ったに違いない。

踵を返す。本部へ戻り、今後の方針を確認しなくてはならない。

レストルームに呼び出された。一人で待つ春日の顔には、昨晩と比べ物にならないほど深い皺が刻まれていた。

「とりあえず共同だ」

その囁きに、彦坂は眉をひそめた。複数の都道府県にまたがる犯罪を相手にする場合、特捜本部を一元化する合同捜査と、本部を分けつつ情報共有を密に行う共同捜査がある。地理的な事情も加味して判断されるが、同じ関東圏で同一犯の疑いが濃い殺人事件となれば合同捜査が普通だ。

今回の場合なら、直近の事件を管轄する八王子署に合同特別捜査本部が立つのが自然である。

「ねじ込んだんですか?」

「ウチは香取、向こうは弓削。役割分担だ」

目をそらした春日が、不味そうにカップコーヒーをすする。役割分担など建前だ。意地の張り合いですらなく、ようは時間稼ぎなのだと彦坂は察した。

「わかってるだろ?　もう、シャレじゃ済まなくなっちまった」

弓削の殺害現場には涙目のマトリョーシカが残されていた。その中にあったDVテープに写っていたのは香取富士夫で間違いないという。二つの事件が無関係でないのは明らかだった。

もしこれが、五年越しの連続殺人であるのなら——。

「隠し通すしかねえ」

吐き捨てられた決心を、彦坂はじっと受け止めた。

「ヒコさんに話を聞かせろと言ってきてる奴がいる」

「辰巳警部補ですか」

鋭い目が飛んできた。

「知り合いから耳打ちがあったもので」

「この際だ。向こうに詰めて連絡係をやってくれ。上手く八王子をコントロールするんだ」

軽く拳(こぶし)を握り、春日の横顔を見つめる。

「林美帆を追わせてもらえませんか」

「駄目だ」

「わたしが一番、彼女に詳しい」

「だから駄目だ」

有無を言わせぬ口調だった。

「これ以上目立たないでくれ。あんた一人の問題じゃない。被害相談の不受理が連続殺人に発展したとなったら、ウチは袋叩きだ」

近年、ストーカー犯罪などで後手に回る警察への風当たりは強く、ことによると現場の処分を越え、上層部の経歴に傷をつけかねない。

「忘れたわけじゃねえだろ？　五年前の刑事部長は樽本さん、本部長は堂園警視監だ」

「……樽本警視正には、わたしもお世話になりました」

「警視長に昇進されておいでだ。堂園警視監は次期長官を狙える立場におられる。笑われるかもしれないが、おれはあの人たちにトップを獲ってほしいと、本気で思ってるんだ」

春日が空のカップを握りつぶす。

「こんなことでつまずかせるわけにはいかない」

五年前とまったく同じ台詞だった。そして彦坂の返答も、一言一句変わらなかった。

「もちろんです」

「なら、上手くやるしかねえ」

春日が顔を寄せてきた。

「奴が出所してる。この一月に」

「え？」思わず声が上ずった。「まさか、生森ですか？」

小さな頷きが返ってくる。

「タイミングを計って、東京に伝えてくれ」

「しかし奴は——」

「ああ。だからいいんだ」

彦坂は唾を飲んだ。

「そっちに目を向けてくれれば動きやすくなる。最悪、ホシは八王子にくれてやるさ」

その隙に林美帆を見つけられれば——。春日の思惑は、手柄を求め、時に足を引っ張り合う刑事の欲望とも違う腐臭を放っていた。

「ヒコさん。おれたちはこうだよ。ままならん」

去ってゆく春日の背を、彦坂は黙って見送った。


八王子までＪＲを乗り継ぎ一時間余り。物思いにふける時間は充分あった。

堂園本部長、樽本刑事部長。エリートキャリアでありながら現場を蔑ろ（ないがし）にしない上司の鑑（かがみ）のような二人だった。巧みに部下の士気を盛り上げ、捜査環境を整える。堂園・樽本体制は検挙率の面でも県警の黄金期であった。

足を棒にする奴が一番偉い——。堂園が口にする激励は真に迫り、彦坂も彼の言葉に心を揺さぶられた一人だ。この人にトップを獲ってほしい。春日と同様の想いを抱いた職員は少なくないだろう。

堂園から薫陶を受けたという樽本もまた、高みを目指すべき男だ。そう信じられるのは彼の仕事ぶりだけでなく、ある個人的なやり取りが心に焼きついているからだった。

不意打ちのようなプレゼント。色鮮やかな百科事典の一式が富山に住む塔子のもとに届き、それが健一の誕生日プレゼントだと気づいた時、彦坂の目頭は熱くなった。末端捜査員の離れて暮らす家族の、その息子の誕生日を祝ってくれた雲の上の上司に心の底から感謝した。たとえ部下の手綱を握る一手にすぎなかったとしても、あの感動を忘れはしない。

彼らに恥じぬ仕事をしよう。気持ちが折れそうになった時、思わず手を抜きそうになった時、家族と離れて暮らすさみしさに囚われそうになった時、それでも踏ん張れたのは、塔子の言葉と、樽本への敬意があったからだ。

だからこそ悔やまれる。

なぜあの夜、林美帆に対して、その対応を相談してきた井岡に向かって、あんな言葉を吐いてしまったのか。

——適当にあしらっちまえ。

とうてい樽本に聞かせられる台詞ではなく、私憤にまみれた暴言は、歩んできた己の刑事人生を裏切るものだった。

香取が失踪したと知らされた日のことを、彦坂は鮮明に憶えている。書類仕事の最中、同僚から世間話のように教えられ、「ふうん」と生返事をした。作業に戻るも集中できず、一文字ごとにペンが止まった。

――大した話じゃない。

実際問題、もち込まれるすべての相談事に万全の対応がとれるわけではない。人員も予算も限られた組織である以上、具体性や緊急性に応じて適宜判断するほかないのだ。

林美帆は被害に遭(あ)っている本人への聞き取りすら固辞した。百人いれば九十人くらいは相手にせず、文字通り適当にあしらうだろう。

どのみち林が騒げば隠すこともできない。香取の失踪後、彦坂は相談の件を春日に耳打ちした。

予想に反し、春日は顔を曇らせた。

――まさか、コロシじゃないだろうな？

背筋が凍った。この瞬間まで、香取富士夫の安否に頓着していなかった自分に気づかされ、愕然(がくぜん)とした。あんな奴は痛い目に遭って当然だ。そんな感情が無意識に巣くっていたのだ。

明日ひょっこり本人が現れるかもしれない……。

しかし見つかったのは、携帯電話が残されたベントレーだった。

――なかったことにしよう。

二人きりの小部屋で告げる春日に、彦坂は応えられなかった。

――香取が事件に巻き込まれた証拠は一つもない。奴は失踪したんだ。そうだろ？　踏み絵のような質問だった。彦坂は小さく首を振った。自分と井岡がしたことはせいぜい過失だ。しかしここで事実をのみ込むことを、過失とは呼べない。

――堂園さんと樽本さんの経歴を汚したくはないだろう？

組織の常識を崩そうとする二人に敵が多いのは知っていた。ささいな汚点をあげつらい、出世レースから蹴落とそうとする輩はごまんといるはずだ。

――井岡は納得したぞ。

息が詰まった。

――おれは、あんたを所轄のつまらん部署に飛ばしたくない。

結局、彦坂は頷いたのだ。

春日の命を受け、井岡とともに林美帆を訪ねた。取り引きを持ちかけ、彼女の口を塞いだ。相談はなかったことにしてくれと。

取り引きを済ませた彦坂は、香取について調べたいと直訴した。渋る春日を説き伏せ、補足捜査の建前で動いた。失踪と決め打ちしている八王子署のだらけた姿勢は耳にしていたし、そうでなくとも、自分の足で歩き回らずにはいられなかった。捜査関係者の中で、香取の無事を心から祈っていたのは間違いなく彦坂と井岡だった。

ほどなくへそくり口座の出金が明らかになった。香取は自ら行方をくらませたのだという空気が大勢を占め、彦坂もその結論を受け入れた。形ばかりの関係者リストを八王子の刑事に提供し、最悪の可能性に蓋をした。五百万は失踪資金。そう信じた。

五年後の今、蓋の奥で眠っていた牙が噛みついてきた。林美帆の相談を黙殺した罪、罪を隠した罪。香取の殺害、そして弓削が殺されるに及んで、自分や井岡が腹を切れば済む段階は過ぎてしまった。

彦坂は、ぐっと目をつむる。

生森か――。

かつて彦坂が真っ先に疑った男の、写真でしか知らない顔がやけにはっきりと思い出された。

林美帆を追いたい衝動はかすみ、これから会う警視庁の警部補をどうやってはぐらかすか、どのタイミングで生森の情報を流そうか、そればかりを考え続けた。

八王子署の会議室は特捜本部として出来上がっており、隅の一角の長机に並んだ電話機がうるさく鳴り響いていた。

捜査員は出払い、電話番のほかには幹部席の一名と、彼の前に立つ背中が二つあるだけだった。

「神奈川県警の彦坂と申します」

幹部席の中年が立ち上がり、「どうも。八王子署の前橋です」柔和な表情で名乗った。

「こちらは警視庁の辰巳警部補。若いのはウチの六條といいます」

短い髪をおっ立てた長身の辰巳が、彦坂をじろりと値踏みしてきた。

「六條陸です。よろしくお願いします」

丁寧な目礼を寄越してくる華奢な青年は、刑事というより刑事を演じる俳優のほうが似合う風貌で、その品の良さはいささか頼りない雰囲気だ。

「ここじゃあ落ち着いて話もできない。応接室を借りますよ」

辰巳が許可も待たずに大股で歩き出し、彦坂は前橋に会釈（えしゃく）をしてから後を追った。このやり取りで、辰巳と所轄の力関係が察せられた。

殺風景な応接室に招かれ、六條が紙コップの水を用意してくれた。辰巳は長い足を組み、こちらを見据えてくる。冷房が入っていないのか、ひどく蒸し暑い。

「用件はわかってるよな」

ぞんざいな口ぶりは予想していた。

「香取の件ですね」

辰巳が単刀直入に切り込んでくる。「五年前、八王子署に情報提供したんだって？」

「ええ。香取の職場はウチの管轄でしたし、車が見つかったのも新横浜でしたので」

「自発的に動いたわけだ」

「協力の要請がありましたんで」

「それはこっちの人間が、そっちの縄張りをうろちょろしますってお断りだろ」

「香取の捜索にはウチからも頭数を出しています」

「警邏と機捜の連中ね。デカ部屋の班長さんの出番じゃないと思うけど？」

小さく息を吸う。「世間的に注目されていましたから。できることはしておかないと槍玉に挙げられかねないという上の判断です」

「上って誰さん？」

「春日といいます。今もわたしの上司です」

「ふうん」

彦坂は心を殺し、苦笑をつくる。

「警部補は昔話をご希望なんですか？」

「そうだよ。昔の事件なんだから昔話も頭に入れておかねえとな」

「なら、わたしが話せるのはここまでです。捜査の足しになればと命じられて、片手間の作業をしたにすぎませんから」

「それじゃあ説明がつかねえなあ」

机の上に放り投げられた紙を一目見て、それが井岡とともにつくった関係者リストだとわかった。

「片手間でできる数かね」

「ムラナカ事件の被害者は訴訟団に問い合わせればだいたい把握できますし、あとは職場の人間を加えた叩き台みたいなもんです。これをもとにアリバイや動機をつぶしてくれたのは八王子の刑事さんたちだ」

「なるほど。上手いね」

辰巳の後ろに控えた六條が、居心地悪そうに視線を泳がせていた。

「ちなみにこれ、あんた一人で調べたの？」

「――調べたというか、電話をかけて回ったくらいですが」

「質問に答えて。一人だったの？」

「ええ。一人です」

探るように目を細める辰巳を、真っ直ぐ見返す。

「こん中に、ちょっとわかんねえ奴がいるんだ」

組んだ足を解き身を乗り出し、リストの名前を指で叩く。

林美帆。

「何者か憶えてる？」

「……たしか、香取の愛人だったたんじゃないかと」

「そうらしいね。あんたの情報を受け取った刑事がよく憶えてたよ。いい女だったたってな」

「顔は憶えていません」

「へえ。会ったことあるんだ」

しまったという表情をこらえる代わりに、汗が頬をつたった。

「記憶違いかもしれない。どちらにしても大して関わっていないんで」

「大して関わったわけでもないのに香取の愛人を突き止めたわけだ。電話一本で」

「二、三本以上かけてますよ」

鼻で笑われた。

「こいつがマトリョーシカの人形をねだったかもしれないんだって？　夜の女にしちゃあずいぶん安い土産だが」

「コレクターってのはそういうものでしょう」

辰巳がいやらしく口角を上げる。

「ともかくなかなかのファインプレーだ。なんせ元担当者の刑事によると、ほかには関係者の誰も、この林美帆って愛人の存在に気づいてた奴はいなかったそうだから」

それは初耳だ——。彦坂は動揺を噛み殺す。

「家族も職場の人間も、浮気自体知らなかったんだとさ」

「香取には敵も多かったと聞いてます。用心深くやっていたんでしょう」

「用心深く、ね」

「辰巳さん、いったい何がおっしゃりたいんです?」

「その用心深かった香取の愛人を、あんたがどうやって突き止めたのか教えてほしいんだ。後学のためにもね」

「きっと小耳に挟んだんです。もう忘れました」

「ずいぶん便利な小耳だな」

「おい」口調を変える。「いくらなんでも、その言われ方は心外だ」

「失礼。育ちが悪いもんで、こんなふうにしか喋れないんだ」

「口調の問題じゃない。撤回してくれ」

「便利な小耳はデカの武器——って、おれは思うけどね」

小馬鹿にした薄笑いに眉をひそめる。屈託を抱え、主導権争いに固執するタイプは珍しくないが、辰巳から感じるのはもっと粘っこい執念だ。

「香取はウチの受け持ちでしょう?」

「失踪も遺体もそっちだし、時間も経ってる。わからない話じゃねえが」

「不満なんですか」

「勘違いしないでくれ。ヨーイドンでホシ捕り競争は嫌いじゃない。足の引っ張り合いをする気はないさ」

「なら、当初の目的通り、情報共有をしませんか」

「ずっとそのつもりだけど?」

睨みつけたまま、あからさまな挑発の理由を考えた。勘の鋭い刑事なら昨日今日の県警の動きに違和感を覚えもするだろうが、この短時間で核心を摑めるはずがない。するとやはり、同じホシを追うライバルへの威嚇や主導権争いといったつまらない目的か。

「じゃあ、時系列にいこうか。まずは昨日の早朝、匿名の通報があってから白骨が見つかるまでの話をお願いします」

さっそく返答に詰まりそうになった。その通報に飛びついた自分の行動は、香取の失踪に大して関わっていなかったという言葉と矛盾する。

「——川崎駅の通報を受けて、津久井署の交番巡査が陣馬山へ出向きました」

一人で？　と訊かれる前に、「通報の内容は――」と彦坂は続けた。林美帆からされた相談を除き、わかっている情報を伝える間、辰巳は足を組み、顎をさすりながら耳を傾けていた。

「横浜駅の通報者も川崎と同様、コートを羽織った中肉中背の人物です。使用された公衆電話に指紋や唾液の付着はなし。おそらくコートの下にリュックを背負い、改札をくぐってから着替えたとみられます。防犯カメラの精査を続けていますが、現状、捕捉にはいたっていません」

「計算高いのか、思いつきの行動か、微妙だな」

その点は彦坂も同感だった。

「乗客の聞き込みは？」

「今朝から川崎、横浜、両駅で」

「まあ、雲を摑むような話だよな」

「陣馬山のほうも似たようなものです」

「匿名の通報者X、か。匿名の殺人者Xと呼ぶほうがふさわしいのか。今の段階で通報者と殺人者が同一人物と断定はできねえな」

辰巳が小首を捻った。

「陣馬山の木と弓削の顔面に刻まれた、Mの文字に意味はあると思う？　こっちの連中は二つ合わせてM事件なんて呼んでるが」

試すような訊き方に、彦坂は正直に答えた。

「わかりません。薬害事件の関係者にもMの頭文字をもっている人間はいますが、それとホシを関連付けるのは短絡でしょう」

「そもそもムラナカがMだもんな」

「深い意味はないのかもしれません。ホシのすることにいちいち振り回されるのもどうかと」

辰巳の口もとに意味ありげな笑みが浮かぶ。

「そっちのマトリョーシカに入ってた小瓶の正体は？」

「まだ検査中です」

「サファリかもって意見があるんだけど、照合くらいすぐできるんじゃないの？」

「発売中止の薬ですから。データの取り寄せ中と聞いています」

そりゃそうか、とつまらなそうに返してくる。

「次はこっちの番だな。おい」

「はい？」と、八王子署の六條がびくつく。

「状況報告。失礼のないよう簡潔的確に」

慌てて手帳をめくる六條をよそに、辰巳が話しかけてきた。

「ヒコ岩って呼ばれてるそうだね」

「……小耳に挟んだんですか？」

「県警のエースだったそうじゃない。ここ数年はぱっとしないって話だけど、合ってる？」

「まあ——」彦坂はわざとらしい笑みをつくった。「おおむね」

合わせるように、辰巳が口角を上げる。

「五年前の神奈川といやあ、堂園さん時代か。刑事部長は樽本さん？」

「……ええ。ずいぶんよくしてもらいました」

「おれはすれ違ったこともなくてね。どんな人なの？」

「わたしなんかが一言で語れる人たちではありません」

「いい噂と同じくらい、悪い噂も聞くけどね」

「どこの世界にも妬みを生き甲斐にする人間はいます」

「まして政治の世界なら、か」

「お二人は現場と真摯に向き合う方々だ」

「あんたがそこまで言うなら、そうなんだろうね」

世間話と受け流してよいものか、判断がつかない。

「えーっと」六條が間の抜けた声をあげた。「報告、してもいいですか？」

簡潔で的確で、覇気のない説明は、朝の会議で伝えられた内容と相違なく、青年は小宮公園周辺とハクホウファイナンスの聞き込みを最優先で行っていると締め括った。

「問題は――」辰巳が口を開く。「香取と弓削を殺したホシが同一人物かどうかだ」

「共犯はまだしも、まったく別人という可能性は低いでしょう」

「涙目のマトリョーシカのおかげでね」

陣馬山と小宮公園、それぞれの現場で見つかったマトリョーシカの絵柄は同じ。大きさも、弓削のマトリョーシカが香取のものに収まっていたと見て不自然はない。これが五年前、香取が購入したものと決まれば、二つの事件は完全につながる。

「テープの存在から考えても同一人物による連続殺人って話になるよな。すると五年間の空白は何を意味する？」

もう一つ、と辰巳は人差し指を立てた。

「マトリョーシカにテープ、Mの傷。どうしてホシは、こうも二つの事件をつなげたがる？　隠すつもりがないにしても、わざわざ証拠を残していくなんて危険すぎるだろ。まして自分から通報するなんて正気じゃねえ」

「むしろアピールなのでは？　ムラナカ事件の復讐だという」

「ってなるよな。じゃあ、誰に対するアピールなんだ？」

「誰に？」

その発想をしていなかった彦坂へ、辰巳が顔を寄せてくる。

「ホシは、残りのマトリョーシカをどうするつもりなんだろうね」

香取のそばにあったマトリョーシカのサイズから、中にはあと四つほど人形が入っていたとみられている。弓削のぶんを除くと、残りは最低でも三つ。

「彦坂さん。思い当たること、ない？」

辰巳の目が獲物を捕らえるハンターのギラつきを帯び、彼がたんなる嫌がらせで詰問していたのではないと悟った。

ホシは五年前からこの計画を練っていたのかもしれず、そしてこの先にまだ、マトリョーシカの墓標を予定された標的がいるのではないか——。それを辰巳は懸念しているのだ。

「……ありません。何も」

本音と偽りが入りまじった。

「ふうん」辰巳は気のない返事で、視線を宙に遊ばせる。

そして突如、顔を突き出してきた。

「あんた——」犯人を射貫く眼差しだった。「香取はただの失踪じゃないっていう、具体的な予感があったんじゃないの？」

失踪の時点で。だから必死に関係者リストを作成した。

「まさか」

五年後の彦坂はつくり笑いを浮かべる。

「まあ、最悪の可能性というくらいで考えてはいましたが」

じっと辰巳が観察してくる。本心を見定めるべく、無遠慮に。

それを彦坂は、心を殺して見返した。

「……オーケー」辰巳がゆらりと立ち上がる。唇を皮肉に歪め、見下ろしてくる。

「五年後か五日後か知らねえが、三体目のマトリョーシカにあたふたしなくていいように、せいぜいお互い頑張ろうぜ」

前橋が用意してくれた離れ小島のデスクに座り、彦坂は連絡役に徹した。

昼過ぎにわずかばかり進捗があった。川崎駅でコートのまま電車に乗り込むXの映像が見つかったのだ。車両は京浜東北線の大宮行。大宮といえば弓削の勤める会社がある。そこで降りたとするのは早計だが、半歩前進といってよい。

「横浜駅のカメラも精査を進めています」

彦坂の報告に、幹部席の前橋が重く頷いた。「ハクホウファイナンスには小此木さんが行ってくれてるけど、今んとこ連絡はなし」

「関係者リストを追ってるのは？」

「辰巳さん」

言って前橋は苦笑を浮かべる。連絡などないのだろう。

彦坂は腹を決め、声を落とした。「お耳に入れたい情報が」

前橋が、ん？　という顔になった。

「リストの中に面白い奴がいます。今年の一月に出所した男です」

「前科もんか」

「ええ。生森敬といって、傷害、強姦、監禁の罪で五年くらってます」

「五年？」前橋が身を乗り出してきた。「ブランクの説明がつくな。出所から準備に半年と考えればドンピシャだ」

動機は？　と重ねてくる。

「ムラナカ事件で最後に亡くなった女の子の父親です」

前橋の目がぎらりと光った。

「亡くなった娘は真菜といいます」

イニシャルはMだ。

「――参考人で呼べないかな」

強引にでも、というニュアンスが滲む。

「ウチの春日と相談してもらえたらと」

「そうだな。けど彦坂さん、それ、なんで？」

神奈川で独占しなかったのか。

「いや、こっちとしてはありがたいんだけど」

彦坂は頭をかいて照れたふりをした。

「ホシを捕まえたいんですよ。青臭い話じゃなく、五年間、香取を失踪として放置した負い目がありますから」

「それはウチも、耳が痛いけどな」

「だからこそ、力を合わせましょう」

前橋の笑みに、彦坂は頷きを返した。


昼食と偽り捜査部屋を出た。署内の階段を下りながら春日に電話をかける。

「生森の件、伝えました」

〈食いついたか？〉

「係長に連絡がいくと思います」

春日が満足げに、相手してやるさ、と答える。

「林の所在は？」

〈庄治に言いつけてあるが、簡単じゃねえだろう。もともと怪しげな女だし、国内に

いるかも定かじゃない〉

　むしろ永久に彼女が出てこなければ。そんな願いは彦坂も否定できなかった。

〈亡くなっていてくれとまでは言わねえが……〉

「係長」

　荒んだ話題を断ち切る。

「どのみちホシは捕まえなくちゃなりません」

〈そんなことはわかってる〉尖った苛立ちが耳を打つ。〈だが、おれたちにはおれたちの仕事があるんだ。それは忘れんでくれ〉

　不機嫌な早口が続ける。

〈マスコミが騒いでる。八王子がマトリョーシカの存在を発表しちまったからな〉

　意味深なアイテムが好奇心を刺激するのは当然だ。すでにワイドショーは弓削の事件と陣馬山の白骨をつなげて報じている。そもそも通報者が香取富士夫の名を出している以上、隠し通せる話ではなかった。

〈白骨の身元確定の前に合同捜査に切り替わりそうだ〉

「本部は八王子ですか」

〈だろう。その前にできることはやっておかなくちゃならん〉

　薄暗い階段の途中で電話を切ると静けさに包まれた。おれたちの仕事か、とよぎる。

合同捜査本部が立つまで、せいぜい半日。それまでに林美帆を見つけなければ、相応の覚悟が必要になる。

2

冗談じゃないよ――。六條は心の中で愚痴った。

弓削浩二の関係者を回らねばならない男が、どうして八王子でも大宮でもなく、管轄外の横浜にいるのか。不満を抱えながらも流されるように従っている自分がいて、苦笑をもらす気にもなれない。

敵地に潜入したスパイの気分で横浜駅を出て、すぐさまタクシーに乗り込む。県警の捜査員に見つかれば面倒だ。「ちょっとさぼってて……」そんな言い訳で恥をかくのも馬鹿らしい。

恥ねえ。

冷房の効きすぎた車内で、今度は苦笑する。

刑事でいるのは残り数年。警察学校を無理やり受験した時の約束だ。三十三歳が男の分水嶺と言い張る父親と、再びやり合う気力はない。

先が見えてる男の恥なんて、どうせ笑い話だ。

そう言い聞かせ、ヤクザみたいな警部補殿のご指示の通り、まずは最初の配送会社を目指す。

辰巳の着想は面白い。面白さだけは認めてやる。

県警の彦坂を解放してすぐ、辰巳に肩を叩かれたのが始まりだった。

二時間ほど前――。

「神奈川を洗うぞ」

迷いのない言葉に耳を疑った。覆面パトカーの助手席で、辰巳は涼しい顔をしていた。

「県警の持ち場を荒らすのはまずいですよ」

「お前、無意味な捜査も一所懸命ってタイプか？」

そういう問題じゃないでしょうに。すでにほかの捜査員は弓削の職場と自宅へ向かっている。それを指示したのは辰巳本人だ。

「ホシは神奈川だと踏んでるんですか？」

「考えてもみろ。香取と弓削、二つのホトケの共通点はなんだ」

「違う点を挙げるほうが難しいです」

「遺留品や動機の話じゃねえ。そもそも事件発覚の直接的な共通点があんだろ」

「――通報ですか？」

辰巳がニヤリとする。

「なんでXは、通報に川崎と横浜を選んだと思う？」

「そりゃあ移動が楽だからでしょう。川崎も横浜も複数の路線がありますからカモフラージュになります。乗り換えを繰り返したか、もっと単純に川崎から弓削のいる大宮へ向かったのかもしれませんけど」

「で、夜に横浜から二回目の通報か」

「何もおかしくないでしょう？」

「たしかに移動に便利ってのはメリットだ。川崎はそういう理由だったのかもな。だが、横浜は危険すぎる」

「え？」

「いいか？　少なくともXは通報する危なさを承知してたんだぞ。じゃなけりゃ、あんな不自然なコートやマスクはしない」

間違いなく、防犯カメラ対策だ。

「なのに同じ日の夜、二回目の通報を同じ県内の同じ沿線からしてるんだぜ？」

「ちょっと待ってください」

思考が刺激された。最初の通報で香取の遺体が見つかっている以上、同じような通報をすれば警官が飛んで来るのはわかり切っている。二度目の通報に横浜を選ぶのは勇敢というより間抜けだ。

なのにXは逃げ切った。それがたんなるラッキーでないのなら──。

「Xにとって、横浜駅は都合が良かった？」

辰巳が、正解を認めるように鼻を鳴らす。

「犯罪者に一番大事な都合は、最短で身を隠せるかどうかだよな」

「自宅がそばにあるっていうんですか？」

それこそ危険ではないか──と口にする前に、ぬるりとした視線がこちらに向いた。

「頭固えな。身を隠せるのはヤサだけか？」

「ホテル、ファミレス、カラオケ、ネットカフェ……」

「真っ先に疑われるオンパレードかよ。お前、ろくに社会経験とかねえだろ？」

むっとしたが、続きのほうが気になった。

「夜中だろうが朝っぱらだろうが、そこに居たって印象に残らねえ場所がある。居て当たり前な場所がな」

「居て当たり前な場所？」

「職場」

「へ？」

「終夜営業のな」

「まさか」

しかし──と、すぐに考えが変わった。夜の十一時頃がXの出勤時刻だったなら。八王子で弓削を殺して横浜へ戻り、通報したあと平気な面して労働に励んでいたなら。乗り込んだ電車の中で変装をとき、そのまま電車を降りたなら。逃げおおせる自信があったから、Xは横浜駅を選んだ──。

「神奈川に伝えなくちゃ」

「よせよ。彦坂の態度見たろ？　腹に一物抱えてんのは明らかじゃねえか」

それは、そうかもしれないが……。

「勝手に動いてバレたらまずいでしょ？」

「だから目立たないように、お前が汗を流すんじゃねえか」

無茶な。

たしかに職場説には説得力がある。「でも──」その発想に感心しつつ、六條は疑問を口にした。「ようするに、山勘ですよね？」

「そうだよ」

ずっこけそうになった。

「他所(よそ)で勝手に捜査して、空振りだったら報告なんてできませんよ」

「そん時は怒られるのさ」

なんだそりゃ。

「さあ、お仕事しようぜ、坊ちゃん」


「いきなりやって来て、それは無理だわ」

配送センターの事務所で、現場主任の男性は迷惑そうな顔を隠さなかった。

「今時はコンプライアンスとかうるさいんだからさ。従業員の個人情報をほいほいお伝えするわけにはいきませんって」

「そんな大げさな話じゃなくてですね。ちょっと確認したいことがあるだけで。それも大昔の話でして。迷惑は一切かけません」

疑わしげな目つきに、六條は胸を張る。

「誓います」

ひそめられた眉は、あと一押しのサインだ。

「こうしませんか？　こちらから苗字をお伝えするんで、該当の人がいらっしゃるかだけ教えてください。いなければ退散します」

お願いしますと頭を下げると、呆れまじりのため息をつかれてしまった。「あんた、本当に刑事さん？　腰が低くて逆にやりにくいわ」

「ウチもうるさいんですよ、コンプライアンス」

商談はまとまった。

「内海、生森、江夏、香取、木嶋……」

パーマの元担当刑事からもらったムラナカ事件の関係者リストを手に、六條は記された氏名の苗字だけを読みあげていった。それを現場主任が従業員名簿と見比べる。

「……水倉、武藤、弓削、脇田。以上ですが」

「成田ってのはいるけど」

「お幾つですか？」

「四十二」

リストの成田は東雲総合病院の医師で、当時四十三歳となっている。

「ご家族にお医者さんがいるなんて話は？」

「聞いたことないけど……。これ、なんの捜査なの？」

「いやいや。大したもんじゃないです、ほんとに」

いちおう六月二十日に夜勤をしていなかったかを確認するが不発に終わった。

その後、二十四時間営業の工場やコールセンターを回りつつ、目についたコンビニやカラオケ店などを手当たり次第に当たった。令状もなく、渋られるところも多かったが、二十日の夜勤者だけでもと粘って聞き出してゆく。自慢じゃないが人当たりは良いのだ。「案外お前は営業に向いている」と褒められたこともある。六条を一族の恥さらしと公言する兄に。

しかし結果が伴わなければ慰めにもならない。同姓の者は何人かいたが、リストに載る当人ではなく、二十日の夜勤者にいたっては完全に空振りだった。

暑いな——。パン工場を後にし、天を仰ぐ。ぐずついた天気はなりを潜め、真っ青な空が広がっていた。

残るは警備員だとか新聞社にテレビ、ラジオ。病院も当直があるか。警察に消防。さすがに令状が要るよ、と思いつつハンカチで汗をぬぐう。あとは居酒屋、バーとかスナックとか？　一人じゃとても回りきれない。だんだんXが横浜駅周辺で仕事をしていたという辰巳の考え自体が怪しく思えてきた時、

「ちょっと待てよ」

背後から飛んできた尖った声に、嫌な予感が駆け抜けた。

「おたく、どこの人？」

振り返る間もなく三人の男に囲まれて、予感が確信に変わった。

一番若く、ガタイのいい奴が肩に手を回してくる。

「歩こうか」

背後を取られ、人けのない昼下がりの路地をゆく。連行される気分だ。

「さっきのとこ。山下町の会社」パン工場の前に訪ねた金融関係のコールセンターだ。

「なんの用だったんだ」

「何って……、ちょっと調べものを」

「東京の人間が神奈川で？」

公園の横の道で六條は立ち止まり、肩の手を払う。「あなたたちは？」

「わかるだろ」

「超能力者じゃないんで」

おどけは逆効果だった。再び肩を、今度は剝き出しの敵意で「ふざけんなよ」と摑まれる。

今さら確認するまでもなかった。この背広軍団は刑事。自分は神奈川県警の猛者たちにロックオンされたのだ。

年配の男が後を引き取った。

「六條と名乗ってたそうだね。ウチに在籍確認の電話があったんだよ」

そういえばコールセンターの責任者が怪しんでたっけ。

「手帳見せて」

六條は観念した。

「八王子署の六條くんね。君、自分のしてることわかってる？　君のせいでもしもホシが飛んだりしたらどう責任を取るつもりかな」

「……調べないと、ホシに近づくこともできないじゃないですか」

「やり方の問題だよ。跳ねっ返りに下手をされちゃあ台無しだ」

「一から十まで、やり方を教えていただけるならそうしますが」

「こらぁ」若い奴に髪を摑まれた。「開き直ってんじゃねえぞ」

「待ってくださいよ。こっちだって遊びでやってるわけじゃないんですから」

「上の指示ってこと？」

年配がじろりとのぞき込んでくる。「誰の？」

ああ、しまった。抗弁は失敗。若い奴の態度にカチンとくるなんて、おれも青いなあ。いやきっと、暑さのせいだ。

「答えなさい。誰の指示？」

警視庁の辰巳警部補。

それを口にできたら、どれだけ楽か。しかしここで簡単にうたえば、身内の中で六條の信頼はなくなる。

まあ、でも、辰巳は別に仲間ってわけでもないか。

「実は——」六條は肩をすくめた。「急にさぼりたくなって」

若い奴と年配が、揃って目つきを鋭くした。なんと馬鹿げた台詞かと呆れるのは、六條も同じだった。

若い奴が掲げた拳を、「ちょっと」六條は手のひらで制す。

「顔はやめときましょう」

腹に一撃。ちくしょう、教育が行き届いてやがる。

「六條くん」

後ろに控えていた三番目の男が踏み出し、ほかの二人が道をあけた。

つるりとした肌の男だった。この暑さにもかかわらず上着をはおり、けれど汗をかいている様子はない。虫けらでも見るような目つき。

「君は鑑取り班だな」

どういう表情をすべきか。

「コールセンターとパン工場、どちらも終日稼働している。なるほど、面白い考えだ」

すっかりお見通しなのか？

「警視庁の辰巳」

出し抜けに投げられた名前に、六條は殴られた腹をさすってごまかした。

つるりとした肌の男がかすかに笑う。

「なかなか義理堅いじゃないか。だが憶えておいたほうがいい。個人ができることは知れている。確率的に、組織で動くほうが確かなんだ。そしてスタンドプレイで間違った時、誰も君を助けてはくれない」

「……勉強になります」

男の冷笑が大きくなり、すぐに消えた。

「こちらに引き継いでくれるなら見逃そう。上には居眠りしてたとでも言うといい」

「あの、お名前は？」

相手はわずかに目を細め、「鎌安」と答えた。

「鎌安さん。そっちは成果ありました？」

鋭く睨みつけられ、怖っ、と思う。

無言のまま踵を返した鎌安の、真っ直ぐな背中から読み取れる感情はない。

「ほら、回った会社のリストを出さんか」

年配の男に言われ、六條はポケットに手を突っ込んだ。ハンカチを取り出す。

「おい」

「いや、汗だくで」

若い奴に弾かれて、ハンカチが地面に落ちた。

ベルサーチだぞ、それ──。六條は唇を尖らせた。

身体を張って守った上官の労いは見事だった。

「間抜けが」

今から神奈川にチクってやろうか。

「横浜で動いてるんだから見つかることもありますよ。それに、組織で動いたほうが効率的ってのはその通りですし」

六條のぼやきを、助手席の辰巳はすっかり無視した。こんな狭い車内で足を組むのはやめてほしい。

「鎌安ってのは、どんな奴だ」

「どんなって……ピシッとした、理詰めタイプに見えましたけど」

「使えそうな奴か」

「使うほうが得意って感じです」

覆面パトカーのハンドルを切りながら仏頂面の上司のご機嫌を窺う。

「辰巳さんの読みが外れなら、むしろお気の毒だったかもしれませんね」

「当たりだよ」

「へ？」

半分皮肉のつもりが断言され、六條は焦った。

「神奈川の聞き込みに引っかかった。横浜駅の車両内でコートを脱ぎながら移動してた男の目撃証言。黒のTシャツに黒のリュック背負って、ついでにニット帽は黒のキャップにかぶり変えてたってよ」

ちょうど通報直後の時刻だった。証言からカメラの映像をあらため、変装後のXを突き止めた。

「着替え終えた後、Xは発車の前に車両をおりてる」

「そのまま改札を出ていたんですか？」

無言の肯定。すると横浜駅からどこへ向かったのか。電車を使わず移動したのか、自宅に帰ったのか、やはり職場なのか。

「もう一回、着替えたりはしてないですかね」

「知るか」

六條は黙ることにした。

キャップとマスクで人相の特定は難しそうだが、ともかく前進には違いない。聞き込みでものをいうのは頭数だ。鎌安の言う通り、個人の頑張りでどうにかする段階は終わったらしい。

「辰巳さんのほうはどうでした？」

黙るつもりが尋ねてしまい、案の定、ぎろりと睨まれた。単独行動をしていたツンツン頭の上官はたった一言。「うるせえよ」

はいはい、黙ります。

ＤＮＡ鑑定の結果は陣馬山の白骨を香取富士夫と断定するだろう。記者発表は荒れ、夜の会議はピリピリだ。それを回避する素敵なネタが手に入るイメージがまったくわかない。

ま、そんなもんか。

投げやりな気持ちでアクセルを踏む。

命じられた行き先は八王子でもなければ埼玉県でもなく、新宿区四谷。事件と無関係に思えるそこで何をするのか、六條は教えてもらっていないし、訊こうとも思わなかった。

ホテルのラウンジで待つこと二十分、やって来た男はにこりともせず六條たちの前に座った。慣れた仕草で店員を呼び、アメリカンを注文する。きれいに撫でつけた髪に、隙なく着込んだスーツはオーダーメイドか。年相応の着こなしだ。

「こういうのは困るんだがね」

「そう言わんでください。こっちも仕事なんです」

神経質そうに眼鏡を押さえる男に対し、辰巳の口調にも慎重さがあった。男は名乗らないし、辰巳も尋ねない。まるで了解があるかのように。

「そっちの彼は」

「相棒ですが、道端の石とでも思ってくださってけっこうです」

愛想笑いも許さない目でじろりと値踏みされ、六條は唇を固く結んだ。

「時間がない。さっさと始めてくれ」

わざとらしく目をやる腕時計はカルティエの、それも限定モデルだった。

「弓削浩二さんが亡くなったのはご存じですね」

カルティエの男は答えない。

「ムラナカ事件について、あなたの考えを伺いたい」

「わたしの考えなどない。裁判の結果がすべてだ」

「彼が恨まれる筋合いはないと？」

カルティエの表情が嘲りの形に変わる。「激情に駆られた人間に、筋合いなど関係なかろう」

「おっしゃる通りですが、もっともらしい答えを探すのが我々の仕事でしてね。実際のとこ、弓削さんはサファリの認可に手心を加えたと思われますか？」

間を置くように、カルティエはアメリカンのカップを口に運んだ。

「薬剤の許認可は直接人命に関わる案件だ。膨大な資料と実験データに基づいて慎重に判断される。イチ課長がまがい物をねじ込めるような世界ではない」

「実験データに不備があったり、不足があったりを見ないふりで通すなんて、いかにもありそうですが」

「スピードを上げてやるくらいはしたのだろう。とはいえ、どれだけ欲の深い人間でも初めから事故が予想される薬剤を認めるなんて真似はしない。倫理の問題以上に、リスクが高すぎる」

同時に――。

「絶対の安全もまた存在しない」

辰巳と張り合うように、カルティエが前のめりになった。

「小麦粉は大方の人間にとって無害だが、アレルギー体質をもつ者には毒となる。薬が毒になる人間もいれば、ならない人間もいる。個人の体質、健康状態、タイミング。複合的な要因が絡まり合って反応は決まる。何もかもを事前に網羅するのは不可能だ。もちろん基準はあるし、間違いを減らす手順もある。だが、絶対ではない。絶対を求めるなら、薬剤に頼ってはいけない」

口調に熱がこもる。

「人体の解明は百パーセントではないんだ。メカニズムが不透明な病気も星の数ほどある。悪者を決めて物事を単純化したい気持ちはわかるが、そういう話ではない。サファリは基準を満たしていた。早かろうが遅かろうが認可はおりた。どうしても責任を取らせたいなら、安全基準を定めた者たちを追及したまえ。実験データを取得した研究員、その書類を確認した者、医学の精度自体を。最終的には、優れた薬をつくりたいという志を責めねばならない」

「弓削さんを恨むのはお門違いってわけですか」

「被害に遭った患者さんたちの心情は痛いほどわかるがね」

さらりと、彼の唇はそう発した。

「あのケースで我々にできたのは、素早く事故事例を察知し拡大を止めることだけだった。それにしたって現場から正確な報告が届かなければ難しい」

我々、ね――と、六條は思った。

辰巳が質問を続ける。

「退職された後はどうです？　弓削さんは三年前から金融系の仕事をされてたんですが」

「知らんよ。個人的な付き合いがあったわけじゃないんだ。皮肉だとは思うがね」

「皮肉？」

カルティエがうっすらと笑い、声を落とした。

「弓削さんには投資詐欺にやられたという噂があった。相当な額だったんだろう。職場でもわかるくらい憔悴していたよ」

「サファリの認可よりも前に？」

肯定も否定もせず、カルティエは続けた。

「彼は嵌められたのだという噂もあった」

「嵌められたって――」石ころに徹するつもりが、我慢できなかった。「詐欺なんだから当然じゃあ……」

カルティエが目を丸くした。お前、喋れるのか、と。

「それはその、つまり、ただの詐欺じゃなかったという意味なんでしょうか」

しどろもどろの若造を憐れむように、答えが返ってきた。

「十年前だ」

「へ？」

「詐欺の話さ。当時の彼はずいぶん派手に遊んでいた。公務員の給料だけじゃあ間に合わないくらいにな」

弓削がムラナカ製薬や香取と、長く付き合っていたという疑惑は報道もされている。

「サファリの認可は詐欺の二年後、翌年にムラナカ事件だ」

そして強制に近い自主退職。とんとんとんと、弓削は転がり落ちたのか。

「わたしから話せるのはここまでだ。ただ、老婆心ながら忠告しておこう。あの人の交友関係を探るならせいぜい気をつけたまえ。虎の尾を踏まぬようにな」

「どこ産の虎です？」

辰巳が投げた質問に、カルティエの男が笑みを広げた。

「雲南省発、浅草経由、目黒着」

「え？」またしても声をあげてしまった。「それ、宝来悠太郎のことですか」

カルティエが意外そうに、ほう、という顔をした。

「見かけによらず学があるじゃないか」

言いながら腕時計に目をやり、「時間だ」と腰を上げる。

「君」

「はい？」

六條の右手を指さしてくる。「ハミルトンかね」

手首に巻いた時計をさすりながら答える。「クラシックです」

「悪くない。刑事にはもったいないな」

そう言い残し去っていった。


「厚労省のお役人ですか」

地下駐車場をずんずん進む辰巳を追う。

「どういうツテなんです？」

年齢と物腰から察するに、そこらの平職員ではないだろう。大方、弓削の元同僚か部下か。どのみち刑事の誘いにひょいひょいやって来る官僚がいないのは六條だって心得ていた。

「人脈ってやつですか」

辰巳が覆面パトカーの前で立ち止まる。うるせえ——を予想したが、違った。

「人脈なら君のほうがあるんじゃねえの、六條くん」

名を呼ぶニュアンスに、すっと心が冷える。

「……家はそうかもしれませんが、おれはゼロです」

「いい時計なんだろ？」

「十万もしませんよ」

「なるほど。おれごときには手が出ねえ」

わざとらしい苦笑で応じる六條に、辰巳が訊いた。

「宝来悠太郎って？」

「宝山グループの創業者です。残留孤児だった悠太郎が浅草の株屋から成り上がって目黒にビルまで建てちゃったって、これ、超有名な話ですよ」

「何年か前、悠太郎は死んで息子が継いだんだったな？」

そうだっけ？　つーかお前、おれより知ってんじゃねえか、と六條はむくれた。

「宝山っていやあ、けっこうヤバいとこだよな」

「バブル期に地上げででかくなった会社ですから」

黒い噂には事欠かない。それも残業代がもらえないといったレベルじゃない。政財界に太いパイプがあり、国税も特捜もアンタッチャブル扱いにしていると聞く。

「投資詐欺くらいお茶の子さいさいってわけだ」

「狙われるほどの資産を弓削が持ってたっていうんですか？」

「役人の首根っこに価値があったんじゃねえの？」

複雑に絡み合う利権とやらか。六條の大嫌いな分野だ。

「宝山が医療ビジネスに手を出してるって話は聞きませんけど」

「詳しいね。おウチの教育の賜物か？」

ビンゴ。中学の夏休みに、古今東西、目ぼしい会社、経済人について、わざわざ専門家を招いて叩き込まれた。心からどうでもいい思い出だ。

辰巳がにっと唇を歪ませた。

「腰かけの坊ちゃん刑事か。気に入ったよ」

助手席に乗り込もうとする辰巳を呼び止める。

「どう思ってるんです？　さっきの話」

問い返す目に、肩をすくめる。

「サファリ認可に協力せざるを得ない事情が弓削にあったところで、だからなんだって話ですよね。投資詐欺に引っかかった過去も、直接事件解決に役立つわけじゃなさそうだし」

精いっぱいの嫌味を込める。

「せっかくのセッティングでしたけど、無駄足でしたね」

怒れ、と願うが、辰巳は冷笑で「うるせぇよ」。むしろ愉快げに「早く出せ」とくる。

「会議に遅れたらお前のせいだぜ」

「一本だけ、電話してもいいですか」

どうぞ、と手のひらを振られた。相手にされてないみたいで面白くない。

覆面パトカーに背を向け、私用のスマホを取り出す。応答を待つ間、つまんねえの、と思った。

だいたいみんな同じ反応をする。六條という苗字の意味に気づいて、羨望の眼差しか侮蔑の眼差しか。すり寄ってくるか、遠ざけようとするか。どちらにしても煩わしい。

金持ちはおれじゃなくて、親父だよ――。

けどその恩恵を、ことさら拒否しちゃいない。マンションだってスーツだって、時計にしても、自分の稼ぎだけじゃあ追っつかない。口座には、昔もらった小遣いがたんまり残っている。その額が非常識なのも、刑事になって初めて知った。

〈あい〉

寝ぼけたレイナの声。

「おれ。今夜は帰れないと思う。着替えはこっちで買うから」

〈ふぁい〉あくびまじりの生返事。

「ご飯、ちゃんと食べなよ。風邪ひかないように」

〈ん。りょーかい〉

「じゃあ」

〈あい〉

つれないねえ。せめてお仕事頑張ってくらい言ってもいいんじゃないの？

スマホをしまって振り返ると、辰巳は足を組んでふんぞり返っていた。

3

詰めかけたマスコミに熱気があった。テレビやネットニュースはマトリョーシカが添えられた二つの遺体を大々的に取り上げ、ムラナカ事件に絡めた報道も時間の問題と思われた。不用意な隠し立ては警察批判になりかねない状況とあって、結局、謎の小瓶と殺人テープ、マトリョーシカの写真は捜査上の秘密として伏せ、杉の木に刻まれたMの傷、川崎と横浜の両駅で得られた通報者の画像、そして通報者が口にした香取富士夫の名を発表する方針が確認された。併せて合同捜査本部の設置が正式に決まった。本部は八王子署だ。

記者発表の直前、彦坂は県警側の情報をあらためて八王子署の前橋課長に伝えた。陣馬山は成果なし。駅関係では乗客の目撃情報から防犯カメラを再度精査し、横浜駅にてXと思われる人物を捕捉。Xは停車中の車両内を移動しながら服を着替え、発車前に降りると横浜駅を後にした。現在、彦坂班の輪島を筆頭に駅付近の聞き込みを徹底している。

「まだ行き先までは摑めていませんが」

前橋が返してくる。「小宮公園も似たようなもんだ」

収穫と呼べるのは、現場近くのコインパーキングに停められていた弓削の愛車の発見だが――。「同乗者でもいれば面白かったんだが、駐車場の防犯カメラには奴（やっこ）さん一人しか映ってなかったそうだ。接触した人物の情報もなし。事件発生時刻は住民が出歩くには少し遅いし、車と自転車の往来がなくなるには早すぎる。どちらにせよ、運に恵まれたホシだよ」

周到な計画も、たいていはつまらない偶然によって尻尾を出す。逆に杜撰な犯行でも幸運が味方につけば逃げおおせたりする。

小宮公園に近い北八王子駅、小宮駅、八王子駅で目撃証言を探している班も手応えはなしだ。

「弓削を殺害してから横浜駅へ向かったのだとしたら、アシがあるはずなんだけどな」

車や単車を使っていたなら、車両の目星をつけなくては始まらない。

「生森についてはどうです?」

「現住所は鶴見区のアパート。一人暮らしのようだ」

五年前の住まいは相模原、捜査の担当は平塚署。いずれも神奈川県だ。

「まだ接触してないけど、明日にも人を送るよ」

記者発表へ向かう前橋を見送った彦坂は離れ小島のデスクに戻り、夜の捜査会議を待った。

かつて自分が大元をつくり、八王子署の刑事がまとめた関係者リストの紙に目をやる。薬害被害者とその家族、香取の職場の同僚たちなど五十名を超える中で、首を吊った医師、城戸広利の欄に目が止まった。妻と息子に加え、当時で八十歳間近だった両親の名も連なっている。リストの中には同じくらいの年齢の者が何人かいる。

亡くなっている者もいるだろう。五年とはそういう時間だ。特に薬害被害者は、癌治療で長期入院していた者たちである。

気がつくと会議室に捜査員の体臭が充満し始めていた。足を棒にした男たちが愚痴をこぼしながら席を埋めてゆく。

彼らを眺め、歯嚙みした。自分が頭脳派でないのは嫌というほど知っている。足で稼ぐ刑事なのだ。デスクに縛りつけられ、置物と化している現状は牢獄と変わらない。

会議が始まる直前、そんなもどかしさを吹っ飛ばす電話がかかってきた。

〈林美帆を見つけたよ〉

庄治の第一声に腰が浮いた。

〈世田谷のマンション。なかなか小洒落たとこだ〉

「ぎりぎり、間に合いましたね」

言葉にすると力が抜け、彦坂は思わず天を仰いだ。

〈さすがだろ？　と言いたいとこだが〉

庄治の声に潜む陰りに気づく。

「問題があるんですか」

〈実は見つけたんじゃなく、向こうから本部に連絡があったんだ。あんたと話がしたいって〉

「え？」

〈あんたが無理なら井岡。どっちかじゃなきゃ嫌だってさ〉

なぜ？　と訊くより先に、彦坂は時刻を確認した。

「……今からだと、九時を過ぎます」

〈さっさと頼む。あんたが来ないなら寝ると言い張られてんだ〉

係長にはおれから伝えとく――と残して通話は切れた。

席を立ち、前橋のもとへ駆けた。

「すみません、至急、神奈川へ戻らなくてはならなくなりました」

前橋が目を丸くした。

「事情は春日から電話させます。ウチの情報もまとめてお伝えします」

「待った。彦坂さん、それはない」

座ったまま彦坂の手首を摑んでくる。

「冗談だろ？　会議に出ないってのか。本庁のお偉方もくるんだぞ」

「すみませんが、急ぎなんです」

「急ぎって、どんな？」

「それは、後で」

「駄目だ。あんたは神奈川の人間だが、今はこの帳場の一員でもある。勝手は許さない」

当然だ。理由もわからないまま捜査員が欠席したとなれば管理能力を疑われてしまう。

何より――。

「神奈川さん、抜け駆けじゃないでしょうね」

古株と思しき所轄刑事がヤジを飛ばしてきた。これもまた、当然の反応だった。無駄な時間が流れてゆく。いちいち断らず黙って抜け出すべきだった。林美帆の真意は不明だが、へそを曲げられたら何がどう転ぶかわからない。

「――すみません」

摑まれた手首を強引に引きはがす。

「説明は春日から」

言い捨てて踵を返す。ぎすぎすした視線を突っ切って会議室の出口へ向かう。その行く手で、長身の男が仁王立ちしていた。

「ずいぶんお急ぎのようだ」

ポケットに手を突っ込んだ辰巳を殴り倒したい衝動をこらえた。

「どいてくれ」

「走って八王子駅かい？」

「関係ないだろうっ」

「邪魔するつもりはねえよ。むしろ運転手をつけてやろうって気遣いだ」

困惑する彦坂に、辰巳が顔を寄せてくる。

「この時間なら渋滞はねえし、電車より速い。こっちの人間を連れてってくれれば余計な詮索もしなくて済む。あんたにやましいところがないなら、そうすべきだと思うけど？」

見透かしたような囁きに、言い返す言葉を見つけられなかった。

「ねえ課長さん、構わんでしょう？　新米の一人くらい貸してやっても」

な？　と辰巳に視線を投げられた二枚目の青年が、「へ？」という顔をした。

世田谷へ——。

八王子署の六條陸が驚いて、「神奈川ではないんですか？」と運転席からこちらを振り返った。

「早く出してくれ」

不承不承の様子でエンジンを回した六條が覆面パトカーを発進させる。

「高速を使いますか」

「頼む。一時間で着かせてくれ」

「はあ、まあ、やってみますが……」

煮え切らない返事をもどかしく感じつつ、彦坂は携帯を取り出した。待っていたかのようにすぐつながった。

〈今どこだ〉

春日の早口が耳を打った。

「八王子署を出たとこです。こちらの課長さんが車を手配してくれたんで、九時には間に合うと思います」

〈車？　運転手もか〉

「ありがたい話です」

状況を察した春日が声を落とす。〈昔の事件の証人が、どうしてもあんたに伝えたいことがあると言ってる。当時、聴取を担当したあんた一人にだ〉

「ええ、承知してます」

〈行ってみたら、内容はたんなる世間話だった〉

〈役に立つかわからんが、最新情報を教えておく。香取の家族と連絡がついた〉

「はい、了解です」

「神奈川ですか？」

〈いや、海外だ。息子がアメリカの企業に就職して、奥さんも一緒に引っ越してる〉

香取の失踪、そしてムラナカ事件の影響もあるのだろう。

〈頼むぞ。間違いは許されない〉

「また連絡します」

電話を切る。車が料金所をすぎる。

「いったい何があったんです？」

六條が控えめに尋ねてきた。

「昔の事件の証人が、おれに話があるというんだ」

「彦坂さんに、ですか」

「聴取の担当だったんでな。気に入られたらしい」

「へえ。いつの事件です？」

探るような気配はない。興味本位か、暇つぶしのお喋りか。

「大したヤマじゃない」

「なのに慌てて駆けつけなくてはならないんですか」

「……どんな小さな事件でも、下手をして冤罪だってなるのはご免だからな」

「このご時世、シャレになりませんもんね」

「スピード、もうちょっと上げられないか」

話題を切り上げるつもりで命じると、六條は小さく肩をすくめた。「勘弁してください。ここら辺はネズミ捕りが多いんです。それこそ間に合わなくなっちゃいます」

それでも電車よりは速いだろう。癪だが、辰巳に感謝しなくてはならない。

滑らかに流れる中央自動車道の風景を眺めるうち、井岡とともに訪ねた青葉区のマンションが頭に浮かんだ。

——香取は見つかっていないのですね?

向かい合った林美帆に問われ、拳を握ったのを憶えている。

まだ有力な情報はない、マスコミの目を避けて蒸発した可能性が高い、警察は行方を全力で追っている……。

林は目前の男たちを責めもせず、説明を受け止めていた。

彦坂は言った。

——この訪問は個人的なケジメだとご理解ください。

——ケジメとはどういう意味ですか。

——気持ちの問題、ということです。

——手続きの問題ではないと?

——そう、ご理解いただきたい。お互いのために。

聞き慣れない中国語の響きが、頭を下げる彦坂の耳にふれた。

顔を上げた先には、穏やかな笑みがあった。

――彼がもし、見つからなければ？

――香取さんはご自分の意志で身を隠されたのだと、わたしは信じています。

林は無言で先を促してきた。

――誤解や勘違いは誰にでもあります。香取さんの状況を考えれば、なおさらです。

たしかに、と彼女は認めた。たしかに様子がおかしかっただけです、と。

――彼が事件に巻き込まれた可能性はないのですね？

――そう祈っています。あなたの弟さんのためにも。

再び、林美帆が中国語を口にした。穏やかな表情のままで。

やり取りの間、井岡はずっと顔を下げ唇を噛んでいた。彦坂も似たようなものだった。そんな二人を見つめる、いくつもの視線。作り物の瞳。人形たち……。

「……さん」

我に返り、六條へ目をやる。

「彦坂さん、大丈夫ですか」

「――平気だ」

「パーキングに寄りましょうか」

「いいから、もっと飛ばしてくれ」

六條が困ったように息を吐く。「あのう」恐る恐る訊いてくる。「香取の関係者に怪しいのはいました?」

瞬間、生森敬の名が浮かんだ。今夜を上手く乗り切れば気兼ねなく捜査にあたれる。前橋に奴の事情を伝えることも——。

その考えは一瞬で消えた。林美帆の問題が解決した後には、警視庁と県警の意地の張り合いが待っている。

「警視庁の辰巳さんが、やけに神奈川にこだわってましてー——」

「悪いんだが」

「あ、はい。黙ります」

会話がなくなり、彦坂は車窓に広がる夜を眺めた。

高層マンションの下、路肩にそれらしい人影を見つけ、六條が覆面パトカーを停めた。

「ここで待っていてくれ」

「おれも行きます」

慌ててシートベルトを外す青年を残し、彦坂は車を降りた。

小走りに駆け寄ると、白髪の庄治が素早く囁いてきた。「二十一階の三号室」

「彼女はなんと?」

「おれには何も話しちゃくれない」

追ってくる六條を気にしながら「頼まれもんだ」と紙片を二枚、手渡してくる。

「あんたがまいた種なんだ。ちゃんと刈り取ってくれ」

そう念を押し、庄治は六條のほうへ身体を向けた。

「おいおい、勘弁しろよ。そんなとこに停めたら叱られるだろ」

六條の相手を庄治に任せ、彦坂はエントランスへ向かった。

オートロックで「２１０３」を呼び出す。すぐに女性の声が応答した。〈どうぞ〉

自動ドアが開く。清潔感にあふれるロビーを進む。二基並んだエレベーターの片方に乗り込む。

瞬く間に二十一階に着いた。緊張を落ち着かせる余裕もなく、彦坂は廊下に踏み出さねばならなかった。

〈どうぞ〉

ドアホン越しに台詞が繰り返された。彦坂は厚い取っ手を握り、二一〇三号室のドアを引いた。その向こうで、すらりと立つ女性が待ち受けていた。

「お久しぶりです」

林美帆の薄い笑みを見て、変わってないな、と思った。

艶のある長い黒髪、透明な肌。涼しげな目もとにくっきりとした鼻筋。化粧っけのない中で際立つ赤いルージュ。

「こちらへ」

「失礼します」靴を脱ぎ、モノトーンのサマーセーターを追う。

通されたリビングで、勧められたソファに腰かけるよりもまず、その風景に立ちくらみを覚えそうになった。

「――昔よりも、増えましたね」

「昔なんて言い方はよしてください。年齢を感じてしまいます」

細い中指で、林美帆は耳にかかる髪をかき上げた。

微笑みの背後に棚が並んでいた。夥(おびただ)しい数の人形が置かれていた。和人形にビスクドール、ふくよかなものもあれば細身のものもある。オレンジの照明が影をつくり、人間を模した作り物たちの、かすかな息遣いが聞こえる錯覚に襲われた。

棚の一つは、大小様々なマトリョーシカで埋まっている。

「おかけになってください」

ソファに向かい合って座り、彼女の整った顔立ちを見つめた。髪に負けない黒い瞳がこちらを見据えている。すっと太ももで両手を重ねる仕草に記憶が疼(うず)く。五年前、井岡とともに対峙した時も、彼女の動きは整っていた。

「あらためて、ご無沙汰しております」

「こちらこそ。永遠に会わずにいられたら、と思わなくもないですが」

落ち着いた口調だった。感情が抑制され、隙がない。

「今、お仕事は」

「前と変わらず、日が沈んだ時刻の勤めです」

それにしても立派な部屋だ――。

彦坂の心の声を読んだかのように、林が説明を加えた。

「ほかに共同で化粧品の通販会社をやっています。インターネットの、ささやかな事業ですが」

謙遜なのか新しいパトロンがいるのか。彦坂には判断がつかず、また問い詰めようとも思わなかった。

「――弟さんは？」

「亡くなりました。つまらない喧嘩に巻き込まれて」

淡々とした口調だった。特に語ることはない。そんな意思が伝わってくる。

林の身体が前に傾いだ。

「白骨のニュースを拝見しました。香取で間違いないのですか？」

「はい。間もなくDNA鑑定の結果も出ます」

「一緒にマトリョーシカが埋められていたのも？」

「事実です」

そうですか、と軽く宙に目をやる。

「残念です」

彦坂はわずかに頭を下げた。申し訳ない——その言葉はのみ込んだ。今の自分が口にできる台詞ではなかった。

林美帆がゆっくり口を開いた。

「この五年間、香取は失踪したのだと、そう信じようとしてきました。報道のバッシングもありましたし、すべてを投げ出したくなったのだろうと」

だが、違った。

「誰がなぜ、香取を殺したとお考えですか」

「……全力で捜査に当たっているところです」

林が目を細めた。嘲りでも呆れでもない抑制された表情に、場違いな疑問を抱いてしまう。なぜ彼女は、香取のような男の愛人となったのだろう、と。

林美帆が尋ねてくる。「わたしも疑われますか?」

「関係者の皆様に、不愉快な質問をすることはあるかもしれません」

「動機とか、アリバイとか?」

「そうです。五年前の十二月二十日、あなたは部屋に一人でいたとおっしゃっていましたが」

「ええ。仕事は休みでしたから。アリバイはありません」

「この事件は香取さんを殺害して終わりというものではなく、香取さんの遺体が見つかった日に八王子で起こった殺人事件との関連が疑われています」

「ニュースで見ました。弓削さん、とおっしゃるそうですね」

「念のため伺いますが、ご存じでしたか」

「いいえ。まったく」

表情に揺らぎは見当たらない。

「ちなみに、昨日の六月二十日、月曜日の夜はどちらに？」

「働いていました」

二人を隔てるローテーブルに名刺を滑らせてくる。

「出勤は八時です。確認していただいても構いません」

受け取った名刺を確認する。麻布のクラブだ。弓削の殺害は九時頃。勤務中に八王子まで往復したのなら、店員の印象に残っているだろう。

「お願いしたものは持ってきてくださいました？」

彦坂は庄治から手渡された紙片を二枚、テーブルに並べた。それぞれの遺体のそばに残されていた涙目のマトリョーシカの写真だ。二体は柄も色味も同じで、違いは大きさだけである。

林は写真を手に取り、じっと見入った。

次の瞬間、彼女の表情が険しくなるのを彦坂は見逃さなかった。

「何か？」と彦坂は訊いた。

林はわずかな曇りを消し、たおやかに微笑んだ。

「懐かしくて」

彦坂は、膝頭に乗せた拳を握った。なぜそうしたのか、自分でも理由がわからなかった。

「大きさはどのくらいでしょうか」

「大きなほうが高さ二五センチ、幅一〇センチくらいです。サイズ的に、香取さんの人形に弓削さんのものが収まっていたと思われます」

そうですか、と納得したように顔を上げる。

「わたしが香取さんに求めた人形で間違いありません。インターネットで見かけて一目惚れしたんです。この涙目が愛らしくて、それで彼にねだりました」

作家の一点物で、価格は二、三万円くらい。販売元は憶えていないという。

「中には何が？」

「――お心当たりでも？」

「まさか。空っぽではかわいそうと思っただけです」

「かわいそう？」

「だって、マトリョーシカですから」

当たり前のように言う。彦坂に理解できる感覚ではなさそうだった。

「中身については捜査情報にあたるので、お答えできないんです」

「わかりました」

林はあっさり引き下がった。そしておもむろに切り出してきた。

「五年も土の中にあったわりには、きれいですね」

香取とともにあった一体目の写真を長い指で挟み、こちらへ見せてくる。血がべっとり染み込んだそれをきれいと呼んでいいのか、彦坂にはわからなかった。

「人形だけ別に、最近埋めたと思えるくらい」

「それは考えにくいです」

林の真っ直ぐな視線に、捜査情報の建前が負けた。

「表面に付着した血液が香取さんのものと思われています。同時に埋めたかはともかく、無関係とはいきません」

「血は――」林が静かに言い返してくる。「違う容器に保存して、後からつけたのかも」

「面白い発想ですが……犯人がそんな手間をかける理由はなんでしょうか」

唇を結び、無言で首を横に振る。写真をテーブルに戻し、すっと視線を外す。その仕草が、彦坂を落ち着かない気分にさせた。

妙な気配だった。何か不自然だ。しかしその正体がわからない。

「わたし――」林が顔をそむけたまま言った。「相談の件を騒ぐ気はありませんから」

彦坂は歯を食いしばった。それがこの会談の終わりを告げているのは明らかだった。しかしこのまま席を立つべきか判断がつかない。何か、この女に訊かなくてはならないのではないかという焦燥が生じ、しかしそれは言葉にならなかった。

「――必ず、犯人を捕まえます」

一礼し立ち上がった彦坂を、林美帆の声が引き止めた。

「彦坂さん」

突っ立った彦坂の隣に、細い二の腕が寄り添ってきた。顔の高さは同じだった。甘い香水の匂いと、ほのかな体温を感じた。

「一つだけお願いが」

「……なんでしょうか」

「マトリョーシカ」

なぜか、彦坂はぞくりとした。

「あの涙目のマトリョーシカがほしいんです。いけません？」

林の目が、棚を飾る人形たちに向いた。

「好きなんです。人形はぜんぶですけど、一番はマトリョーシカ。だって面白いでしょう？　人形の中に同じような人形が入っていて、どんどんどんどん、入っていて。永遠にこの人形たちが続いていく――そんな空想をしていると落ち着きます」

「……永遠に、というのは、少し怖い気もしますが」

「空っぽのほうが、わたしは嫌」

表情が消えていた。

あらためて林美帆を見つめる。整った顔立ち、立ち姿。間違いなく美しい。それでいて劣情を寄せつけない雰囲気がある。肌は薄く、まるで透明な容器であった。

人形へ向く眼差しにだけ、熱がこもっている。

「そう思いません？」

「無教養なもので、なんとも」

にっこり――そんな形容がふさわしい笑みが浮かぶ。

「あれをわたしにくださると、約束していただけませんか？」

「それは、ここですぐにお返事できる話では――」

「お互いのための、提案のつもりですが」

かつて彦坂が口にした言葉だった。

「……前向きに、検討いたします」

「早く答えをください。わたしが、愚かな決断をしなくてもいいように」

立派な脅し文句だった。

降下するエレベーターの中で、林美帆とのやり取りを春日に伝えた。海外に住む家族は遺体の発見にすらほとんど興味を示しておらず、マトリョーシカにこだわるはずもない――春日はそう断言した。

〈どうにか目処が立ったな〉

しかし遺品として返却するには、事件を片づけねばならない。

「明日、わたしはどうします？」

〈八王子だ。目立たないようにしてればいい〉

「……生森の、例の件はどうするんです？」

〈それは――〉わずかな間があいた。〈ほっておけ〉

通話を終え、力が抜けた。肩の荷がおりた安堵ではなく、虚しさだった。目立つなという命令はようするに、活躍するなということだ。地蔵になって会議をやり過ごし、言われるまま連絡係をつとめる。それを刑事の仕事と呼べるのか。

怒りがわくなら救いはあった。だが彦坂の矜持は、五年前に途切れたままだ。そのきっかけとなった女性との再会を思い返す。

四十に届こうかという年齢になってなお、林美帆は変わらぬ美しさを保っていた。容姿にも振る舞いにも節度があった。知性があった。そうした佇まいが、香取への怒りを増す要因だった。こんな女を侍らせやがって――。

今一度、彦坂は問いかける。なぜ彼女は、香取の愛人になったのか。もちろん打算や駆け引きがあったのだろう。だがやはり、嚙み合わなさをぬぐえない。通りいっぺんの見栄や欲が、林美帆の印象とつながらない。人形のように整った顔立ちを与えられた女性。透明な容器……。

買いかぶりだ。そう言い聞かせた時、エレベーターが一階に着いた。エントランスホールの明かりに目を細める。大理石を思わせる白壁の高級感は、彦坂が住む単身用アパートのわびしさと比べるのもおこがましい。

踏み出した足が止まった。顎が上がった。思わず額を拳で打つ。

おとずれたその気づきに、思考が痺れた。

五年前、林美帆が住んでいた青葉区のマンション。一人暮らしに不向きなほど広いリビング。水商売の女性とはいえ、おいそれと住める物件ではなかったはずだ。パトロンの援助という想像は自然で、ゆえに深く考えていなかった。

たしかに援助はあったのかもしれない。羽振りが良かった頃の内科部長ならば難しくない。

しかしムラナカ事件以降、香取は厳しい立場に置かれていた。社会的な地位と信用を失い、世間から白い目で見られていた。家族の反応の冷たさも、それを如実に表している。少なくとも失踪当時、愛人に贅沢をさせる余裕があったとは思えない。

なのに林美帆は警察へ足を運んだ。パトロンとしての価値がなくなった男のために、二度も。

男女のことだ。理屈で割り切れないこともある。情なのか、義理なのか。理由はいくらでも考え得る。

けれど彦坂の頭には、もっとシンプルな疑問が浮かんでいた。

そもそも——彼女は本当に香取の愛人だったのか？

林を香取の愛人だとみなした理由はなんだった？——県警本部を訪ねて来た彼女が、自らそう申し出たからだ。

冷や汗が背中に滲んだ。愛人の存在を証言した関係者はいないと辰巳は言っていた。家族も職場の人間も、浮気自体知らなかったと。それが用心深い香取の評判と無関係の事実だったなら。青葉署や県警本部への相談が、自分を愛人と見せかけるための工作だったとすれば。

いや、不自然だ。愛人を騙るメリットがない。

だが、香取殺害の夜、林美帆にアリバイはない。彼女なら殺せる。

いや、動機がない。

いや、隠しているだけかもしれない。

いや、いや、いや……。

彦坂は振り返った。自分が今しがた乗ってきたエレベーターの、閉じた扉を見つめた。もう一度、この上に住む女性に会いに行くべきか。

身体は動かなかった。

刺激するな――。保身の忠告に従って、出口へ歩いた。

4

怒られるんだろうなあ。

六條は、東京の空に突き刺さる高層マンションを見上げた。世田谷のこの立地、この建物なら一部屋五千万くらいだろうか。妹が住んでいるところと雰囲気が似ている。ぎりぎりまで留年を繰り返した私大を卒業する気になった妹の就職先は、六條グループ本社の事務か秘書か広報か。特に技能がなくても成績がどん底でも、遊びほうけていようとも、生活に困る可能性はない。ちゃらんぽらんにみえて意外にしっかり者で、駄目な男とくっついても引き際を心得ているし、親の力を利用する割り切りも備えている。ぼんやりとした反抗期を長引かせている次男に比べ、よほど賢い生き方だ。

「一生涯、縁のない住まいだよな」

くたびれた白髪の男が、缶コーヒーを差し出してきた。庄治と名乗った神奈川県警の刑事は彦坂よりも年上だろう。

コーヒーを受け取って肩をすくめる六條に、庄治はぼやきを重ねた。

「こちとら退職金でようやくローンが返せる身分だ。特捜本部なんて立った日にゃあ、帰れもしないウサギ小屋さ。おまけに残業代ももらえないんだから泣けるよな」

愛想笑いを返しながら、話題を変える。「上、遅いですね」

庄治に車の移動を命じられたどさくさに、彦坂はマンションへ消えてしまった。すでに二十分ほど経っている。彦坂に張り付けというミッションはあっさり失敗し、おまけに邪魔をした張本人からコーヒーを奢(おご)られているのだから始末が悪い。

「話が長い人らしい。まあ、大した証言がもらえるとも思わんがね」

コーヒーを流し込む庄治の横顔を窺いながら、嘘くさあ、と心の中で呟く。さすがの六條も、このマンションに住む誰かがたんなる昔の事件の証言者とは信じていない。

「しかし君も運がいい。退屈できすぎした捜査会議に出なくて済んだんだから」

「そこは、感謝です」

半分は本音だ。成果の一つもあげられなかった昼間の報告を回避できたのは純粋にほっとしている。辰巳は、それも見越して六條に運転手を命じたのかもしれない。

まあ、でもやっぱり、怒られるんだろうけど。

「庄治さんもM事件の担当なんですか」

「ん？　まあ、いちおうな。遊軍みたいなもんさ。もう老兵だから」

「何年目になります？」

「おいおい、取調べかよ」

「いや、雰囲気あるなあと思って」

「若いのにお世辞なんか言うんだな。もう三十年を超えたよ。刑事は二十年か」

「大ベテランですね」

「歳とって、いいことも悪いこともあるけどな」

「刑事になった理由はなんだったんですか」

庄治が苦笑を浮かべた。

「悪い奴をとっ捕まえたかったから――ってことにしておこうか」

「いいじゃないですか。格好いいです」

「よせよ。背中がムズ痒くなっちまう」

多少は皮肉を含ませたつもりだし、庄治もそれに気づいていそうだけど、呆れるくらいしれっとしてる。年季ってやつか。

「君は?」

やり返されてるのかなと感じつつ、六條は口もとをゆるめた。

「みんなを幸せにしたくて」

「なるほど。まあ、そういうことにしておこう」

含み笑いを交わし合いながら、六條は思う。

あのね、本当にそうだったんです。本当に、できるだけたくさんの人を幸せにしたくて、おれは刑事になろうと決めたんです。

「でも、なかなか世の中は単純じゃないからな。あんまり考えすぎないほうがいい。それが長続きの秘訣さ」

頷き返す。裏も表もある二人して、のどかを装った掛け合いは案外心地よかった。

「彦坂さんに張り付けって命令なんですけど、なんて報告したらいいですかね」

「証言者が彦坂以外に会いたくないって言うんだから仕方ない。それで押し通したらいいよ」

「なんだか疲れちゃいますね。県警だ警視庁だ、所轄だメンツだ」

「そんなもんさ」

エントランスの向こうから、背中を丸めた中年が歩いてきた。彦坂だ。

「君とはまた近いうちに会うかもな。そん時は一緒に悪い奴を懲らしめようぜ」

庄治は電車で県警本部へ帰ると言い、一人歩いていった。

バックミラー越しの彦坂は目をつむり、行きの焦りはなくなっていた。どこか放心しているようにも見える。六條はせめて辰巳に話せる感触の一つくらいは得ようときっかけを探す一方で、面倒だなとも思い始めていた。

正直、後部座席の巡査部長が苦手だった。

人の顔色を窺うのは自分の特技だと自負している。なんせ幼い頃からずっとそうしてきたのだ。父親や兄や親戚なんかを相手に。友だちや教師や恋人を相手に。

刑事になってからも、この特技は役立った。職場の人間関係にしても、聞き込みの相手や被疑者と向かい合った時も、そつなく立ち回っているほうだと思う。

けれど彦坂はわからない。その内面で何を考えているのか、どう感じているのか、いまいち摑めない。過ごした時間が短いせいもあるだろうし、たんに自分の経験不足かもしれない。そもそも今までが「わかっているつもり」だった気もする。

こういう時、六條は少し虚しくなる。すれ違って別れる他人にすぎないのに、待って、と言いたくなる。

「本当に、神奈川に寄らなくて大丈夫なんですか」

牽制球にもならない問いかけがやっとだった。

彦坂は「ん」と目を開け、ぼそりと返してきた。「前橋さんに報告しなくちゃならないからな」

「収穫はあったんですか」

「いや」

「無駄足ですか」

「ああ」

淡白にもほどがあるんじゃないの？

嫌気が差しつつ、粘ってみた。

「こんな時間に呼び出すなんて、よっぽど重要なことかと思いましたけど」

「……お喋りの相手がほしかったんだろう」

「あのマンションに一人暮らしなんですね」

彦坂の答えはなかった。

「女性ですか？」

重い沈黙に、こちらが落ち着かなくなった。お喋りという言葉から女性を連想しただけだが、期せずして核心をついたのかもしれない。

昼間のやり取りが蘇る。

「――きれいな人、でしたか？」

彦坂を問い詰める辰巳の口から出た台詞。いい女だったってな――。関係者リストの女性についてのコメントだ。たしか香取の愛人。それが水商売の女性なら、あのマンションも説明がつくんじゃないか。

「気にしすぎだ」

低い声で、彦坂が答えた。

「ですよね。いくらなんでも会議をほっぽって、若い女性の部屋に一人で訪ねちゃまずいですもんね」

これは牽制（けんせい）になるんじゃないの？　六條はそっとバックミラーに目をやる。

彦坂は黙り込んでいた。うつむき加減の顔は陰って、読み取る隙がない。けれど無色透明ではない気がした。といって、じゃあ何色なのかはわからない。

「彦坂さんは、どうして刑事に？」

彦坂が顔を上げた。なぜ？　という表情で。

「いや、さっき庄治さんとそんな話になって」

答えは返ってこなかった。別に期待もしていない。高速道路のゆるいカーブに、六條はハンドルを傾けた。

事をしようとした時、
「はい?」虚を突かれ、声が上ずった。すみません、黙ります——とっさにそんな返事をしようとした時、

「生森という男がいる」

「へ?」

「薬害被害者の父親で、五年前に傷害で捕まって、今年の初めまで服役していた。容疑者の一人に数えていいだろう」

関係者リストにその名があったのを六條は思い出した。

「彼の、裁判資料を取り寄せてくれないか」

「裁判資料? それは構いませんが……」

いや、構う。六條と彦坂は上司と部下でも先輩と後輩でもなく、まったく所属の異なる運転手と同乗者だ。悪いけど、顎で使われる道理はない。

「あの、それ、おれが彦坂さんにお渡しするんですか?」

「……すまない。忘れてくれ」

窓の外を向く彦坂をバックミラーで眺め、なんとなく気づいた。六條が彼を苦手な理由。この人、心の色がころころ変わるんだ。ゆらゆらと揺れている。たぶん、自分自身に迷っている。

なんだ。おれと一緒じゃないか。

彦坂はしっかり口を閉ざしている。六條はコミュニケーションを諦め、前を向いた。

八王子署に辰巳の姿はなく、代わりに小此木に捕まった。

「夕飯をご一緒してください」

警視庁の、それも年上の刑事に誘われて断るほど世間知らずではない。枯れ木のような男と連れ立って駅前を目指した。道行き、小此木が捜査会議で決まった明日からの体制をぽつりぽつりと教えてくれた。

神奈川県警との合同捜査が正式に決まり、八王子署に四十名体制の帳場が立つ。加えて神奈川からの応援が二十名ほど。まずまず大掛かりな規模だ。加古や六條も、引き続き捜査にあたるようにと前橋から聞かされている。

「辰巳さんが次の被害者の可能性に言及されたのも効いたようです」所轄のぺーぺーにも、小此木は丁寧な言葉使いを崩さなかった。

特別捜査本部の本部長は警視庁の刑事部長、副本部長は捜査一課長と八王子署の署長となるが、これは便宜的な配置で、現場の指揮を執るのは警視庁から派遣される捜査一課の管理官だ。今回は小此木たちもよく知る警視が就くという。

「厳しい方です」

った。

小此木が一言で評した。

「小此木さんたちもそのままですか」

「そうです。班長の畠山が明日合流します」

おや。てっきり警部補の辰巳が班長だと思っていたが。

小此木は特に説明してくれない。淡々と歩いていく。これぞ無色透明だと六條は思った。

駅から少し離れた居酒屋の暖簾をくぐって、小此木は手前の階段へ向かった。日が変わりかけた時刻で一階のカウンター席に客はいない。なのにわざわざ急斜面の階段を上るのは待ち人がいるからだろう。

二階の奥、仕切りになった個室の上座に、辰巳が座っていた。

「話せよ」

労いの言葉を期待したわけじゃないけれど、まったくもって不遜な男だ。テーブルにはつまみと空のジョッキ、焼酎の瓶が置かれていた。

「先に注文させてください」言いながら辰巳の対面に、小此木と並んで座る。

「ビールなら頼んである」

「できたら梅酒を」

はっ、と笑われた。

「飯は後だ」

苦手なビールで舌を湿らせてから、世田谷詣での顛末を話した。

「本当に使えねえ野郎だな」

ほっといてくれ。

「おれみたいな下っ端が強引に同席できるわけないじゃないですか」

「そこをなんとかするのがプロじゃねえの？」

「だったら辰巳さんが運転手をすればよかったんです」

「へえ」辰巳が嬉しそうに笑う。「達者なお口だ」

「すみません」いちおう上官だと思い出し形ばかり頭を下げるが、辰巳は気にもしてない様子で焼酎のコップを傾けた。

「香取の愛人ねえ」

「確証はないですよ」

「調べりゃいい。住所は憶えてんだろ？」

慌てて記憶をまさぐった。「――大丈夫、なはずです」

辰巳の嘲笑をかき消すように尋ねる。

「生森の名前、会議でも出たと小此木さんから聞いたんですけど」

「容疑者の最右翼って感じだったな。ピカイチに怪しいのはその通りだが」

「どんな男なんです？」

口を開いたのは小此木だった。

「生森敬、事件当時四十歳。横浜生まれ横浜育ち。横浜国立大学理工学部卒。卒業後、市内の広告代理店に就職。二十七歳の時に結婚し、二年後に長女を授かっています」

「その子が、薬害被害に遭ったんですね？」

顎を引くような頷きが返ってくる。ムラナカ事件で亡くなった十歳の女の子だ。

「事件後、生森は仕事を辞め、塾講師のアルバイトで食い扶持を稼いでいたようです」

「奥さんとは？」

「死別してます。薬害事件の前の年に、交通事故です」

ほとんど立て続けに伴侶と一人娘を亡くしたのか。やるせないな、と六條は思った。

「今お話ししたのは当時の調書を参照したものです。あらためて裏をとる必要はあるでしょう」

小此木に言われ、生森が傷害事件で服役した事実を思い出す。同情ばかりはしていられない。

「実は彦坂さんに、裁判資料を取り寄せてくれと言われたんですが」

「ほう」辰巳が目を向けてきた。「筋違いだな」

「だから適当にはぐらかしておきましたけど」

「馬鹿。そこは食いつけよ。詳しい理由とか突っ込んで訊いたんだろうな？」

「いや、まあ、いや……」

「駆け引きの一つもできねえのか、タコ」

ぐうの音も出ない。

「生森について、気になるといえば傷害事件を起こした時期です」

取りなすように小此木が口を開いた。焼酎を舐めてから続ける。

「彼が逮捕されたのはちょうど五年前。それも十二月の末頃です。正確には十二月二十五日午前七時頃」

「香取の失踪直後じゃないですか」

そんな偶然があるのか？　出所がこの一月というのもタイミングが合っている。

「勾留は平塚署です」

「ええっと」

「神奈川県中南部です」と小此木が教えてくれた。

「生森の住まいが平塚だったんですか？」

「そっちは相模原市です。同じ神奈川でも平塚とは北と南でだいぶ距離があります」

調べたのかもともと頭に入っていたのか、口調に淀みはない。

「平塚は被害女性の住所です。知人女性を彼女の自宅に監禁し暴行、隙を見た被害者が通報して現行犯逮捕です」

「それで五年ですか」

「一日中監視して暴行を繰り返していたようです。逮捕時、被害女性の顔や身体は痣だらけで、精神的にも相当追いつめられていたのだとか」

生森への同情が完全になくなった。五年の実刑でも短いと思い直す。

「今はまだこんなところです。詳しい資料が届いたら六條さんにもお渡しします」

小此木はそれがさも当然という顔をしていた。所轄の若造としては恐縮するほかない。

それに比べ彦坂は——。

「神奈川の事件を神奈川の刑事がおれに資料請求しろなんて、変ですね」

「大いにな。生森なんて金の卵、普通は隠すだろ」

少なくとも進んで教えはしない。それは東京と神奈川に限らない、県警同士の通常のやり取りである。

「裏があるんでしょうか」

「さあな。本人と面を合わせてみりゃわかるだろ」

コップを傾ける辰巳を、六條はきょとんと見つめてしまった。

「明日、生森くんのお宅訪問だ」

「おれもですか？」

「水臭えな。コンビだろ？」

いつの間に。

生森の現住所は横浜市鶴見区。川崎駅と横浜駅の中間地点といっていい。見事にホシの条件を満たしている。

話が一段落し、チキン南蛮定食と梅酒をオーダーする。

「弓削についてですが——」梅酒の到着を待って、小此木が話し出した。「香取、今西（いまにし）とはムラナカ事件の前から頻繁に交流があったという話です」

「今西って、ムラナカ製薬の営業部長でしたね？」

香取、弓削とともに悪の三羽ガラスとして糾弾された男だ。

「個人的にも銀座や六本木で派手な遊びをしていたようです。当時の報道によると、一晩ウン十万の豪遊もザラだったのだとか」

つまり金は幾らあっても足りなかったわけで、それがムラナカ事件の遠因とみられていた。

「弓削はハクホウに入社してからは大人しくしていたようです。いい噂も悪い噂もありません。淡々と仕事をこなしていたという評判です」

まるで小此木自身の紹介だと、六條は密かに感じた。

殺害当日のスケジュールは会社へ申告していた通りで、怪しい行動は確認できていない。

「定時を超えて会社に残っていたのは間違いありません。普段からコミュニケーションに積極的なタチでもなく、社員の方々は特に異変に気づくこともなかったそうです」

携帯電話の記録にある午後六時過ぎの非通知着信は大宮の公衆電話から。近くの防犯カメラにお馴染みのニット帽とマスクの男が確認されている。この電話で弓削と犯人が、午後九時に小宮公園でと待ち合わせの約束をしたと考えるのは自然だろう。

一人暮らしのマンションの部屋は質素で、目立つのは立派なホームシアターの設備くらい。

「別れた奥さんに確認したところ、昔は映画青年だったようです。一人になって熱が再燃したのかもしれません」

自宅に近いレンタルショップで最後に借りた映画は『サクリファイス』。六條は知らない作品だった。

口座の記録は倹約的な生活が偲ばれるくらいの出し入れしかなく、不審な点はなし。長男の他人行儀な態度も合わせ、弓削浩二は孤独な後半生を送っていたらしい。脛（すね）に傷をもつキャリア官僚の成れの果てに溜飲が下がる人間もいそうだが、哀愁を感じずにいられない。

「辰巳さんから教えていただいた投資詐欺については詳しく調べられていませんが、目立った痕跡はなさそうです。詐欺が本当なら、弓削は破滅の前にその穴埋めをしたのでしょう」

少なくとも借金取りに追われていたとか自宅を抵当に入れていたという情報はなく、内々の話となると真偽を確かめることすら難しそうだ。

「どのみち――」イカ刺しを嚙みながら辰巳が言う。「今の弓削を殺して喜びそうな奴は見当たらねえってことだ。動機があるとすればムラナカ関連。その意味でも、生森は洗う必要がある」

弓削について一通り聞き終え、六條は疑問をもった。

「なんで弓削だったんでしょう」

辰巳が目で先を促してきた。

「香取はともかく、弓削を殺そうって発想がよくわかりません。だってようするに、彼はお役所仕事をしたわけですよね。接待と薬害事件は無関係じゃないですか?」

たしかに当時、弓削は香取たちとひとまとめに叩かれ、名前と顔がデカデカと世間に晒されていたが、それで殺されるのはあんまりだ。

辰巳が冷え切った口調で答えた。

「実際ガキを殺された親になってみろ。誰にどんな憎しみをぶつけたくなるのか、他人様にゃあわからねえよ」

ああ、まただ。

他人。その響きに六條の中の虚しさが膨らむ。

「おれたちはホシをあげりゃあいいんだ」

辰巳が立ち上がり、同時にチキン南蛮が届いた。

じゃあなと残し、彼は帰ってしまった。呼び出したくせに置いてくのかよと驚く。

六條の隣に座る小此木は、変わらぬ無表情でサバの煮つけを口に運んでいる。

大の大人が、それも男同士がテーブル席で並んで飯を食う姿は間抜けで、かといって六條が上座に移動するのも気が引けた。

「六條さん」小此木がぽつりともらす。「わたし、日本酒にしますが」

「え?」

明日の朝イチ会議ですよ? と咎めそうになった。

「どうします?」

「いや、おれはそんなに強くないんで。すいません。これを食べたら退散しようかと」

「そうですか。では、ゆっくり休んでください」

小此木は日本酒の、それも四合瓶を注文した。看板まで腰を上げないつもりか。鶏肉を頬張る横でちびちびお猪口(ちょこ)をなめられ、なんとなく居心地が悪い。

「辰巳さんね」

唐突に小此木がこぼす。

「面白い人です」

続きを待つが、それだけらしい。

急いで皿を空にした。

四章

1

「一日も早くホシをあげること！」

警視庁の管理官が野太い声で捜査員を鼓舞し、朝の会議は終わった。

特捜本部に合流した神奈川の二個班の中に、見かけた顔がいくつかあった。

「早い再会になったな」

白髪の庄治に囁かれ、六條は軽く頭を下げて返す。つるりとした肌の鎌安はこちらを見もしなかった。

「薬害被害者と弓削は東京組、神奈川さんは香取の鑑（かん）を追ってくれ」

鑑取り班をまとめる畠山警部は、辰巳が所属する班の長だという。小麦色の肌にがっしりとした体格で、とにかく声が大きい。

「ムラナカ事件の、特に死亡患者の家族は徹底して洗うように」

小瓶の液体がサファリと合致すれば、ホシはムラナカ事件の関係者で決まりだろう。

「生森については、辰巳、お前が当たれ」

鎌安が異を唱えた。「生森は神奈川に住んでるはずですが？」

「おいしいとこだけもってかれちゃあかなわないなあ」と、庄治。「城戸の息子もそちらさんの受け持ちでしょう？」

薬害事件で自殺した医者の息子が東京在住だと突き止めたのは鎌安たち。にもかかわらず担当に指名されたのは小此木だ。

「だったら生森はこっちじゃなきゃバランスがおかしいですなあ。辰巳警部補はよっぽど優秀なお人なんでしょうけど」

「まあね」と辰巳が受けて立つ。

「ごちゃごちゃ言わんでくれっ」畠山が一喝する。「もう決まったことだ。君らには今西を任せているだろ。早急に居場所を摑んでくれないと困るぞ」

今西民雄、五十五歳。薬害事件報道で槍玉に挙げられたムラナカ製薬営業部長だ。とっくにムラナカ製薬を辞めている彼とは、いまだに連絡が取れていない。

鎌安はつんと澄まし顔で、庄治は皮肉な笑みで、それぞれ矛を収めた。

「おれたちはホシに一番近いところを任されたんだ。ほかの連中にさらわれたら笑いものだと肝に銘じろよ」

畠山の号令で解散し持ち場へ散っていく中、六條は辰巳に声をかけた。

「案外、地取り班のほうが有利かもしれないですね」

現代の都市はいたるところにカメラがある。地味ながら、こういう捜査があっさり実を結ぶことも多い。

「辰巳さん？」

辰巳は突っ立ったまま、仏頂面を浮かべていた。

「鎌安ってのは、あの程度の奴か？」

「あの程度って？」

「なーんか、臭えなあ」

おれはちゃんと着替えてます――って話でないのはわかったけれど、何が引っかかっているのかはわからない。

「生森の資料が届くのは昼過ぎか」

朝イチで、小此木が法務省へ問い合わせ済みだ。

「まあ、行ってみるしかねえか」

ようやく辰巳が歩き出した時、

「ちょっとみんな待ってくれ！」

管理官が声を張った。

「科捜研からの最新情報だ。陣馬山で見つかった小瓶の液体について、特定にはまだ時間がかかるが薬品だろうとのこと。ただし、サファリではない」

「え？」

違うの？　虚を突かれたのは六條だけではなかった。皆一様に意外そうな、しかしだからどうしたとも言えない微妙な顔つきになっている。

「詳しい結果は今夜中に出る見込みだ。以上」

拍子抜けした気分を引きずりつつ、辰巳の後ろについていく。

そういえば――、と六條は会議室を振り返った。

彦坂がいない。


鶴見区岸谷の主要駅は京急本線生麦(なまむぎ)駅。横浜駅まで十分足らず。京急川崎駅へも似たようなもので、そこからJRの駅まで徒歩五分くらいの距離だ。二回の通報には便の良い場所である。

「歩いても一時間くらいですもんね。逆に近すぎる気もしますけど」

ハンドルを握る六條の感想に、助手席の辰巳がつまらなそうに返してきた。

「遠けりゃいいってもんでもねえだろ」

ホシは横浜駅の近くで夜勤の仕事をしていたのではないかという辰巳の推理にも、この立地は悪くない条件のはずだが、当の本人は気に食わないという表情だ。

触らぬ神に祟りなし。六條はむっつりする同乗者に構わず覆面パトカーを走らせた。生麦駅から西へ少し行くと横浜商科大の建物が見えてくる。それを越えた辺りが東寺尾三丁目だ。

「あれですね」

戸建ての並ぶ狭い道をとろとろ進み、坂道を上った先に門扉付きのハイツが現れた。二階を合わせても部屋数は十を超えないくらいだろう。駐車場はなく、適当な場所を探すのに一苦労した。

一階の三号室のドアホンを押す。緊張している自覚があった。辰巳から、お前が聴取してみろと命じられているせいだ。

中から物音が聞こえた。開いたドアの隙間から分厚いレンズの眼鏡が見えた。

「こんにちは。お電話していた八王子署の者です」

生森敬はぎょろぎょろと、六條たちを見比べた。

「名前は？」

「六條と申します」

「下は？」

「陸です」

「そっちは？」

「警視庁の辰巳司といいます」

辰巳の外行きの対応に、むしろ六條が驚いた。

「どこか喫茶店でも行きますか？」

辰巳の提案に、生森はしばし黙り込み、素っ気なく六條たちを招き入れた。

玄関で靴を脱ぐ間、奥へ歩いていく生森の背中を窺う。深緑色のトレーナーの上下は、いかにもくたびれている。猫背で、どかどかと歩く足は裸足だ。

「何も出せませんよ」

「お構いなく」

ぶっきらぼうな生森の声に返しながら　防犯カメラに写ったXの背格好に近いと六條は思った。

「失礼します」

フローリングのワンルームはほどよく散らかっていた。脱ぎっぱなしの衣服が散乱し、同じくらい雑誌が転がっている。

腰を下ろすべきか、六條は迷った。座布団もクッションもない。床には埃や髪の毛が積もっている。辰巳に座る気配はなく、それに倣うことにした。

生森はベランダに横付けしたベッドに腰をかけ、二人を見上げてきた。

「座ってくださいよ。見下ろされるのは気分がよくない」

早口にそう言われ、仕方なく六條は正座した。辰巳が隣で胡坐(あぐら)をかく。

「で？　なんなんですか」

人差し指で眼鏡を押し上げながら、生森が尖った声で訊いてきた。

あらためて、この男を観察する。天然パーマと思しき頭髪のくねりはお洒落とはほど遠く、洗髪しているのか疑うほどべとついて見えた。分厚い唇、太い指。がっしり体型なのに生気が感じられない。五年の服役のせいだろうか。ぎょろりとした目だけが、妙に血走っている。

小さく息を吐いてから、六條は質問を始めた。

「先日、香取富士夫さんのご遺体が陣馬山から発見されました。白骨の頭部に殴打の痕があり、香取さんは何者かに殺害されたものとみられています」

「だから？」

かぶせるように生森が発する。神経質な響きに聞こえる。

「だからなんなんだ？」

「五年前の十二月二十日、香取さんは午後六時半に職場を出たのち、行方がわからなくなっています」

「だから？」

「生森さんはムラナカ薬害訴訟の原告団に参加されておりましたね？　香取さんの周辺で何か物騒な噂などはありませんでしたか」

「何言ってんだ、あんた」

びっくりするくらいの大声だった。

「おれを殺人犯に仕立てようってのか？　そんな手には乗らないからな。絶対に、乗らない」

「落ち着いてください」

そう口にする六條の声も、充分慌てていた。

「生森さんを疑っているわけではありませんから。関係者の皆様にお話を聞いて回ってるんです」

「関係者？　言ったな、関係者と。おれが香取の何にどう関係してるのか、ちゃんと説明してみろっ」

怒鳴りながら、生森はスマートフォンをテーブルに置いた。録音アプリが起動している。

勘弁してくれと、六條は心の中で嘆いた。やっかいな参考人に当たってしまった。そもそもこんな重要な聴取を自分に任せた辰巳を恨みたくなる。最近の六條は、加古の後ろにひっそり立ってメモに励む日々なのに。

一方で、生森の過剰な反応が興味深くもあった。

「どうせあれだろ。あんたたちはおれが前科持ちだから、それだけの理由で怪しいと考えているんだろ？　最低だ。あんたら、最低だ。出るとこ出てやるからな」

「生森さん。そんなつもりはないと申し上げているじゃないですか」

「いいや。わかるんだ。その目だ。おれを見るその目。もうずっと嫌気が差してるんだ。変なものを見る目だ。くそ。ふざけるな」

生森は忙しなく手を動かし、鼻をつまんだり耳をつまんだり、顎をさすったりした。

「おれはイカれちゃいないっ。疑われる筋合いもない！」

「わかっています。わかっていますから」

駄々っ子をなだめるように、六條は手のひらを向けた。

「必要なことだけ、伺わせてもらえたら退散します。香取さんとお会いしたことはありますか？」

「いつもいつも『席を外しています』だっ。あの病院の受付の女、ぶっ殺してやろうかと何度思ったか」

おいおい、と六條は焦った。

「奴らは何も認めやしない。香取の出勤さえもな！」

「えっと、それで責任を追及するために訴訟団に加わったんですね」

「あんなもん、なんの役にも立たなかった。オママゴトだ。金儲け集団だ。どうせ金を払うのは会社じゃないか。香取の野郎じゃない」

「香取さん本人に、罪を償わせたかったということですね」

「それが筋だろうが。違うか？　おかしいか？」

「いいえ、ご遺族ならば、そう感じられるのが当然だと思います」

「不起訴だ！　証拠不充分だ！　何を言ってる！　馬鹿にするな」

「落ち着いてください。あの、香取さんと個人的にお会いしたりは――」

「逃げ回りやがって、腰抜けがっ」

「訴訟の最中に顔を合わせたりは――」

「クソ野郎だ。あいつはクソ野郎だ！」

話にならない。生森は「くそ、くそ」と繰り返している。

「生森さん」

辰巳が口を挟んできた。

「裁判の結果は不満足だった。そうですね？」

「当たり前だ」

「たしかに痛ましい事件です。十人近くが被害に遭って、四人も亡くなった。中でも、小さなお子さんを亡くされたあなたには心からお悔やみを申し上げたい。お怒りはごもっともだ」

生森の目が鋭くなった。

「その怒りを、香取さんへ直接ぶつけたいとは思いませんでしたか？」

ぎょっとするほど切り込んだ質問だった。つい、生森のスマホへ目がいく。

「――その手には乗らない」生森が低く返した。

「どんな手だとお考えで？」

「ふん。お前らはいつもそうだ。そうやって人を刑務所へぶち込むんだ」

「傷害事件の判決にも不服があると？」

「あの女！　おれに色目を使ってやがった。だからいいようにしてやったんだ。それを監禁暴行だと？　なんだそれは。ふざけるな」

「あなたは暴力をふるっている」

「躾だ。何が悪い？」

反省、更生。そんな言葉が薄っぺらく思われた。

「あいつは金が目的だったんだ。おれがもらった慰謝料をふんだくろうって魂胆だ。そうに決まってる」

「出所してから、彼女に会いに行ったことは？」

「顔も見たくない。あんな女、勝手に一人でくたばればいい」

「香取さんは、くたばっちまいましたけどね」

よせよ、と六條は冷や冷やした。言い方があるだろうに。

生森がふんと鼻を鳴らし、「いい気味だ」と吐く。

辰巳が重ねる。「たとえばの話、あなたと違って、香取さんへの怒りを直接行動に移すような人物に心当たりはありませんか」

「人を腰抜けみたいに言うんじゃない！」

「でも、あなたはやってないんでしょ？　裁判が終わった後も香取さんには会ってない。違うんですか？」

生森が固まった。

「文句の一つくらい、言いにいけばよかったのに」

「……そんな無駄なこと、してもしようがない」

「それほどの怒りが我慢できたんですか？」

「おれは馬鹿じゃないんだ」

なんとも説得力のない台詞だった。

辰巳が身を乗り出す。「娘さんは重たい病気を患ってらした。ご苦労も絶えなかったと想像します」

「わかったふりをするな！　あいつらに真菜は殺されたんだっ。たった十歳で！」

　唾が飛んできた。

「おれが――、おれがどれだけ苦労したと思ってんだ。真菜が罹ったバーキットリンパ腫ってやつは、ほっとけばすぐに駄目になる悪性の癌だ。入院しなくちゃならなかったし、治療費だって馬鹿みたいに高かった。周りに助けてくれる金持ちなんかいやしない。女房が事故を起こしちまったのも、看病疲れと無関係じゃなかったはずだ。おれは仕事しながら、一人で真菜の世話をしたんだ。ちょっと具合が悪くなったら呼び出された。そのたびに職場の仲間に頭を下げた。うんざりした目に耐えながらな。そんなおれの気持ちが、あんたらにわかるもんかっ」

　六條の中で、虚しさが膨らんだ。

　わからないよ、と。

「結局、素人には何もできない。病気を治してやることも、薬をつくることも、法廷で奴らを裁くこともな。ようするに専門家様の言いなりだ。だがな、医者だなんだと偉そうにしてる連中だって、しょせんは人間だろ。当たりも外れもある。外れを引きゃあ、ツイてないで終わっちまう」

　生森がうつむいた。

「皮肉なもんだ。毒か薬か、蓋を開けてみるまで本当のとこはわからない。飲んだ奴だけが、それを証明できる」

　生森の目はこちらを向いていなかった。部屋のどこにも向けられていなかった。それはきっと、過去の理不尽を見つめる視線だった。

　すっと我に返ったように、生森が顔を上げた。

「不愉快だ。もう帰ってくれ」

「一つだけ」辰巳が割り込む。「六月二十日の夜、どこで働いていました?」

　生森が目をいからせた。

「仕事は、してない」

「ほう。生活はどうされてるんです?」

「見た通りだ。悪いか?」

　それから小さく、「貯金ならある。馬鹿にするな」と加えた。ムラナカ事件の慰謝料か、と六條は思った。

「では、二十日の夜はどこに?」

「知るか。憶えてるはずがない」

「弓削浩二さんが亡くなったのはご存じですね?」

「……アリバイってやつか」

「弓削さんとお会いしたことはありますか」

「ニュースで見ただけだ。役人だったんだって？　知るか、そんな奴」

　吐き捨ててから答える。「夜はたいていテレビを見てる。あの日もそうだったはずだ」

「証明できる方がいらっしゃると助かるんですが」

「いるわけないだろ！　いい加減にしろ」

「最後に。城戸広利さんを憶えていますか？」

「……ああ。忘れないよ。あいつが真菜にサファリを打つ指示を出したんだ。勝手に死にやがって。あいつこそクソだ」

「彼の息子さんのことは？」

「え？」

「幹也（みきや）さんといいます。彼は今、都内で医療ボランティアのＮＰＯ法人を立ち上げて、医療事故や薬害被害者の援助に力を入れているらしい」

「そう……」生森の顔が素面（しらふ）に返った――気がした次の瞬間、醜く歪む。「見え透いてる。おれも援助しろと伝えておけ」

　下卑た笑みに、六條はうんざりとした。

「それより今西はどうしてんだ？　香取と役人が殺されたのに、あいつだけピンピンしてちゃ不公平だろ。あのデブはどこで何してやがる？」

「こっちが教えてほしいくらいです」

生森の睨みに対し、辰巳が薄い笑みで応じる。

「彼の居場所を知って、どうされるつもりで？」

目つきを鋭くした生森と無言で見合う。

やがて生森がそっぽを向いた。

「その手には乗らない」

帰れ——。聞き取りが終わった。


「あれは、きついですね」

覆面パトカーへすたすた歩く辰巳に話しかける。

「気づきましたか？　写真」

答えを待たずに六條は続けた。「亡くなったお子さんや事故に遭った奥さんの写真が飾ってありませんでした。生森にとって、妻子の死はどんな意味があったんでしょうね」

おまけに民事裁判が結審した直後に女性を暴行して捕まっているのだ。同情もくそもない。

「実際どうなんでしょう。生森はX——ホシなんでしょうか」

「いや、まだ決められないのは当然ですけど……」

「お前こそ、気づかなかったか」

「何にです?」

「不自然さ」

生森の受け答えに? 特に思い当たらなかった。「どこで働いていた?」という辰巳の引っかけに対する反応はワンテンポ遅れたが、許容範囲だろう。

「散らかってた雑誌がエロ本じゃないのは意外でしたけど」

オートバイやアウトドア関係が目立っていたが、だからどうというわけでもない。

「気になってることでも?」

「あのなりでネックレスってのは気になった」

たしかに六條も、首にかかった銀色のチェーンは意外に思った。

「しかもトレーナーにインだぜ? どんなセンスだよ」

「ゲルマニウムかもしれませんよ」

「肩凝りが悩みってか? まあいい。次だ」

生森が五年前に働いていた学習塾のアポイントは午後二時。時間の余裕は充分ある。

覆面パトカーに乗り込もうとした矢先、辰巳の携帯電話が鳴った。

やり取りの間、六條は天を仰いだ。昨日に増して、日差しが強い。この調子でどんどん暑くなっていくのだろうか。クーラーのあるオフィス仕事が恋しい。

生森の不自然さ？　あれだけ興奮されちゃわかりっこないよ――。

「くそ！」

辰巳の声で我に返る。目をやると、歯ぎしりをするしかめっ面が飛び込んできた。

「嵌められた」

「嵌められた？」

「神奈川の奴ら、つまんねえことしやがる。やけにあっさりしてると思ったんだ」

担当決めの時の鎌安と庄治か。言われてみると、食ってかかったわりに手際よく引き下がった気がしなくもないが――。

「いったい、どうしたんです？」

六條の疑問に、辰巳が忌々（いまいま）しげに答えた。

「生森には、五年前のアリバイがある」

香取殺害の？

しかし、そんなものが今さらどうやって――と思う間もなく、辰巳が吐き捨てた。

「監禁暴行。あの野郎、香取殺害の夜、被害女性とずっと一緒にいたんだとよ」

おれは何をしているんだ――。

横浜スタジアムのそばにある喫茶店で携帯電話のコール音を聞きながら、彦坂は自問した。

朝イチで八王子署へ行くはずだった。彦坂自身、自宅を出るまではそのつもりだった。なのに特捜本部の前橋に電話をし、昨夜の件で後始末をしなくてはならないと嘘をついた。春日には連絡すら入れていない。

大目玉で済めばマシという馬鹿げた真似だ。魔が差したとしか言いようのない状況に、背筋がざわつく。

それでも彦坂は席を離れなかった。

延々と続くコール音に耳を傾けながら、今頃、捜査員の誰かが生森に接触しているだろうと思った。ムラナカ事件の最後の被害者で、もっとも注目を浴びた女の子の父親だ。それも五年の服役を終えたばかりの前科者とくれば疑わないほうがおかしい。

五年前、彦坂も彼に目をつけた。独自捜査を始めた時、すでに生森は起訴されており、本人に会う機会はなかった。平塚署の担当刑事から詳細を聞き、顔写真と調書に目を通した。そして十二月二十日の監禁を知った。

念のため携帯電話の通話記録を取り寄せてもらい、香取本人や自宅、職場の病院など、関わりがありそうな発着信を探した。それらがすべて空振りに終わり、安堵した。殺人の可能性が一つ減ったと胸をなでおろした。

ほかの被害者遺族も同じように裏を取った。疑わしさが消えるたび、肩の荷が降りていく感覚を味わった。振り返ると、冗談のような能天気さだ。

しょせんは香取の失踪を信じたいがための中途半端な捜査である。抜けもあれば歪みもあった。それでもやれることはやったのだと、無理やり言い聞かせてごまかしたのだ。

コールはまだ続いていた。諦めて切ろうと思いかけた時、

〈なんだ?〉

元八王子署の刑事が、昨日よりもぶっきらぼうな声で応えた。

「仕事中にすみません。取り込んでいるならかけ直します」

〈いや……用があるならさっさと済ませてくれ〉

では、と彦坂は座り直す。

「五年前の件です。あなたは、林美帆をどこまで調べましたか?」

〈どこまで?〉

声に棘があった。

「気を悪くしないでください。彼女の職場や家族にも当たりましたか」

〈そこまでする必要がどこにある？〉

「香取の愛人だったという確認は？」

〈待て。それはあんたが寄越した情報だろう〉

「第三者の証言はなかったと聞いています」

息をのむ気配がした。

「責めてるわけじゃないんです。客観的な根拠は出てこなかったんですね？」

〈……ああ〉

礼を伝え電話を切り、彦坂はもう一本、今度は旧友の番号をダイアルした。

疑いが、また濃くなった。

彦坂は井岡とともに林の自宅を訪ね、小一時間面談をしている。彼女は香取について詳しかった。職業や住所、人となりも、矛盾なく答えた。情報を丸暗記しただけとは思えない具体性があった。

違法風俗を経営する弟の存在を摑んだのは井岡だ。取り引きの材料さえ見つかれば、彼女を調べる必要はなかった。八王子の刑事たちと五十歩百歩である。

井岡は電話に出なかった。

どこかほっとする気持ちを覚えながら電話を切ると、ちょうど声をかけられた。

「ご無沙汰してます」

やって来た男は彦坂の前の席にどすんと座り、太い腕をテーブルに置いた。緒方とおがたいう藤沢署の若い刑事と、彦坂はずいぶん前に殺人事件でコンビを組んだことがあった。

「すまんな、呼び出してしまって」

「先輩の誘いは断らない主義ですから」

軽い調子で応じ、レモンスカッシュを注文する。

「けど、こんなところで油を売っていいんですか。お忙しいんでしょう?」大きな身体を前のめりにして探りを入れてくる。今や県下でM事件を知らぬ刑事はいない。

「おれみたいなロートルは戦力外だ。まあ、まったく無関係ってわけでもないが」

「だと思いましたよ。じゃなかったらなんで呼び出されたのか、逆に怖いです」

緒方が声を落とした。

「城戸広利の件ですね?」

彦坂は頷いた。

ムラナカ薬害事件の調査は医療事故調査委員会が請け負っており、警察は被害者の訴えを受理しただけだ。現場レベルで詳しい情報を知る者はほぼいないだろう。

　そんな中、唯一の例外が東雲総合病院に勤めていた内科医の自殺である。この変死事件を担当した刑事が知り合いだったのは幸運といえば幸運だったし、彦坂が危険なスタンドプレイに踏み出すきっかけの一つでもあった。

「城戸は自殺で間違いないんだな？」

「間違いありません。遺体のあった書斎だけでなく、マンション一室、隅々まで洗いましたよ」

　指紋に髪の毛、足痕も何もかも。

「不審な点はなしです」

　遺体から麻酔薬と睡眠薬、アルコールが検出されたが、外傷だとか室内に争った形跡などはなかった。

「おまけに書斎のドアノブを使った首吊りとくれば、痕跡を残さず第三者が出入りするのは無理です」

「第一発見者は？」

「調べてあるんでしょう？」

「詳しく聞きたいんだ。報告書には書いてない、印象や臭いまでな」

「たしかにあのホトケはなかなか臭かったですが――」

　思わせぶりに小首を傾げ、いやらしく唇を歪める。

「曖昧な個人の感想を、ぺらぺら喋るわけにはね」

彦坂は大仰に頷いてから緒方を見据えた。

「そろそろ君も、所轄を卒業する歳だと思うんだがな」

緒方の目が、ぎらりと光った。

血気盛んな刑事は例外なく本部勤務に憧れる。所轄にいる限り、大きな事件の捜査を仕切る日など永遠にこないからだ。異動のためには然るべき人間の推薦が必要で、意欲も能力もあるのにコネがなくてくすぶっている者は多い。

「ありがたい評価ですが、面倒はごめんです」

「お互い様さ。このお茶会も、店を出たら忘れてもらいたい」

「男二人、変な噂になったらかなわないですもんね」

ストローをくわえる緒方の仕草に、了解を示す気配があった。当時から野心は見え隠れしていた。しかしあの若造が、こんなふうに人を見下す面をするようになったのか。あるいは自分が、見下される刑事になったのか。

彦坂は、無言で相手を促した。

「第一発見者は事故調の職員です」

家族は静岡県にある妻の実家に身を寄せており、城戸は一人暮らしだった。聞き取りのため迎えに出た二人の職員がインターホンを押したが返事はなく、電話もつながらない。異変を感じ、最寄り署に相談した。

「静岡の家族に了解をもらって管理会社の人間を来させました。鍵を開けて中に呼びかけたが返事はなし。順番に部屋を回って、動かない書斎のドアにたどり着いたわけです」

力任せに押すと、ドアの隙間からこと切れた城戸の姿が確認できた。

「警官も立ち会っての発見ですからね。怪しむ余地はなかったですよ」

「動機の面で気になる点はなかったか。たとえば遺書に不自然さは？」

当時から、城戸の死を疑問視する声は多かった。関係者の圧力が自殺の引き金になったのではないかという憶測だ。

その根拠となったのが、残された遺書である。

緒方が愉快そうに目を細めた。

「薬害事件にまったく触れていませんでしたからね」

便せん一枚に家族宛の詫びの言葉が並べてあるだけで、末尾に記された謝罪の言葉以外、ムラナカのムの字もなかった。

「筆跡の確認は？」

馬鹿にしてるんですか？　というように肩をすくめてくる。

「城戸の自殺に、本当に圧力はなかったのか」

「そこは闇です。城戸は死ぬ直前、香取と電話でやり取りをしてます。酔っぱらった声でひたすら謝られたと香取は言い張ってましたが——」

真相は不明。言った言わないは水掛け論、相手が死者なら水を掛け合うこともできない。

「正直なとこ、所轄が突っ込んでいけるヤマじゃなかったですよ。通り一ぺんの手続きを踏んで終わりです」

「君たちへの圧力はあったわけか」

「さっさと結論を出せとせっつかれたのは憶えてます」

緒方の口もとに、卑屈な笑みが浮かんでいた。

「ほかには？」

「仰せのまま、さっさと店じまいしましたんで」

「おれは君の能力を信じているが」

緒方が、かなわないなあ、と頭をかいた。

「期待させて悪いんですが、眉唾の噂があるくらいです。ふざけた話ですよ。遺書はもう一枚あったんじゃないかっていうね」

「え？」

「遺書の書き出しを憶えてます？　奥さんと子どもたちの名前を並べた後、君たちには本当に迷惑をかけてしまった、頑張って生きてくれみたいなエールが続いて、最後にもう一度謝罪して終わりです。事件の釈明も説明もまったくなし」

恨み言の一つすら記されておらず、ある意味そのせいで城戸は格好のスケープゴートになってしまったのだ。

言い訳のしようもなかったのだという解釈もあったが――。

「あれだけの事件を起こした当事者にしては、世間や関係者に対する言葉が少なすぎるでしょ。だからもしかして、家族宛のほかにもう一枚、ムラナカ事件の詳細を書いたやつがあったんじゃないか。そんな噂はありました」

事件にまったくふれていない違和感は解消するが――。

「それを誰かが持っていっちまったというのか？」

思わず声が尖（とが）った。状況的に、それができる誰かは第一発見者しかいない。事故調の二人と、管理会社の職員だ。

「彼らは警官と一緒だったんだろ？　その目の前で遺書をくすねるなんて不可能だ」

「少なくともおれが臨場した時、遺書は一枚ぽっちでしたしね」

その言い方に含みがあった。

「これは公式の話じゃありませんが」周りに目配せをしてから、緒方が顔を寄せてくる。「第一発見者の警官いわく、救急隊員と機捜の応援が到着した後、鑑識と同じくらいのタイミングでダークスーツの男がすっ飛んできたそうです」

「スーツの男？」

「ええ。サッチョウの人間だったと」

警察庁？

手帳を掲げる男をムラナカ事件に関わる職員だと思い込んだ制服警官は、捜査員でもない男を無警戒に通してしまう。ダークスーツの男は城戸の死亡を確認する救急隊員に混じって書斎に入り、やがて素知らぬ顔で立ち去った。

「名前と所属は？」

「記憶にないと」

「名刺は」

「もらってないと」

「目的も訊いてないのかっ」

「訊けますか？　キャリアに所轄の交番巡査が」

訊かねばならない。だが、そうそう訊けるものではない。

「その男、君も見たのか？」

「奴の帰り際、すれ違ったくらいです」

制服警官に耳打ちされ、特に引き止めはしなかった。

「残念ながら、顔は憶えちゃいません」

上司に報告するも、「忘れろ」の一言で片付けられてしまった。きっとこの台詞は制服警官にも言い含められているに違いない。

苛立ちをアイスコーヒーで飲み下し、緒方の話を振り返った。

「つまり、身内がやったっていうのか？」

警察が、城戸広利の二枚目の遺書を握り潰した？　それも警察庁の官僚が。

唖然とする彦坂の前で、緒方がくすりと笑った。

「何がおかしい？」

「いや、すみません。ちょっと思い出してしまって」

笑みを残したまま語り出す。「ムラナカ事件の前にも東雲病院で不審死があったっていう週刊誌の記事をご存じですか？　殺人病院の真実を暴露するとかいうやつです。城戸が死んだ後すぐ、それを書いたライターにまとわりつかれましてね。彦坂先輩と同じことを何度も訊かれたんです。警察が隠したんじゃないかって。かなりしつこい野郎でした」

「そいつは具体的な根拠をもっていたのか？」

「あったらさすがに笑っちゃいられません。二枚目の遺書はふざけた噂だとお断りしたはずです」

「しかしダークスーツの男の説明はつく」

「同じ警察組織の人間でもサッチョウの人たちは政治屋みたいなもんでしょ。東雲の息がかかった監察医も多いと聞きますし、付き合いがあって不思議じゃない」

知ったふうな口を叩き、けど、と皮肉にもらす。

「下っ端が憶測で首を突っ込める話じゃありません」

関係がある話でもない——、そんな口ぶりだった。

この男を本部に呼ぶ手助けなどすまいという決心を隠し、彦坂はもっとも気になっている点を尋ねた。

「城戸の周りに女の影はなかったか？」

「愛人のたぐいですか？」緒方が小首を傾げた。「奴は小心者の愛妻家って評判でしたが……」

そうか、と彦坂は切り上げ、最後の質問をした。

「君に接触してきた記者の名前は？」

「代わりにM事件がどうなってるか、教えてくれますね？」

好奇心に染まった目が、彦坂を見ていた。

当たり障りのない捜査状況を伝えて緒方を帰し、けれど立ち上がる気力はわかなかった。どっと疲れを感じた。若い刑事の、脂っこい野心にあてられた。それを失くしかけている自分の現状を嗤われた気分だった。

昨晩、六條にぶつけられた問いかけが耳にこびりついている。

——彦坂さんは、どうして刑事に？

そんなの、成りゆきに決まってる。他人様が喜びそうなエピソードなど持ち合わせていないし、正義感だって人並みだ。

本部の刑事に収まったのは、職場として組織に属し、皆が目指すものを自分も目指し、少しばかりの適性と運を味方につけた結果にすぎない。

なればなったで競争があり、嫉妬と侮蔑と羨望が渦巻く男たちの世界で、生存本能に従うようにホシ捕りに邁進した。これといった特技をもたない男の武器が愚直に歩き回り、ひたすら歯を食いしばることならば、それだけは誰にも負けまいと決め、張込み部屋で一週間缶詰したこともあるし、梅雨時の屋外で二晩立ちっぱなしという時もあった。そうした無茶を忍の一字で乗り越えるうち、やっかみ半分に「ヒコ岩」とあだ名され、気がつけばエースの座を勝ち取っていた。

堂園と樽本の存在は、不器用な彦坂の生き方に自信を与えてくれた。健一や塔子の存在は、すべてに耐える力をくれた。

苦しい時は、塔子の言葉を思い出した。——胸を張りましょう。

不運であっても不幸ではない。それを証明し続ける日々に、誇りを抱いていた。

五年前、軽率な暴言を吐くまでは。

緒方や輪島、本郷たちが垣間見せる不気味な欲望は、醜かろうとも刑事であり続けるモチベーションに違いなく、その棘を煩わしく感じ始めた頃、彦坂はエースの座を返上した。黙々とホシを追っていたヒコ岩は、文字通り役に立たないただの岩になり下がり、培った忍耐の使い道は、もっぱらつまらない人間関係の調整となっている。別に返り咲きたいわけじゃない。ならばなぜ、おれは上司の命令に背き、ここでこうしているのだ。

お代わりの一杯を注文し、指で隙間をつくったブラインドから外を見る。汗を拭う人々が行き交っていた。スタジアムを囲う緑が眩しかった。明るさに目を細めていると、林美帆が口にした言葉が思い出された。――日が沈んだ時刻の勤めです。

届いたコーヒーに口をつけるでもなく、彦坂はぼんやりと宙を見つめた。

きっかけは、林美帆に対する疑いだ。しかしそれはひどく曖昧で不確かで、独りよがりな疑いだ。林が香取の愛人でなかったとして、だから彼女がホシとは限らない。少なくとも、これから殺すつもりの男に対する警護を自ら打診した行動の説明はつかない。

ようするに自分は、林への負い目を疑惑にすり替えているだけではないのか。

緒方が残していったメモ書きを手にする。ムラナカ事件と東雲病院を追っていたというライターの電話番号が記されている。

M事件が話題になっている最中、マスコミと接触する危うさは考えるまでもなかった。その見返りが殺人病院の実態、失われた遺書、ダークスーツの男、警察庁……緒方がいうところの、「ふざけた噂」では見合わない。

馬鹿げた単独捜査は切り上げ、何食わぬ顔で特捜本部に顔を出すべきだ。

そう思いいたった時、ポケットが震えた。

私用の携帯にメッセージが届いていた。妻の塔子からだ。

『時間のある時に電話をください』

「なんだって?」

スタジアムの外周を歩きながら、彦坂の声は上ずった。

塔子の言葉が信じられなかった。息子の健一が、働きたいと言っている——。

「働くって、いったい何を?」

〈実は——〉塔子が申し訳なさそうに言う。〈前からそういう話はあったのよ。あの子、障害をもつ子たちが集まった職場を自分で調べたみたいで〉

「障害って、健一はそういうのとは違うだろ」

病気なのだ。それも国内でわずかな先例しかない難病である。

〈施設というか、団体というか。ともかく、自分で電話して、向こうの担当の人とやり取りをしたんだって。レストランとか工芸品とか農業とか、いろんな仕事があって、一人一人に合うのを任せているみたい。もちろんお給料も出る。職員の人たちも誠実そうだったし、評判は良いの〉

「お前も会いに行ったのか？」

〈しょうがないでしょ。どうしてもって言うんだもの〉

塔子の声にも困惑が滲んでいた。当然だ。寝たきりとは言わないが、健一は常にサポートが必要な状態なのだ。

「先方だって、困るだろう」

〈それがね――〉少し、声が明るくなった。〈できるかもしれないっていうの。もちろん接客とか、立って歩く仕事は難しいけど、通いの手作業ならって〉

「無茶だ。そんな無責任に、できるかもなんて」

〈でも、わたしは嬉しかった〉

彦坂は立ち止まった。ちょうどスタジアムの正面入り口に差しかかったところだった。

〈だって、嬉しいじゃない〉

気持ちはわかった。わかりすぎるほど、わかった。

これまで健一の話をするたびに向けられてきた同情の目。気の毒だ、という目。健一に関わるほとんどすべての人間は、彼を自分とは違う人間として扱った。間違いではない。事実、健一は特別扱いでなくては生きてこられなかった。優しさに頼らずには、人生を送れなかった。

労働とは与える行為だ。何かの折に耳にした言葉である。健一が与えられるだけでなく、与えることができるのだと認められた気がして、塔子と同様の喜びが込み上げた。

しかし――。

「何かあったら、どうするんだ」

責める口調にならざるを得なかった。心の問題ではなく、命の問題なのだ。

「だいたい、おれになんの相談もなく――」

〈健一に言われたのよ。あなたには内緒にしたいって〉

なぜ？

〈きっと働き出してから、驚かせたかったんだと思う〉

そうなら嬉しい。嬉しいが。

「駄目だ」

〈……やっぱり?〉

夫に逆らえない妻ではない。てっきり言い返してくるのを覚悟していた。

〈わたしも怖い〉

それが夫婦の本音だった。

「家で、内職とかでもいいだろ」

〈外に出たいのよ。その気持ちはわかる〉

塔子の心は揺れていた。彦坂も同じだった。

「ともかく駄目だ。健一は? おれから話す」

〈今は検診中。それにあなたに話したとなったら、わたしが叱られる〉

「叱られるって……」

〈健一は、二十歳の男の子なのよ?〉

これには、彦坂が黙るしかなかった。

〈次、いつこっちに来れる?〉

「……わからない。今、大きな事件があって」

〈ニュースで見た。病院の人が見つかったのよね〉

塔子には当然、事件と彦坂の因果は伝えていない。

「時間が取れたらすぐに行く。直接話すから、それまで勝手に決めないでくれ」

〈わかってる〉

「すまない」

〈何が?〉

一瞬、頭が真っ白になった。

「……いろいろだ。任せっぱなしになってる」

〈わがままを言ったのはわたしじゃない。でも、なるべく早くしてね。健一も、あなたと会いたがってると思うから〉

電話を切って、うなだれるように息を吐いた。

会いに行かねばならない。会いたい気持ちは自分のほうが強いくらいだろう。だが健一の望みを、なんと言って諦めさせればいいのか。

ともかく事件を解決しなくては、家庭の問題を解決する時間がつくれない。

そう言い聞かせ、踏み出そうとした足が止まった。

どちらへ? 特捜本部へ向かうための駅か、それとも——。

事件を解決し、妻と息子に会いに行く。

しかし、どんな面をして?

自然に足が、横浜中華街の方角へ向いた。迷いを引きずったまま、彦坂は進んだ。

当時、林美帆が働いていたラウンジの住所は頭に残っている。

3

横浜市旭区にある学習塾は、生森が勤めていた頃から場所も建物も変わらずそのままだった。

「彼は教員免許をもっててさ。理科系の授業を受け持ってたんだよ」

生森と比較的仲が良かったという男性講師が、記憶を探るようにゴマ塩頭をさすった。

「ここの前は市内の小さな広告代理店に勤めてたそうだけど、彼の事情を知ってた人は少なかったんじゃないかな。訴訟のために時間を使いたくて会社を辞めたくらいだから、余計な付き合いは避けてたんだろうね」

そんな生森とゴマ塩が打ち解けたのは、ひょんなきっかけだった。

「わたしが歯医者さんと揉めてね。医療事故というと大げさだけど、その話を生森さんにした時、いろいろ教えてもらったんだよ。それでお礼に飲みに誘って」

「ムラナカ事件についてもお聞きになったんですね」

「さわりだけね。興味本位で訊けるもんでもないし」

「生森さんはどんな様子でしたか?」

「どうって、どうなんだろう。あまり話したくなさそうだったかな」

「怒ってらっしゃいませんでした？」

「淡々としてた気もするけど」

淡々、か。ついさっき顔を合わせた男とはずいぶん印象が違う。

「女性への暴行を知った時はどう思いました？」

「そりゃ驚いたよ。いかにも手作りって感じのお弁当を持ってきたりしててさ、好い人がいるんだなって思ってたから」

でも――と、首を捻る。

「考えてみると、ありそうかもしれないなあ。ここじゃあ彼、ちょっと暗かったじゃない？　それにガタイがいいでしょ。学生時代は空手をやってたっていうし、昔は山登りとかツーリングなんか趣味にしてたらしいんだよ。けっこうハードな、わりと本格的な感じで」

六條は、生森の部屋に散らかったバイク雑誌を思い出す。

「だからまあ、怒らせたら怖いんじゃないかって。なんとなくだけど」

印象論にも聞こえるが、わからなくもなかった。少なくとも今の生森には、そう思わせる雰囲気がある。

「ちなみに、五年前の十二月二十日のご記憶は？」

「ぜんぜん」

そらそうだ。

「火曜日？　だったら生森さんは休みだったと思うけどね。たしか火曜、金曜が休みのシフトだったから」

「最近、生森さんと連絡なんかは？」

笑われた。「あるわけないじゃない」

同席した辰巳は一言も口を挟まず、六條たちのやり取りをだるそうに眺めていた。


やる気になれないのは六條も同じだった。香取殺害のアリバイが本当なら、生森の過去をほじくり返すのは無駄骨だ。

裁判記録に目を通した畠山班長から連絡があって以降、辰巳はむっつりと押し黙り、詳細を教えてくれなかった。その態度がむしろ、ことの深刻さを物語っていた。

いったん八王子本部へ戻り、資料を読んで、六條も事態を理解した。

生森敬の罪状は強姦、傷害、監禁。被害女性は臼杵志保、当時三十歳。神奈川県平塚市に一人暮らし、スーパーのパートタイマーをしていた。供述によると、二人はその年の夏頃に出会い系サイトで知り合い、たびたび食事をする仲になった。

臼杵には離婚歴があり、当時は特定の男性もいなかった。さみしさがあったと、交際の理由を語っている。

秋頃、生森が平塚に通い始める。といっても仕事帰りに適当な居酒屋やファミレスで飯を食うくらいで、まだ男女の関係ではなかったという。生森が住んでいた相模原市緑区のマンションから平塚まで四十キロ少々、職場がある旭区へも同じくらいの距離がある。ちょっと偏執的な男の姿が容易に思い浮かぶ。

十二月に入ってすぐ、食事に出かけた先で生森から関係を迫られた。この時点で臼杵は、生森が男性として生理的に合わないと気づいてしまう。彼のアプローチを拒み、連絡を絶った。

十二月九日。突然、生森が自宅を訪ねて来る。この時は追い返した。不安は覚えたが、諦めてくれるだろうと祈った。

十六日。パートから帰宅したところを生森に襲われ、暴行された。殴られ、恐怖を植えつけられた。警察にも相談できず、パートにも行けなくなった。

検察が特に力を入れたのが、十二月二十二日から二十五日までの監禁だ。仕事を終えた足で生森は、大量のレトルト食品を抱え臼杵の自宅に現れた。五十時間以上にわたって彼女を殴り、犯し続けた。この間、生森は職場を無断欠勤している。

二十五日。生森の隙をついた臼杵が彼の携帯電話から一一〇番通報。交番職員によって、生森は現行犯逮捕された。

以上の経緯について、生森は基本的な事実関係を認めた上で、すべて臼杵のためにやったことだと主張した。事実関係における両者の言い分に食い違いはなく、送検から時間をかけずに起訴、裁判も最速で行われた。

取調べから結審まで一貫して生森に反省の色はなく、五年の実刑が下る。

六條たちにとって重要なのは十二月二十日だ。香取が失踪したこの日も、生森は午後七時に臼杵の部屋を訪れ、そして翌朝まで、一歩も外に出ずに彼女をいたぶり続けていたというのだ。寝ることも許されず、ずっと生森の相手をさせられたという臼杵の訴えを、生森も認めている。

どう考えても、香取を殺す暇があったとは思えない。香取は二十日の午後六時半、横浜市にいた。平塚とはだいぶ距離がある。生森がホシなら、臼杵が一人になる時間が必ずあったはずで、寝る間もなかったという彼女がその隙を忘れるはずがなかった。

「香取を平塚に呼び寄せたとしたらどうだ」

畠山班長の問いかけを、辰巳が鼻で笑った。

「それでも殺害に三十分、例のビデオを撮るのに一時間以上はかかるでしょう」

撮影場所が平塚であったとしても、だ。

辰巳のそばに立つ前橋がぽつりともらす。「犯罪のアリバイが犯罪で立証されるなんてな」

「一月の出所は偶然だってのか?」畠山が悔しそうに絞り出した。「奴なら五年の空白が説明できるんだぞ」

たしかに生森のセンが消えたことで、その問題は振り出しに戻ってしまった。

五年の空白か。五年前、おれは何をしてたんだっけ——。

「——城戸の息子なら」

思いつきが口をついた。視線が集まり、引っ込みがつかなくなった。

「彼なら、五年の空白に説明がつく気がするんですが……」

畠山が睨んでくる。「そっちはそっちで追ってるんだ。君に言われるまでもない」

所轄の新米の、手駒にすぎない男に対するありふれた反応は懐かしくすらあった。

六條は唇を結ぶ。

タイミングよく、小此木が捜査部屋に入ってきた。

「城戸幹也に会ってきました」

幹也は関西の大学を卒業後上京し、二年前、仲間とともにNPO法人を立ち上げていた。

「主な活動は障害を抱えた人たちのケア、当人と医療サービスの橋渡しとでもいいましょうか。リハビリセンターや職場の紹介、医療事故被害者については法的措置の相談なども行っているようです。評判は上々で、これといった問題も起こしていません」

　住居兼事務所として借りている大田区のマンションを拠点にしているという。

「苗字はそのままなのか」と畠山が訊く。

「家族からは母方の姓を勧められたそうですが、この名を背負っていくのが自分の生き方だとおっしゃっていました」

　父親への何かしらの思い入れが窺われる発言だった。

「幹也は薬害事件後、母方の実家がある静岡県に移り住み、あちらの高校に編入しています。五年前の十二月二十日は火曜日、まだ冬休みでもありませんからいつも通り通学していたはずとのことです。所属していたハンドボール部は冬でも八時くらいまでは練習があったそうです。出欠までは確認できていませんが」

　静岡と神奈川は隣り合ってはいるから、高校生でも足を延ばすことはできる。だが十七歳の少年が香取に会いに行き、しかも殺害したというのはちょっと考えにくい気がした。

「次に弓削殺害時のアリバイですが、こちらははっきりしていません。五時半までは同僚と一緒だったが、以降は自宅で一人過ごしていたとのことです」

「五時半か。弓削にかかってきた六時十五分の電話、発信は大宮の公衆電話だったな」

畠山の呟きに「時間的に、行って行けない距離ではありません」と、小此木が応じた。

辰巳がぶっきらぼうに尋ねる。「幹也くん、弓削のことは知ってたの？」

「大学時代に事件を調べたことがあって、憶えていたそうです。新聞や週刊誌に香取と弓削の名は頻繁に出ていましたから」

「今西も？」

小此木は頷く。抜かりない男だ。

「ほかに憶えのある名前がないかも尋ねてみました。訴訟団のメンバーや被害者の名前が挙がりましたが、一人、ムラナカ製薬の人間もいました」

「今西ではなく？」

畠山が興味を示した。

「研究員です。サファリ開発チームの主任だった男で、芝浦といいます」

「へ？」

声をあげた六條に、再び視線が集まった。

「いや、すみません。……あの、その人、関係者リストに載ってましたか？」

横浜駅の会社訪問で読み上げまくったおかげで、リストの苗字は頭にこびりついている。だが芝浦姓に憶えはない。

「載っていません」

　小此木が即答した。

「この芝浦という男について、実名の報道は一切なかったんです。裁判でも、彼個人の責任を問うような展開にはならなかった。ただ芝浦本人は気を病んでいたようで、責任を取って会社を辞めたのち、被害者たちのもとを謝罪して回ったそうなんです。幹也のところにもやって来て、それがムラナカ事件を調べるきっかけだったといいます」

「その芝浦っての、今は？」

「まだそこまでは」

　ふん、と辰巳は鼻を鳴らした。

「コギさんの感触はどうなんだ」畠山が小此木に訊いた。

「なんとも言えません。率直に、香取と弓削の死をどう思うか幹也に訊いてみたのですが」

　言葉を切ってから続ける。

「……芝浦も父親も、きっと自分の良心を通せない立場にいたのだろう。もしかしたら香取や弓削だって、そうかもしれない。哀れだ——それが彼の返答でした」

　束の間、しん、と男たちは黙った。

城戸広利は加害者の側面と被害者の側面をもっている。彼の死に不審を唱える者はいたが、世の風潮は決して同情的ではなかった。当たり前だ。多くの患者が被害に遭い、命を落とした者もいたのだから。

けれど、いったい本当に悪いのは誰だったのか。それを決める裁判を受けることもなく、城戸広利はこの世を去った。

「父親を弁護する様子もありませんでした。この辺りは複雑な心理のようです。今の仕事にやりがいを感じているのは嘘でないと感じましたが」

「復讐に踏み出すほどのわだかまりはないと？」

小此木は答えなかった。刑事をしていれば、まさかこの人が、と驚くことは珍しくない。

「心の中はともかく、幹也は身長が低くやせ型です。防犯カメラのXとは少し印象が違います」

「結局、シロともクロとも言えないわけか」

畠山の乱暴な総括を、小此木は黙って受け止めた。

「よし。コギさんは芝浦ってのを探してくれ。辰巳。お前らは念のため、もう少し生森を洗え」

「神奈川のほうはどうします？」

辰巳の言葉に、畠山の眼光が鋭くなった。

「連中、生森のアリバイを知ってて隠してたんでしょう？」

「証拠はない」

「班長。そのへん、ちゃんと手綱を握ってもらわないとかないませんよ」

「わかってる」

深いため息が聞こえた。前橋だった。

さっさと行ってこいと畠山に追い払われ、辰巳とともに出口へ向かう。

「幹也なら、弓削を恨む気持ちがわからなくもないですね」

ムラナカ事件の責任を丸投げした連中への復讐とすれば、たんなるお役人を狙った動機が説明できそうだ。父親が首を吊った七年前、幹也は十五歳。多感であり、同時に物事を理解できる年齢でもある。

辰巳は黙ったまま大股で進む。背中に、不機嫌のオーラが漲(みなぎ)っている。

返事を諦めて、必要なことを訊いた。

「どうします？　今から回れるとこなんて知れてますよ」

時刻は四時前。捜査の上(あが)りは七時の予定で、八時過ぎには夜の会議だ。神奈川となると往復だけで持ち時間がなくなってしまう。かといって八王子近辺は、ほかの捜査員で間に合っている状況である。

「生森が世話になってたム所でも拝んでみるか?」

投げやりだ。本命の生森が怪しくなり、やる気が失せてしまったのか。

それならそれでもいいけどね、と六條は思う。しょせん自分は言いなりの金魚の糞。コンビを組む本庁の警部補殿を焚きつける筋合いはない。誰かが目撃証言を摑んでくるのを待つというなら従うだけだ。

それにしても、と辰巳のツンツン頭を見上げる。この男、見たまんまの気分屋だったんだな。ホシの当てが外れるなんて日常茶飯事だろうに。

よく考えたら捜査能力も疑問だよ。ホシが夜勤って推理も、的外れだったじゃないか。いや、そこはまだ確定してないか……。

ん?

ふと、六條は引っかかりを感じ、立ち止まった。

なんだろう。胸の辺りがもやもやする。似たような感覚を、さっきも感じた。芝浦の名前が出た時だ。

芝浦に心当たりがあるわけじゃない。そうじゃなくて……。

関係者リスト。引っかかってるのはそれだ。

しかし具体的に何とは指摘ができない。

「おい。何してんだ」

先を行く辰巳が、苛立たしげに上半身を反らしている。

「辰巳さん」

駆け寄って、囁いた。

「臼杵志保に会いに行きませんか?」

4

中華大通りを抜け、首都高の高架が見えてきた。それをくぐると元町一丁目だ。中華街の猥雑さは消え、レンガ調の通りに落ち着いた雰囲気の店舗が並ぶ。その一角に、林美帆が勤めていたラウンジ『ＲＹＵ』はある。東雲病院から16号線を南下し車で二十分くらい。香取の自宅があった八王子とは逆方向になるが、通えない距離ではない。

林美帆と香取が愛人関係でなかったという発想は、やはり見当違いなのだろうか。春日に話せば馬鹿な妄想で林を刺激するなと叱られるに決まっているし、彦坂自身それが妥当な判断と思う。

だが、引き返す気にはなれなかった。

記憶を頼りに往来を進み、やがてビルの三階に『ＲＹＵ』を見つけた。階段を上り、黒い木製のドアの取っ手を引いてみるがまったく動かず、物音もしない。営業は七時から深夜一時まで。早めの準備を考えても、従業員がやってくるまで三時間以上あった。

ビルを出て、近くの喫茶店を探した。多少騒がしいくらいのほうが良いと判断し、席数の多いチェーン店を選ぶ。カウンターで注文したアイスコーヒーを奥まった席に運び、一口含んでから電話をした。

「栃村（とちむら）さんをお願いしたいんですが」

ぞんざいな男の声が、〈はい、週刊ブレイク編集部〉と応じた。

〈どちら様です？〉

「緒方の紹介といってもらえればわかるはずです」

〈ちょっとお待ちを〉

長い保留ののち、先ほどよりも若い男の声がした。

〈お電話代わりました。坪巻（つぼまき）と申します〉

「栃村さんをお願いしたのですが」

〈失礼ですが、お名前を伺えますか〉

「匿名の情報提供は受け付けないと？」

〈いえ、お呼びするのに不便なだけです。まあ、では、少し長いですが緒方さんのお知り合いさんと呼ばせてもらいます〉

人を食ったような話し方だが、嫌な印象をもたせないところがあった。

〈どういったご用件でしょうか？〉

「栃村さんにしか話したくないんだが」

〈緒方さんのお知り合いさん。栃村はいません。もうウチを辞めてます。というか
――〉

間をあけ、坪巻は続けた。

〈彼は亡くなりました〉

「亡くなった？」

すっと体温が下がった。なのに汗が流れた。

「いつ？」

〈五年前は元気でしたよ〉

彦坂は応じなかった。あえて「五年前」と口にした坪巻の意図は明らかだ。

〈ぼくは栃村の後輩で、彼とは何年間か一緒にやってきました。ムラナカ事件の時も〉

「緒方を、憶えていたんだな？」

〈ずいぶん嫌われていましたから〉含み笑いが耳に届く。〈よければぼくが話を伺います。栃村さんについて、あなたの質問に答えるだけでもいい。会いませんか？〉

食いつかれた。しかし警戒よりも、知りたい欲求が勝った。

〈もう一度伺います。お名前は？〉

「……イワサカだ」

わかりました、どこへ何時に行けばいいですか？　――畳みかけてくる坪巻の声を聞きながら、水滴を浮かべるコーヒーのグラスに口をつける。苦く、不味かった。

五時になり、彦坂は喫茶店を出た。『ＲＹＵ』へ続く階段を上ると、ちょうど店員と思しき男が鍵を開けているところだった。

「警察の者ですが」

声をかけると、スカジャンの男が振り返った。三十代半ばくらい、切れ長の目をしている。

「何か？」

警察手帳に慣れた態度だった。やましいことはないという自信もあるのだろう。

「五年前、こちらで勤めてた女性について伺いたいんです」

「ずいぶん前すね」

「あなたは勤めてなかった？」

スカジャンが迷うそぶりを見せた。

「こちらのお店がどうこうという話ではありません。その女性、林美帆というんですが」

「ああ、メイファン」

滑らかな発音から、彼が中国語に堪能であるとわかった。

「どういう用件なんです？」

「本当に、こちらのお店には関係のないことです。どうかご協力を」

スカジャンが、観念したように正面を向いた。

「お役に立てる話はないと思いますよ。彼女、週二、三くらいの勤務だったし、ほとんど自分の話とかしない人だったから。きれいで物静かな人って印象しかないです」

当時の同僚は店に残っていないという。

「林さんに太いお客さんなんかは？」

「うーん。どうだったかなあ」

「お仕事をお辞めになった時期は？」

「いつかな。震災の翌年だったかな」

香取の失踪後である。

「この人をご存じですか」

香取の写真を掲げると、彼はあっけらかんと答えた。「香取さんでしょ？」

「林さんのお客だったんですね？」

「え？」

スカジャンが目を丸くし、彦坂のほうが「え？」となった。

「いや、昨日、テレビのニュースで見ただけすよ」

「……このお店には？」

「さあ。一見さんならわかんないけど」

「常連ではなかった？」

「まったく」

もういいですか？　とシャッターの奥に消えるスカジャンを、彦坂は呆然と見送った。

〈二十日の月曜日ですか？　……ええっと、その日に黒髪の子ならミホさんですね、きっと〉

「そうそう。その子。友だちがすごくきれいだって褒めててね。ミホちゃんはいつからなの？」

〈わりと長いですよ。いい子なんで贔屓にしてやってください。今夜も出勤しますんで〉

「うん、都合ついたら顔出すよ」

〈お待ちしております〉

下手な小芝居を終え、彦坂は山下公園のベンチで息をついた。陽が沈み気温は下がったが、じっとり汗が滲んでいた。額に手を当て、思考に耽る。

林美帆は名刺の通り、麻布の店に勤めていた。六月二十日の午後九時に麻布にいたなら、小宮公園はもちろん、十時四十五分に横浜駅から通報するのも相当難しい。勤めの格好から着替えねばならないし、防犯カメラのXとも背格好が違いすぎる。林美帆が実行犯の可能性はほぼゼロといっていい。

問題は『RYU』に勤めていた頃だ。スカジャンによれば、香取は常連客でなかったという。ならば二人は、どこで知り合ったのか。

じわり、と胃が締めつけられた。

林美帆は存在する。しかし何者なのか、自信がもてなくなっている。もはや彼女の弟の存在すら疑わしい。

弟の存在を摑んできたのは井岡だ。

どうやって見つけ出したのだろう。たった数日で、一緒に暮らしていたわけでもなければ、前科があるわけでもない男女を結びつけるなんて……。

携帯にのびそうになった手を止め、馬鹿馬鹿しい、と思い直す。井岡は風俗営業を取り締まる生活安全課の刑事だったのだ。ツテをたどって行き着くこともあるだろう。なんの不思議もないじゃないか。友人まで疑い出した自分が、ひどく浅ましい人間に思えてくる。

海に面した山下公園の、色鮮やかな花壇や気持ちのいい芝生は闇に沈み、背後からフェリーのエンジン音が響く中、カップルや家族連れ、背広姿の一団が往来する足もとを、たった一人彦坂は背中を丸め見つめていた。

今頃、八王子の本部では夜の捜査会議が始まっているだろう。成果のない者が容赦なく叱り飛ばされているに違いない。いい加減、春日に連絡しなくては問題になる。

電話が鳴った。春日か前橋か。引き返すならここしかないというタイミングだった。

〈すまん、遅くなった。地域のイベントでちょっと立て込んでてな〉

周りを気遣う小さな声で、井岡が尋ねてきた。

〈電話をくれていただろ？　何かあったのか〉

「いや……こっちこそ連絡が遅れた。昨日、林美帆と会ってきたんだ」

驚く井岡へ、昨晩のやり取りをかいつまんで伝えた。

「ともかく、最悪の事態は回避できた」

〈そうか……〉ほっとしたような、煮え切らないような、そんな呟きだった。

〈あとはホシを捕まえるだけか〉

ああ……と返す彦坂の声も、どこか中途半端な響きだった。

「実は――、お前に聞きたいことがあってな」

〈なんだ?〉

「いや、やっぱりいい。忘れてくれ」

返事はなかった。

彦坂はしばし途方に暮れた。正解につながる道が、消えていくような感覚だった。

井岡の、穏やかな声がした。

〈何が知りたいんだ〉

「……一緒に林美帆を調べた時のことだ。お前が調査した範囲で、林が香取の愛人だったという証言はあったか?」

井岡の絶句が伝わってくる。

「しっかり思い出してみてくれ」

〈……いや。なかった。おれはそこを疑って調べたわけじゃないし〉

「おれもだ。鵜呑みにしていた」

〈鵜呑みって……彼女は香取と無関係だったっていうのか?〉

「それはない。だが愛人という確証もない」

〈愛人じゃなきゃなんなんだ。彼女は香取の身を案じて本部を訪ねて来たんだぞ?〉

「わかってる。わかってるが……」

〈彦坂、お前〉

「安心しろ。迷惑はかけない」

〈違う。そうじゃない。お前、苦しんでるのか？〉

思わぬ問いかけだった。束の間、意味を探し、諦めた。

「ホシが見つからない捜査は、いつだって苦しいよ」

〈そうだな。因果な商売だ。特に強行犯はそうだろう。おれがやってた生安はマシだな。事件を未然に防ぐ役割もあったからさ。おれは、それをしくじったわけだけど〉

「井岡」

〈自虐じゃない。でも思うんだ。あの時、おれがちゃんと仕事をしてたら、香取はもちろん、弓削だって殺されずに済んだんじゃないかって〉

「結果論だ」

〈違う。必然だ。少なくとも、刑事が負う責任としては、必然だ〉

彦坂は一瞬言葉を詰まらせそうになり、無理やり声を出した。

「林と話はついてる。ホシも捕まえる」

〈ああ、頼む。おれは何もできない。お前に頼ってばかりだ〉

返す言葉がなかった。

〈おれは生安の頃、少年係が長かったからさ。よく悪ガキどもに説教したんだ。お前らがどんだけ調子に乗っても、責任を取るのは親なんだって。大人に責任を取らせていい気になって、めちゃくちゃ格好悪いぞって。でも、こうなってみて実感するよ。大人は責任があるから、責任が取れないんだって〉

　やはり彦坂に、返す言葉はなかった。

〈おれにできることはないか？〉

　ある。やってほしいことが。しかしそれを口にすれば、もう後戻りができなくなる。

〈彦坂、水臭い遠慮はするなよ。おれとお前の仲なんだ〉

「気色悪いこと言うな」

〈そうだな。本当にそうだ〉

　井岡の笑い声を聞きながら、彦坂は携帯を握り締めた。

　おれたちは間違った。間違って、その間違いをごまかすために次の間違いを犯している。

　マトリョーシカか、と思った。人形の中に、次の人形が入っている。色やデザインは違っても、形は同じだ。どんどんどんどん、延々と、同じ形の人形が続いていく。

「井岡」

　声が出た。

「林によれば、彼女の弟は死んだらしい」

つまらない喧嘩に巻き込まれて――。

「調べられるか？」

ほんのわずかな時間があいて、簡潔な答えが返ってきた。

〈やってみる〉

通話を終えると、息をつく間もなく再びディスプレイが光った。うるさく着信音を鳴らす相手は春日だ。

彦坂はそれを見つめ、鳴らしっぱなしで歩き出した。行き先は横浜マリンタワー。そこで彦坂を、週刊ブレイクの記者が待っている。

5

臼杵志保に会いに行こうという六條の提案を、辰巳は撥ねつけなかった。好きにしろといわんばかりに覆面パトカーの助手席に乗り込み、平塚市まで一時間、ずっと腕を組んでいた。

たどり着いたコーポは二階建ての質素な建物で、女性が一人で暮らすにはいささか不用心に思われた。言い方は悪いが、経済的に豊かでなかったのだろう。

二階の奥、臼杵志保が住んでいた部屋は空き家になっていた。大家に連絡を取り引っ越し先を尋ねたが、知らないと返されてしまった。隣も五年前とは住人が変わっているという。

「神奈川に訊いてみましょうか」

手すりにもたれた辰巳が「どうぞ」と手のひらを振る。それが癪に障り半分やけで六條はスマホを操作した。とりあえず特捜本部にかけ、畠山に尋ねてみる。怒鳴られた。

〈調べてから出かけろ、馬鹿もん！〉

こういうところが抜けてるんだよな、おれは。

こっちにかけろと電話番号を教えられる。たらい回しだ。

〈はい、神奈川県警捜査一課〉

「八王子署の六條と申します。五年前に平塚市で起こった監禁傷害事件の被害者で、臼杵志保という女性の連絡先を教えていただきたいんですが」

〈あ？　だったら平塚署に訊いたらいいだろ〉

「いや、M事件の関係なので、お話を通しておこうと思って」

あからさまな舌打ちが耳に届いた。

〈その女、事件にどう関わってるんだ？〉

「いや、たんに念のための確認なんで」

〈だから、どんな確認?〉

うっざいな——。

「いやあ、本当に大した話じゃないんです。関係者の関係者みたいなものでして」

ふうん、と探るような気配がした。

〈折り返す〉

切られてしまった。

「楽しいか?」

にやにや顔の辰巳に向かって肩をすくめる。これだから縄張り争いは嫌なんだ。

「もっとこう、スムーズにいかないもんですかね」

「個人情報が右から左に流れるほうが怖えよ」

そりゃそうか。

「ずいぶんやる気になってんな」

「別に……まあ、仕事ですから」

「お前、ずっとそんな感じ?」

「え?」

「一歩引いて、クールってやつ」

「なんですか、それ」

妙に腹が立った。

「辰巳さんこそ、生森のセンが消えてリタイアですか」

「さあな。ただ、坊ちゃんが思う以上に微妙な状況だと思うぜ」

冷笑がムカつく。

「おれたちはホシを捕まえるだけって言ってませんでした？」

「だから付き合ってんだろ」

付き合うんじゃなく、引っ張っていくのがあんたの役割だろうに。

文句が口をつく前に、電話が鳴った。

〈現住所は確認できなかった。当時の携帯電話の番号を言う〉

慌てて手帳にペン先を立てる。

礼を言って電話を切ると、

「生森を聴取した平塚署のデカの居場所は聞いたか？」

辰巳に訊かれ、あっ、と声を出してしまった。

「間抜け」

返す言葉もない。

「ともかくかけてみろよ」

命じられるまま臼杵志保の番号をダイアルする。コールが続く。留守電にもつながらない。

「――駄目ですね」

参考人とも呼べない相手だ。番号の持ち主を特定しようにも電話会社は協力してくれないだろう。手詰まりか。

「で？」

「へ？」

「臼杵に会ってどうすんだ？」

どうするって……。

「生森のセンが消えたのに、わざわざ会う必要ねえだろ」

「いや、必要とかじゃなく、いちおう話くらい聞くもんでしょ？」

「ほら、やる気になってんじゃねえか」

指を差され、心からムカついた。

「生森の鑑取りを任されてんだから仕方ないじゃないですか。というか、おれは動機の点から城戸幹也推しですよ」

ふうん、と辰巳が見据えてくる。

「そういやさっき、五年の空白が説明できるとか言ってたな。生森なら服役だが、幹也にどんな理由がある？」

　待ってましたとばかりに、六條は辰巳を見返した。

「自分の成長を待ったんじゃないでしょうか」

「ほう」

　その反応に手応えを感じた。

「香取が死んだ時に十七歳だった少年は、自由がきく大人になるのを待ったんですよ。そして大学を卒業した今になって動き出した」

　口にしてみると、我ながら説得力がある気がする。

　しかし――。

「香取は誰がやったんだよ」

　当然、その疑問が生まれる。

「幹也にだってできます」

「高校生が平日の夜に一人でか」

「たまたま上手くいったんです。その時の苦労があって、だから五年待とうと――」

「ベントレーは？」

「へ？」

「香取のベントレーを新横浜に停めたのは誰だよ」

十七歳では自動車の免許は取れない。

香取自身が——と言いかけてやめた。あまりにも空想が勝ちすぎている。

「陣馬山まで、遺体はリアカーに乗せて運んだのか？」

言葉に詰まった六條へ、辰巳が薄笑いを向けてきた。

「お前、気づいてなかったのか？」

「すいません、失念してました」

「そうじゃなくて、犯人が同一犯をアピールする理由のほうだ」

同一犯のアピールの理由？

「たんなる自己顕示欲ではないんですか」

「合理性があると仮定して、だ」

わからなかった。なぜ今、こんな話題を持ち出してきたのかも。

「引き継がれたとしたらどうだ？」

「引き継がれた？」

「そう。おれはすぐ疑ったぜ。同一犯のアピールは、同一犯じゃないからだ、ってな」

ぽかん、と口が開いてしまった。

「たとえば香取を殺害した人物は高齢で、病気か怪我か老衰か、事情があってすぐに弓削殺害を実行できなかった。そして五年経って、その人物の遺志を誰かが引き継いだ。マトリョーシカや殺害テープとともに」

「ホシは、自分が香取を殺していないから、同一犯をアピールしていたというんですね？」

「なくはないって程度の仮説だがな」

いや、あり得るんじゃないか？　たとえば幹也の家族の誰かが香取を殺し、それを引き継いだ幹也が弓削を殺した。

五年のブランク、同一犯のアピール、ともに解決する。

にわかに興奮を覚える六條とは裏腹に、辰巳は冷めていた。

「マジにするなよ」

「たしかに荒唐無稽かもしれませんけど、同一犯のアピールはほかに理由が見当たりませんよ。通報だって、そのためと考えれば筋が通ります」

前のめりになる六條に対し、辰巳の口調は変わらなかった。

「陣馬山やベントレー以外にも、幹也説には無理があるだろ。通報者Xの体型と違うのはどう説明する？　まさかこいつも共犯者か？」

「……あくまで防犯カメラの映像ですから、実物と差があるんじゃないですか」

「粘るね」

馬鹿にするように口角を上げる。

「おれはてっきり、臼杵に会おうと言い出したのは何かとっかかりを見つけたからだと期待してたんだけどな」

「それは、まあ、あるようなないような……」

実はただの思いつきなんだけど。

「じゃなきゃクールな坊ちゃんは、こんなにはりきらねえだろ？」

なんだ、こいつ。自分だってろくに成果を上げてないくせに——。

拳を握った時、スマホが震えた。慌てて耳に当てると、か細い女性の声がした。

〈もしもし？〉

「あ、臼杵さんですか？」

〈そうですが……〉

「あの、わたし、八王子署の六條といいます。少しお話を聞かせていただきたいんですが」

〈警察の方？　なんで……〉

「捜査にご協力いただきたいんです。お会いできませんか？」

〈それは、まあ〉

「ありがとうございます。今、どちらに？」

〈市内ですが〉

「横浜ですか？」

〈いえ、調布です〉

東京かよ。

「お時間は、いつくらいなら」

〈今からでしたら、構いませんが〉

「えーっと……じゃあ、六時はどうです？」

了解をもらい、場所を決める。

会議の遅刻が決定した。

6

マリンタワーのふもとで、身軽そうな青年が待っていた。彦坂を見るや、「イワサカさんですね？」と名刺を寄越してくる。名は、坪巻研進（けんしん）。

「呼びつけてすまなかった」

「ちょうどよかったです。おれもこっちに来るつもりだったんで」

精悍（せいかん）な顔立ちに愛想のよい表情。しかしその物腰には、油断ならない気配がある。

勧められたテイクアウトのアイスコーヒーを断り、彦坂は口火を切った。

「先に言っておくが、君にお返しはできない」

「心得ています」

「わたしのことを詮索するのもやめてほしい」

「了解です。緒方刑事への確認も控えます」

じろっと相手を睨んだ。坪巻に悪びれた様子はない。

「書くなとおっしゃるなら我慢します。本音は、期限を切ってもらいたいところですが」

その態度に、イワサカが偽名なのも、こちらが警察関係者なのも見抜いている節があった。お互い素知らぬで通しましょうという暗黙の了解も。

「歩きながら話そう」

マリンタワーを囲うように進む。

「栃村が死んだというのは本当なのか?」

「ええ。中野の自宅で亡くなっているのを、隣の住人が気づいて通報です」

「死因は?」

「薬物の過剰摂取。オーバードーズってやつです」

コカインの大量摂取だったという。

「栃村さんはぼくより一回り上で、記者歴も長かった。ウチでは契約のライターとして長くやっていました。ぼくが付き合ったのは最後の四年。ムラナカ事件の二年前からです」

「つまり、彼が辞めたのは民事の判決が出た年か」

「ええ。香取さんが殺された年です」

　牽制を無視し、彦坂は重ねた。

「亡くなったのもその年なのか」

「そうです。正確には二〇一一年の十一月」

　香取が消える一ヵ月前——。

「事故死ということでいいんだな」

「あるいは自殺——ということに、なってはいます」

　もって回った言い回しに、思わず口調がきつくなった。

「コロシだというのか？」

「死後、彼がかなりの額の借金を抱えていたことがわかりました。貸していたのは暴力団の息がかかった個人経営の闇金で、そこが取り締まりにあって発覚したそうです。なのに栃村さんには百万単位の貯金があった。これは線香をあげに行った時、直接ご両親から伺った話です」

坪巻が、意味深な笑みを向けてきた。

「出来すぎでしょう？」

がくん、と階段を踏み外す感覚があった。ムラナカ事件を追っていたライターが薬物中毒で死亡し、その後、自暴自棄を裏付ける根拠が明らかになった。まるで図ったようなタイミングで。

「借金は出まかせだと？」

「本人が死んでるんだから借りた借りないは水掛け論。違法貸し付けですから返済義務はないし、誰が困るってわけじゃあないですからね」

ゆえに真実を突き止める努力は惜しまれる。邪魔な人間を排除するやり方としては感心するほど上手くできているが、個人の闇金とはいえパクられた者もいるのだ。生半可な理由でできる細工ではない。疑惑が本当なら、栃村にはそこまでされる事情があったことになる。

並んで歩を進めながら、彦坂は質問を重ねた。

「彼はコカインのようなブツと縁があったのか」

「残念ながら、ありました。危ない世界のルポを得意にしてて、特に薬物関係はめっぽう強かった。郷に入りては郷に従え的な部分もあったんです」

後輩に無理強いはしてきませんでしたが、と加える。

「ぼくもいろいろ教わりましたよ。人間の潜在能力をぎりぎりまで引き出すドーピング剤だとか、なんの痕跡も残さずに自然死に導く薬だとか、走馬灯を味わえるドラッグだとか。たいていは外国のアンダーグラウンド経由でしか手に入らないマッドメディカルで、実物を拝んだことはありませんがね」

眉唾なものも多かったと笑う。

「その流れで、彼はサファリにも注目したのか」

「問題はそこです」

坪巻が立ち止まった。

「栃村さんがムラナカ事件にたんなる仕事を超えた情熱を注いでいたのは事実です。緒方さんが辟易(へきえき)するほど食い下がるくらいに」

でも――。

「彼の好むネタとは思えなかった。こういったらなんですが、薬害も隠蔽も、まっとうすぎる。栃村さんが得意としていたのは、もっとケバケバしくてどす黒い、闇の底みたいな世界だったんです」

陳腐な台詞に照れたように口角を上げ、坪巻は歩みを再開した。

「鼻がきくぶん山師的なところがあって、身内にも手の内を見せない人でした。ムラナカ事件の何にそこまで惹かれたのか、相棒だったぼくにも教えちゃくれません。いつにも増して単独行動が多かった気もします。今振り返って想像できるのは、彼の照準がムラナカ事件そのものではなく、東雲病院に向いていたことです。あの病院はVIPの受け入れに定評があります。訳アリの政治家や企業の重役連中が別荘代わりにしてるって噂もあるくらいで」

批判の矛先をかわす避難小屋というわけだ。

「それなら彼の好みに合う」

栃村はムラナカ事件の報道が過熱する中、東雲総合病院を「殺人病院」と称した記事を飛ばしている。

「サファリ以外にも医療事故死の隠蔽が行われていた――そんな内容でしたが具体的な裏付けはなく、当然、病院側は完全否定。訴訟までチラつかされる始末です。デスクがびびって追記事はボツ。なのに栃村さんは平気な顔をしていました」

坪巻が目を細めた。

「あれはきっと、観測気球だったんでしょう。じゃなけりゃ、あんなにあっさり引くわけがない。ウチを辞めたのも、東雲を追うためだったのかもしれません」

亡くなったのは契約解除のおよそ半年後だ。

「自堕落で身勝手で、思い込みが激しくて。正直、苦手なタイプでした。ジャーナリストとしても社会人としても、褒められる人間ではなかった。けど――我を忘れてクスリに溺れる人ではない」

その表情に、屈折した先輩への想いが表れていた。

「でも結局、ぼくは何もしなかった。彼が亡くなったと聞いても人並みに驚いたくらいで、貯金の話に首を傾げつつ、ほっといたんです。薄情な後輩でしょ？」

「そんな君が、おれの誘いに乗った理由は？」

これまでのやり取りから、M事件のネタを欲するだけの輩とは思えなかった。坪巻は今になって、栃村が追っていた疑惑に信憑性を感じているのだ。

「その根拠はなんだ」

「マトリョーシカ」

「え？」

「遺体と一緒にあったんでしょ？」

同時に立ち止まり、見合った。

「彼の実家で見たんです。仏壇に飾ってあるマトリョーシカを」

彦坂は唾を飲んだ。

「中野の自宅にあった遺品だそうです。あまりに意外でしたよ。人形に興味があるなんて、聞いたこともなかったですからね」

両親も同じ感想だったという。入手時期こそ定かでないが、ほかにコレクションしている人形があるわけでもなかった。

思わず額を拳で叩いた。これが偶然なら、即刻刑事を辞めてもいい。栃村は東雲病院の疑惑を追う途上で、それを手に入れたのだ。何かの証拠か、資料として。

呼吸を整える。思考が巡る。目の前の雑誌記者を、どこまで信用すべきか。

「……栃村が抱いた疑惑の、核心はなんだったと思う？」

渋い顔が返ってきた。

「東雲病院で行われていたなんらかの犯罪行為。おそらくは人の生き死にに関わるもの――それくらいしか言えません」

「患者の不審死自体はあったのか」

「あったんでしょう。病院では日常茶飯事と言われればそれまでですが」

「そのへん、掘り下げてみる気はないか？」

互いの視線が絡み合った。

やがて坪巻が「一点だけ」と、指を立ててきた。

「香取と弓削、同一犯で間違いないですか？」

切り込んできた記者の視線を、彦坂は受け止めた。

「通報の主は同じ人物なんでしょう？　つまり弓削の死と同時に、香取の遺体を埋めた場所を知っていたわけです。香取の事件に関わっていない人間には無理だ」

「すまないが」

「ああ、すみません。独り言ですのでお気になさらず」

しかし、と坪巻は目をそらさずに続けた。

「香取さんが失踪した時点で警察がもっとちゃんと動いていれば、少なくとも弓削さんは死ななくて済んだかもしれない。イワサカさん、そう思いませんか？」

「……当時はきっと、それがベターだったんだろう」

「ベストでなかったと認めるんですね」

「ベストなんて、この世の中じゃめったに拝めない」

たしかに、と坪巻が鼻で笑う。「香取がひょっこり現れる可能性はあった。捜査員一人動かすのだってタダじゃない。理屈はわかりますよ」

「君の熱意には、応えるつもりだ」

坪巻の目が鋭くなった。もはや隠した身分は建前でしかなく、彦坂は無言の取り引きを相手に求めた。

見返りは捜査情報のリーク――。

「ぼくの番号にワンコール入れておいてください」

不気味な欲望を抱いた記者の顔がそこにあった。

「イワサカさんの善意に期待してます」

「お互い」

もう一度冷笑を浮かべ、「では」と坪巻は去っていった。

独り立ち尽くし、押し寄せる寒気に耐えた。自らの負い目で始めた単独捜査が、思わぬ場所につながっていく感覚。進めば進むほど、先が見通せなくなる予感。

我に返り、切っていた携帯の電源を入れる。このまま放置して捜索願を出されたらシャレで済まなくなる。しかしこの期に及んで、春日になんと伝えればよいのか。彦坂の行動がまっとうな捜査でないのは明らかだし、井岡を巻き込み、雑誌記者を巻き込み、いたずらに物事を大きくしているだけという気もする。

同時にこうも思った。

人が死にすぎている。

四人の薬害被害者、城戸広利、香取富士夫、弓削浩二、栃村、そして林美帆の弟……。わずか七年で、ムラナカ事件に関わる人間がこれだけ亡くなっているのだ。

林美帆の正体を確かめたい一心でここまできたが、気がつくと腰まで泥沼に浸かっている気分だった。自分はどこへ向かっているのか。はたして下っ端のイチ刑事の手に負える代物なのか。

個人では手に負えないヤマを解決するために組織はある。

そう思う矢先、顔のないダークスーツの男が脳裏にチラついた。自殺した城戸の書斎にやって来たという警察庁の男。その背中が言い放つ。適当にあしらっちまえ——と、彦坂の声で。

深く呼吸をした。悪寒を無理やり胸の奥に押さえ込み、足を動かす。県警本部庁舎へ戻り、春日と向き合わねばならない。

7

カフェで待つ臼杵志保を一目見て六條は、まず同情を覚えた。

通りに面した席に座り、彼女はうつむいていた。後ろでくくった黒髪が、丸まった背に垂れていた。ブラウスにゆったりしたパンツ。どちらもリーズナブルな品だろう。名乗り合っても表情は和らがない。彫りの深い大きな目を見開き、不安げな上目遣いでこちらを覗き込んでくる。広いおでこやほっぺには、ぷっくりとした張りがあって瑞々(みずみず)しい。はっとするような美人ではないけれど、年齢を忘れさせる可憐さと控えめな佇(たたず)まいに、庇護(ひご)欲をそそられる男は多いだろう。肩をすぼめているせいで、大きな胸が強調されている。レイナには無縁の代物だ。

こんな女性を、生森は何日も監禁し、幾度となく殴りつけたのか。

「どういったご用件なんですか？」

脅えの滲んだ声に、刑事から呼び出された警戒が漂っていた。

「陣馬山で遺体が見つかったニュースはご覧になっていますか」

「はい、ワイドショーで……」

「同じ日に弓削浩二さんという方が殺害されています。お二人は七年前に起こったムラナカ薬害事件の関係者です。我々は怨恨のセンで捜査を進めています」

臼杵の身体が強張った。テーブルのアイスティーはまったく減っていない。

「それは――」臼杵の表情が歪む。「あの男を疑っているということですか？」生森の名を出さずに訊いてくる。

「形式的な確認です。あまり緊張なさらないでください」

「……それは無理です。わたし、今でもあの時のことを思い出すだけで、震えが止まらなくなるんです」

自らを抱く臼杵に、六條はかける言葉をもっていなかった。

「刑事さんは男性だから、わからないと思います。どれだけ怖かったか。嫌だったか。痛かったか」

「お察しします」

事務的な慰めが精いっぱいだった。

「……いっそ死んでしまいたいと、何度も思いました」

六條はうつむきたくなるのをこらえる。

「生森から、連絡などありませんか？　電話でも、手紙でも」

「ないです。手紙が届いても読みません。触りたくもない」

六條は、はずみでここまで来たことを後悔し始めていた。この先はもっとつらい話をしなくてはならない。

「あのう……五年前のことについてですが」

「なんです？」

食ってかかるような口調だった。厚い唇が、ぎゅっと結ばれている。

「実は、五年前の十二月二十日のことをお伺いしたくて。あの、その日、生森はあなたのご自宅にいらっしゃったんでしたね？」

「来ました。あの汚ならしい顔をして」

「それで、一晩中、あなたと一緒に過ごされたんですか」

「過ごしたなんて言い方はよしてください。監禁されていたんです」

「失礼しました」と謝りながら、六條はハンカチで汗をぬぐう。

「夕方から、翌朝までですね？」

「そうです。ずっとです」

「それは、たしかですか？」

臼杵の表情が固まった。まずい、と思った。この展開も、自分の聴取の仕方も。

「ふざけないでっ」

上品なカフェに怒鳴り声が響いた。

「わたしが嘘をついていると言いたいんですか？」

「まさか。違います。そうではなく。その、生森が一時間でも二時間でも、あなたの目を盗んで家を空けたのじゃないかと……」

「よくそんなことが」

泣き崩れんばかりの顔から、思わず目をそらしそうになってしまう。

「絶対にありません。二十日も、その後の四日間も、あの男はいっ時もわたしから目を離さないで、ずっと監視していたんです」

「けど、たとえば、お手洗いの時なんかは――」

「それを、ここで説明させるんですか？」

完全な失言だ。「申し訳ありません」頭を下げる。

「……どれだけ、屈辱だったか。あんなこと、忘れてしまいたい。でも、忘れたくても忘れられるものじゃない」

六條が顔を上げると同時に、彼女の口もとが嘲(あざけ)るように動いた。

「だいたい、あの男はそんな人間じゃありません」

「え？」

「刑事さんは、亡くなった娘さんの復讐であの男が香取さんや弓削さんを襲ったとおっしゃりたいんでしょう？　でもあいつは、そんな男じゃない」

生森と交際したのは間違いだった――と臼杵は言い切る。

「前の夫と別れたばかりで、心が弱くなっていたんだと思います。娘さんを亡くされた同情もありました。騙されたんです。――最初に関係を迫られた時、あの男はこう言いました。金はあるんだ。慰謝料がたんまり入ったんだ。これで楽に暮らしていこうって」

臼杵が吐き捨てる。

「この人はないと確信しました。だってまるで、子どもの命をお金に換えたみたいな言い草じゃないですか。信じられなかった。それで交際をお断りして、そして……」

暴挙の被害に遭った。

「だから刑事さんの勘違いなんです。あの男が、娘さんの復讐なんてするはずない。絶対に」

その瞬間、まるで瞬間湯沸かし器が発火したように、臼杵の顔が紅潮した。ぷっくりしたマシュマロの肌が、真っ赤な林檎飴に。六條は思わず背筋をのばし、息をのむ。こちらを見据えるつぶらな瞳が、強烈な熱を発している。

「あの男、どこに居るんです？」

「え？」

「住まいです」

「それは——、なぜお知りになりたいんです？」

「自衛のために決まっています。協力したんですから教えてくれてもいいじゃないですか」

「申し訳ありませんが……」

頭を下げる自分に、刺すような視線が浴びせられているのがわかった。六條はじっと、テーブルの上で固く握られた彼女の両手を見つめた。

やがて、二つの拳から力が抜けた。かすかな吐息が聞こえる。赤く染まった肌の温度が落ち着いてゆく。

「なら、もうお話しすることはありません。帰ってもいいですか？」

「あ、はい」

「失礼」

と、声をあげたのは辰巳だった。今の今まで存在を消していた男が、すっと身を乗り出す。

「一つだけ伺いたい。冗談のような話だと思ってください。臼杵さん。あなたが十二月二十日の証言を変更すれば生森をもう一度刑務所にぶち込めるとして、どうです？」

なんてことを、と息が止まった。懲罰ものの発言である。

しかし臼杵は怒るでも笑うでもなく、真っ直ぐに答えた。

「あの男を憎む気持ちはあります。死刑にできるなら迷わず賛成するでしょう。ですが、わたしの被害をなかったことにされるのは我慢なりません。誰になんと言われようと、絶対に」

毅然としていた。揺らぎは一つも見当たらなかった。その内側で燃える感情の塊。怒りだ。

「戯言でした。忘れてください」

辰巳が軽く頭を下げ、ちなみに――と続ける。

「ご主人と離婚されたのはいつですか？」

「……正式に書類を処理したのは二〇〇九年の十月です」

「よければ、ご理由などを」

一瞬、臼杵はきょとんとした表情を見せ、それからあっさりと答えた。

「まったく愛していないと気づいたんです」

頷いた辰巳が締め括る。「おつらいとは思いますが、この先も生森についてお話を伺わねばならない可能性があります。その際は、何卒ご協力を」

住所と職場を告げ、臼杵志保はカフェを去っていった。

「勘弁してください」

臼杵が座っていた席へ移り、六條は辰巳を睨んだ。

「偽証を促すなんて、正気の沙汰じゃありません」

「その通りだ。しかも裁判で確定しているんだから、下手をすれば臼杵も罪に問われる」

「だったら――」

「やっかいだ」

独白のようにこぼす。遅刻が決まった諦めなのか、席を立つ気配はない。

「お前の気は済んだのか？　臼杵に感じた引っかかりとやらは」

「いや、だからそれは、勘ですって。なんか気になっただけで」

「何に？」

「それがわかんないんです。なんなんでしょう」

「頼りにならねえ野郎だな」

足を組んでふんぞり返る。

「臼杵に会った感想は？」

「どうでしょう……最初の印象とは、だいぶ違った感じでしたけど」

情けない話だが、それくらいしか言いようがなかった。

「のまれちゃって、下手くそな聴取になっちゃいましたし」

「下手はずっとだ」

だったらさせるなよ。

「生森を殺したいほど憎んでいて、けど、奴が最低の男であるからこそ娘さんの復讐なんかしないって感想は、盲点だった気はします」

「鵜呑みにすんなよ。ありゃあ、だいぶ情緒不安定だろ」

「事件を思い出しちゃったからでしょ？」

「だとしてもおれは願い下げだな。ああいう女は怖え」

へえ。この男、意外に女性関係はおくてなのかしら。

「でもやっぱり、怒りは感じました。彼女は被害者なんだって、思いました」

「初心だねえ、六條くんは」

むっとしながら六條は思う。

怒りは感じた。たしかに感じた。その獰猛な感情に、胸ぐらを摑まれるどころか心臓を殴りつけられた気分になった。あんな経験は初めてだ。思い返すだけでドキドキする。

赤く発火した林檎飴の肌。剝き出しの彼女。火傷するとわかっていても、触れてしまいそうになる、温度。

しかし本当のところ、彼女がいったいどんな気持ちであの台詞を絞り出したのか、六條にはわからない。

――あの男が、娘さんの復讐なんてするはずない。絶対に。

夜の会議は荒れたと、廊下で出くわした加古がにこやかに教えてくれた。

「筋読みがぶつかったんじゃなく、全員揃ってお説教されたって意味でね。あの管理官、声がよく通るし迫力がある」

勘弁してくれ。今からその管理官の前に立たねばならないのに。

「無事を祈ってるよ」

加古と別れ、辰巳を追う。会議室には当直の人間以外、ぱらぱらと人がいるだけだった。幹部席に座る管理官、その前に立つ畠山。並ぶとまるで双子だ。見るからに機嫌がよろしくないのが伝わってくる。傍らの前橋が、六條に気の毒げな目を向けていた。

「報告っ」

畠山が命じ、辰巳が答えた。

「五年前、生森に監禁暴行された臼杵志保に会ってきました。こんな時刻になっちまったのは向こうの都合ですよ」

「言い訳はいい」

「臼杵の住まいは調布市です。仕事はデパ地下の売り子。登録の派遣だそうです。今も独身で一人暮らし。質素な生活を送ってるふうでしたね。服はユニクロじゃないですかね」

「端的にっ」

「五年前の件ですが、臼杵によると十二月二十日、間違いなく生森は自分を監禁し一日中そばにいたとのことです。この事実は絶対に譲れないって剣幕でしたね」

幹部たちが渋面をつくった。

「生森はシロか」管理官が呟いた。

「ほかの連中は容疑者をあげてきてるんですか」

ふてぶてしく尋ねる辰巳を睨みつけてから、畠山が答える。

「薬害被害者及びその家族を中心に当たっているところだ。何人かはアリバイが確定した」

「それは弓削の？　それとも香取の？」

「どちらもだ」

関係者リストをもとに表がつくられ、それぞれの犯行に対する○×がつけられていた。

「検事との打ち合わせで、二つの事件は一体のものとする方針が決まった。埋めた遺体の場所、涙目のマトリョーシカ、殺害テープ、これらの充分な説明なしに公判は戦えないという判断だ」

馬鹿高い有罪率を誇る国内においてよもや無罪判決が下ろうものなら、担当検事は仲間内で笑いものにされる。どころか出世の道が途絶えかねない。良い悪いは別にして、彼らだって大変なのだ。

「死亡患者の遺族を中心に、Xと似た背格好の者を当たっているが……」

苦しい、というのが本音だろう。ムラナカ事件の被害者は多い。本人の家族、親戚、友人に恋人まで広げればかなりの数だ。おまけに訴訟団を通じて知り合っている者が多く、共犯を考え出すとキリがなくなる。

「物証が少なすぎますね。本当にホシはツイてますよ」

前橋の感想の通り、防犯カメラの映像くらいしか手がかりがないのだ。マトリョーシカも殺人テープも、犯人の絞り込みに役立っていない。

「辰巳。お前はどう考えてる？」

畠山にふられ、ツンツン頭の男はへらりと笑った。

「勝手ばかりで、考えの一つもないのかっ」

「まあ、ちょっと待ってください。いろいろややこしい上に、こいつはかなりデリケートな案件だ。慎重にいくのが吉でしょう」

それより、と辰巳が管理官に顔を寄せた。

「今西はどうなってます？」

答えたのは前橋だった。「所在確認に手こずってるようです」

今西はムラナカ事件の前に妻と別れている。子どもはなし。親戚との付き合いも薄く、事件後はまったく音沙汰がないという。

辰巳が「ふうん」と唸った。「追ってるのは県警の、鎌安でしたっけ？」

「会議にも電話連絡だけ。ったく、神奈川の連中はどいつもこいつもなめくさってやがる」

毒づく畠山に六條は訊いた。「彦坂さんはどうしてるんです？」

お前に関係あるのかという目で睨まれ、肩をすぼめる。

「小瓶の液体の正体は？」

辰巳の質問に、畠山が顔を曇らせた。「まだだ」

「まだ？　今夜にもって話だったでしょう」

「知るか。専門家がまだと言うんだからまだなんだ」

再び「ふうん」と唸り、辰巳は思案顔で顎をさする。

「辰巳、お前は引き続き関係者をあたれ。行き先は小此木たちと調整しろ」

「了解」

六條は慌てて幹部たちに目礼し、踵を返す辰巳の後を追った。

「信頼されてるんですね」

「なんで？」

「普通、上の人にあんな口きけませんよ」

「それはお前の普通だろ」

いやいや。一般常識的に、かなり失礼な態度だったと思うぞ。

厚労省の役人を呼び出したことといい、この男には何かあるのだろう。突っ込んでみたところで、どうせはぐらかされるに決まっているけど。

「情報交換も兼ねて、小此木さんと飯でも行きませんか？」

「なら、昨日のとこで先にやっとく」

「先に？」

「臼杵が登録してる派遣会社に電話して在籍を確かめとけ」

「今からですか？」とっくに八時は過ぎている。

「派遣会社ならまだやってんだろ」

「けど……」

辰巳が振り返り、ニヤリと口もとを歪めた。

「お前が始めたんだ。最後までケツ持てよ」

颯爽と言い残し階段を下りていく。冗談じゃねえやと思いつつ、ごもっともという気もした。

おれが始めたこと。始めた以上、ケツを拭くのも自分か。

刑事部屋のデスクに座って、聞いていた会社のホームページを調べた。番号にかけるとあっさり受付の人間が出た。一瞬、ブラック企業、という単語が浮かぶ。

「夜分にすみません。八王子署の六條と申します」

相手は突然の電話に慌てた様子だった。六條は適当な言い訳を繕って「臼杵志保さんがそちらにご在籍かどうかの確認なんです」と促した。

〈担当が仕事に出ていて、わたしでは答えられない〉と返される。

「仕事？　この時間にですか」

〈夜勤のオーダーがあるので、その引率に〉

臼杵志保の在籍確認は明日に回し、一つ質問をする。残念な回答を聞いて受話器をおろすと、それから六條は電話をかけまくった。神奈川県内の派遣会社を手当たり次第に。つながらないところもあったが、いくつかは従業員が残っていた。

M事件の捜査に携わって以来、初めてのラッキーが訪れたのは六社目だ。

〈えーっと、ええ、はい。たしかに六月二十日の夜、二十四時から早朝まで、ビル内移転作業の仕事がありましたね〉

派遣先ビルの最寄りは、横浜駅。

8

彦坂を見るや、春日は立ち上がった。口をへの字に結びデカ部屋を出てゆく上司を、彦坂は無言で追った。

小部屋のドアを閉めた彦坂に、春日が問うてきた。

「何をしてた？」

「本部に行かず、おれに相談もなく、あんた、何を考えてるんだ？」

必死の自制が滲んでいた。小麦色の肌が、忍耐の青筋を立てている。

彦坂は突っ立ったまま頭を下げた。

「すみません」

「そういうのはいい。何をしてたのか、正直に答えてくれ」

「……うっかり二度寝してしまいました。林が見つかって、気が抜けたんだと思います」

「ふざけてんじゃねえぞ」

腹の底から響かせたような声だった。

「藤沢署の緒方」

その名を受け止め、彦坂は小さく肩を落とす。

「おれをボンクラ上司と思ってたか？　あんたの考えくらいお見通しなんだ。簡単にうたってくれたよ」

緒方を責める気にはなれなかった。憧れている捜査一課の課長を相手に筋を通せというのは酷だ。そもそも彼に立ててもらう義理を彦坂はもっていない。

「城戸の自殺について、頭に入れておこうと思っただけです」

「週刊誌の記者は？」

「もう辞めていました」

「追ったんだろ？」

「いいえ」

睨みつけてくる春日の眼力に負け、彦坂は肩をすくめた。

「亡くなっていました」

春日の表情が険しさを増した。巻き込みたくなかった。しかしもう、手遅れだ。

「林の証言が嘘でないなら、彼女の弟も含め、ムラナカ事件に関わる人間が立て続けに死んでいることになります。それも香取が消える前後で」

「M事件とは関係ない」

「無関係の確認は必要かと」

「優先順位を考えろ。この大事な時期に首を突っ込む話じゃねえ」

「城戸の書斎に現れたダークスーツの男もですか」

「どういう意味だ？」

春日の発する空気が尖った。

「まさかあんた、つまらん陰謀論に囚われてるんじゃないだろうな」

「陰謀論かどうかの確認を——」

「だからそれがホシの逮捕にどう役立つのか、今すぐここで説明してみろっ」

春日の拳がテーブルを打った。「これだけ騒がれてるのに捜査は完全に行き詰まってるんだぞ。香取の当夜の足取り、マトリョーシカの購入先、下ろした五百万の行方、何もわかっちゃいないんだ。何せ時間が経ちすぎてる」

意味がわかるか？　と春日が目を鋭くした。

「五年前なら突き止められたかもしれない。少なくともマスコミはそう書き立てる」

警察がちゃんと力を入れて捜査をしていたら——。ここに林美帆の訴えを黙殺した事実が加われば言い逃れの術（すべ）はなくなる。

「あんた何がしたいんだ？　どうしてわざわざ古傷をえぐるような真似をする？　おれたちが泥水を飲んだ理由を忘れちまったのか？」

答えられなかった。春日に泥水を飲ませたのは彦坂だ。彦坂に泥水を差し出したのは井岡だったかもしれない。けれどどちらにしたって、彦坂も春日も、自分の意思でそれを飲んだ。

組織を守るため。己を守るため。

間違っている。そんなこと、お互い初めからわかっていた。

「今さら良心だとか言い出すんじゃねえだろうな」

「係長――」

「黙れ。もう何も聞きたくない」

目を逸らす春日を見つめる。申し訳ないという気持ちと、気の毒でならないという気持ちと、虚しさが入り乱れた。

「――小瓶の液体はサファリじゃなかった」

独り言のような呟きに、彦坂は眉をひそめた。

「科捜研のツレが言うには、液体の成分に該当する既製品は見当たらないそうだ。ベータ遮断薬っていう、狭心症なんかの薬と似ているらしいが、おれにはチンプンカンプンだ。ともかくサファリとは違う。じゃあなんだ？　薬なのか？　毒なのか？」

苛立たしげに舌を打つ。

「ところがその後は解析中の一点張りだ。そしてついさっき、小瓶の液体は神奈川から東京へ献上すると決まった」

「……圧力ですか？」

春日は腕を組み、こちらを見ようとしない。眉間の皺が、いっそう険しく陰をつくっている。

「いいか、ヒコさん。今回だけは口裏を合わせといてやる。明日は八王子だ。真面目に働いているふりをしろ」

そっぽを向いたまま、春日が続ける。

「謹慎させたくても、目立たれちゃ困るんだ。勝手に動かれてもな」

彦坂は、しばしその命令を吟味した。

「一日だけだ」と、春日がこぼした。

動くなら勝手にしろ。ただし上手くやれ——。

春日とて、きれいに割り切れているわけではないのだ。

「迷惑はかけません」

「とっくにかかってる」

吐き捨てる上司に軽く頭を下げ、彦坂は小部屋を後にした。

横浜の本部庁舎から二駅離れたアパートへ帰宅し、着替えをバッグにつめる。玄関に置きっぱなしのゴミ袋を素通りし、月極め駐車場へ向かう。愛車のホンダに乗り込み首都高を目指す。

三十分ほど走って世田谷区玉川インターを降り、目黒通りへ。あとは記憶に沿って下道を進んだ。

ほどなく、背の高いマンションが見えた。いったんそこを通りすぎ、周囲を巡った。目立たぬ場所を見つけ、ホンダを停める。距離はあるが、ここからなら林美帆が住むマンションのエントランスがよく見える。

部屋番号を思い出し、窓へ目を向ける。二一〇三号室は暗く沈んでいた。

夕方、店に確認を入れた際、今夜は出勤だと聞いている。終わりが午前一時か二時か、帰りは三時か四時か。彼女の姿を確認するまで、長ければ六時間ほど待たねばならない。

彦坂はエンジンを切り、シートをわずかに倒した。窓に顔を向け、寝たふりをする。帰る場所のないさみしいサラリーマンを演じ、少しでも通報の可能性を減らす。何より楽な姿勢を見つけることは長時間の張込みにおいて重要だ。

単独の張込みなど、いつ以来だろうか。

さして意味のある行為とは思えない。捜査とは呼べないし、下手をすればただの覗き趣味、ストーカーだ。しかし自宅のベッドに横たわったところで、ろくに眠れないのはわかり切っている。どうせ明朝八王子へ行くのなら、都内で一夜を明かしたっていいだろう。

そう気張ってみたものの、出入りの少ないエントランスを一時間も眺めていると瞼が重くなった。携帯で、ベータ遮断薬や狭心症といったワードを検索し気を紛らわせようとしてみたが、細かな文字と専門用語に眠気が増すだけだった。

歳か。集中も忍耐も、昔ほど長続きしなくなっている。気力の衰えを痛感する。気持ちだけを頼りにやってきた。ひたすら耐え忍ぶこと。コツや慣れも必要だが、最後の最後は根性だ。才能も特技もない男が得た「張込みの達人」という勲章の、それが正体なのだ。

根性を支える意地や責任感。その根っこにはプライドがある。そしてプライドは、容易に捨てられる。

あまりに強力で、甘い誘惑――保身。

開き直る図太さや器用さをもてぬまま、煮え切らない五年間を過ごしてきた。今さら勝手な行動をする自分が滑稽だった。黙ってひっそり、役に立たないヒコ岩を演じ続ければ良かったのに――。

いよいよ眠気が増し、瞬(まばた)きの回数が減り始めた。日が変わろうとしていた。思いつきでここまで来たが、絶対にやらねばならないことではない。むしろゆっくり眠るほうが、明日のためになる……。

うつらうつらとするうちに、気がつくと午前一時になっていた。

少なくとも彦坂の記憶に、林美帆の姿は残っていない。

なのに、二一〇三号室の明かりがついている。

いつの間に――。

眠気が飛んだ。別の入り口がある可能性に思いいたるが、即座に否定する。そういう造りの建物ではない。

見逃しただけじゃないのか？　いや、そんなはずは……。

自分が信用できず、迷いが膨らんだ。

初めから在宅していた？　店の人間は出勤と言っていたが、休みにしたのかもしれない。

明かりの灯った部屋に人影は窺えない。ホンダを降りてインターホンを鳴らしたい欲求に駆られた。何度も呼吸をして、その衝動をこらえた。

やがて、部屋の明かりが消えた。

彦坂は携帯を取り出した。カメラを起動し、エントランスに向けた。誰も出て来なければ林が在宅していただけとなる。それを願う気持ちに反し、嫌な予感が込み上げた。

人影はすぐに現れた。マンションの中から足早に出口へ近づいてくる。

黒いニット帽にサングラス、マスク。黒いTシャツ、リュック。

思わず車を飛び出しそうになり、すんでのところで我慢した。位置が悪すぎる。この場所から追うのでは間に合わない。手にした携帯のシャッターを慌てて切った。

ニット帽の人物は速足でマンションを出て、間もなく闇に紛れた。

彦坂は呆然としたまま、手もとの画像を確認した。証拠と呼べないほど画像は粗い。顔もはっきり写っていない。しかしおおよその身長や体格は察せられた。

Xじゃない――。

防犯カメラの映像はこびりつくほど見ている。そうでなくとも、この小柄な人物がXでないのは一目瞭然だった。

同じ服装なのは偶然か？　そうでないなら――。

林は無事なのか？

彦坂は携帯で麻布の店にコールした。

ミホさんですか？　ああ、夕方かけてくれた方ですね、すみません、今日は彼女、急遽休みになってしまって……。

彦坂は電話を切ってホンダのエンジンをかけた。エントランスの前まで乗りつけ、中へ走った。二一〇三号室をコールしつつ壁に目を這わせ、管理会社の番号を探した。

その時、

〈いい加減にしてよっ〉

怒鳴り声に、思考が止まった。若いハスキーな声だ。林とはまったく違う。

彦坂は手帳をカメラに掲げた。「……警察の者です」

〈ケーサツ？〉

「ハヤシミホさんのお宅と伺ったのですが」

〈……ここはあたしんち。勘違いじゃないの？〉

「一昨日の夜、こちらで林さんとお会いしてるんです」

返事がなかった。

「林さんを出してもらえますか」

〈……いません。いなくなっちゃった〉

「いなくなった？」

自分の額を拳で打つ。落ち着け——。

「すみませんが、詳しく話を聞かせてもらえませんか」

〈勘弁してよ。叩き起こされて迷惑してんだからさあ〉

明日にして——。

不機嫌に切られたインターホンの前で、彦坂は立ち尽くした。

五章

1

回した首がポキポキと音をたてた。頭に血が巡る感覚があった。狭いシートの上で夜を明かしたせいか、全身が気だるい。

「寝不足ですか?」

会議の始まりを待つ彦坂の横に、豆タンクの輪島が腰を下ろした。口調とは裏腹の、険のある笑みが張り付いている。

「大変そうですね。何をしてらっしゃるのかは知りませんが」

行き詰まった捜査につきものの、荒(すさ)んだ物言いだった。

「ガキじゃないんだから無駄骨、無駄撃ちを愚痴る気はないですが、出し抜かれるのはたまらんですよ。たとえ身内でもね」

「おれは別に――」

「ええ、わかってます。ヒコさんはあれでしょ？　よくわからない昔の事件の関係者に気に入られてお喋りしなくちゃいけないんでしょ？」

輪島の口もとから笑みはなくならない。目は初めから笑っていない。

「事件発生四日目にして成果といえば、有力な容疑者が一人消えたくらいだってんだから笑えます」

皮肉の行間が訊いている。あんた、生森に五年前のアリバイがあったのを知ってたろう？

「ウチで扱った事件のことを東京さんに指摘されて気づくなんて、メンツもくそもあったもんじゃねえや」

「メンツにこだわってる場合じゃないだろ」

どの口が――という苦笑が返ってきた。

「おれたちは、そんなに信用できませんか」

「そういう問題じゃない」

「カマ男の野郎はぜんぶ知ってたんでしょ？」

表情は変えなかった。だが、彦坂は黙ってしまった。

鎌安に何をどこまで伝えているか、春日から聞いてはいないが、林美帆のことを知らせている以上、隠す必要はないはずだ。

了解したとばかりに、輪島がかぶりを振る。

「下っ端は下っ端らしく働けってことですね」

彦坂のもとを離れていく。そこに円谷と、彦坂班の甲田、佐伯が続いた。地取りを任されている彼らは皆、神奈川に自宅を持ちながら八王子署の道場で寝起きし、そして朝の会議が終わるや横浜駅や川崎駅に向かうのだ。さしたる成果がなくとも再び八王子に戻らなくてはならない不毛に、すり減らぬ者はいない。彼らの子どもっぽい行動を批難する気になれないのは、それが厳然たる縦社会の警察組織において、ぎりぎり許される無言の抵抗と心得ているからだった。

「始めるぞ」

警視庁の畠山という男が号令をかけ、彦坂は部下たちから視線を切った。

目立った進展はない。生森の犯人性が疑わしくなったせいもあってか、重苦しさが増していた。

「追加で報告する者はいるか？」

長い腕が伸びた。鎌安だ。

「今西民雄の行方ですが、昨晩遅くに有力な情報を摑みました。去年亡くなった彼の友人の自宅に今西から香典が届いたというものです」

背筋をピンと伸ばしたまま声を張る。

「住所は茨城県。詳細確認の上、すぐに向かおうと思います」

捜査員たちの間にかすかなさざ波が立ったが、さしたる盛り上がりとはならず、生きてりゃいいけどな、という呟きすら聞こえる中、鎌安は涼しい顔で着席した。

「ほかに意見がある者は？」

「よろしいでしょうか」

輪島が声をあげた。

「香取がおろしていた五百万についてなんですが」

ゆっくり腰を上げながら続ける。「被害に遭う直前、へそくりの口座からおろした金です。当初こいつは失踪の資金とみられてましたが、殺害が明らかになった今、とたんに謎めいたものになっちまいました」

どこへ消えたのか、なんの必要があっておろしたのか、確たる答えは見つかっていない。

「あらためてこの金の用途について考えてみますと、ありきたりな想像ですが、香取は何者かに脅迫されていたという筋が一番ぴったりくるのではないでしょうか」

会議室に同意の空気が流れた。十二月二十日の夜、香取は脅迫者と会っていた。五百万は取り引きの金で、しかし彼は脅迫者の手にかかって命を落としてしまう。初めから殺すつもりだったのか、手違いが生じたのか……真相は想像するよりないが、ありそうな展開だ。

「この点を、もう少し突っ込んでみてはどうかと思います」

畠山と捜査責任者の管理官が即席の打ち合わせを始め、捜査員たちがざわざわと言葉を交わし合う。そんなのとっくに気づいてたぜ、という強がりめいた囁きを耳にしながら、彦坂の頭に浮かぶのはマトリョーシカだった。

愛人への手土産を携えて脅迫者に会いに行くだろうか？

大平の者が「何か事情があったのだ」で済ませてしまいそうな齟齬は、二人の関係を疑っている彦坂に、無視できない疑問を気づかせてくれた。

林美帆への土産でないなら、そもそもあのマトリョーシカはどこから現れたのか。

脳裏に、林とのやり取りが浮かぶ。人形に満ちた部屋で感じた違和感を思い出す。

あの時、彼女は涙目のマトリョーシカの写真を見て、人形を後から埋め直した可能性がないかと尋ねてきた。マトリョーシカに香取の血液が付着していたという説明に対しても、「血は違う容器に保存して、後からつけたのかも」と粘ってきた。

おかしい。

涙目のマトリョーシカを香取にねだったと認めたのは彼女自身だ。ならば遺体のそばにあって不思議はない。後から埋め直すなんて発想が、どこから生まれたのか。

振り返るとあの質問の仕方は、まるでマトリョーシカと殺人の関係を否定したがっていた気さえする。なぜ？

わずかに編成が変わり、鑑取り班が増員された。言い出しっぺの輪島はそこに編入されず、会議終了とともに乱暴な足取りで会議室を去っていった。

一方の鎌安班は颯爽と立ち上がる。彼らの緊張をはらんだ様子に、彦坂は少しばかり違和感を覚えた。今西はホシではなく被害者候補だ。なのに鎌安の姿が、まるで捕り物に出向くかのように感じられる。

「彦坂さん」

本郷の尖った早口が聞こえた。「今日は津久井署に来てくれるんですか？」

陣馬山の地取りに成果はなく、もはや捜査員のほとんどが期待どころか興味すら失っていることを、会議に参加したばかりの彦坂も察していた。ゆえに春日は彦坂を配置するよう根回しをしたのだし、裏を返せば、それが本郷の置かれた立場なのだった。

「おれは――」

「もういいです」

大きな背中が離れてゆき、彦坂のそばから人が消えた。

むしろ好都合だ。どうせ誰にも頼れない、身勝手な単独捜査をしなくてはならないのだから。

そう言い聞かせ、歩き出す。
目の端に、そそくさと会議室を後にする六條の姿が映った。

2

会議が終わるや刑事部屋に飛び込み、昨晩つながらなかった会社へ電話をかけまくる。結果、六月二十日の夜から朝にかけて、男性スタッフを横浜駅近郊へ派遣していたのは昨晩の一社だけだった。あらためて電話で情報提供をお願いし、多少強引な口実をでっち上げ面会の了承を得た。当たりなら一発で決まるし、外れなら終わりだ。不安と期待を抱えて、六條は八王子署を出た。

いつもの覆面パトカーではなく電車を使った。隣にノッポのツンツン頭もいない。ホシは二十日の夜、弓削を殺害してから横浜駅に来て通報、そして職場に逃げ込んだという辰巳の予想が正しければ、正真正銘、Xの素性を真っ先に知るのは自分だ。そう思うと高揚に襲われた。横浜駅までおよそ一時間、六條はそわそわと過ごした。

昨晩、ずいぶん遅れて居酒屋に駆けつけた六條の報告に、「やったじゃないですか」と小此木が声をあげてくれた。いつも通りの無表情ではあったけど。

一方の辰巳は「ふうん」と気のない返事で、「当たりなら、手柄は辰巳さんと折半ですね」という愛想にも、「そんなもん坊ちゃんにくれてやるよ」と素っ気なかった。妬いてるのかと疑った矢先、「最高の結果を祈ってる」とグラスを掲げられ、嬉しかった。

結果が出るまで報告は先送りしようと決まり、今朝の会議では先走る気持ちを抑えるのが大変だった。

何もかも良い方向へ転がり出した感覚はまさに捜査の醍醐味で、たまらないものがある。

いったい、いつ以来だろう。刑事課に配属されたばかりの頃、八王子市内で起こった連続わいせつ犯を加古と組んで探し当てた時、二人で集めたパズルのピースがピタッとはまる瞬間があり、わっと熱が身体中を駆け巡った。これが刑事の仕事か、刑事になってよかった——本気でそう思った。

その本気が薄れたのはいつだっけ。

一昨年の、デート強盗。あの時も、六條は加古と一緒に証拠を集め、犯人を追いつめた。重要参考人として署に連行し、初めて取調官を務めた。

ナンパ目的の男を捕まえ、ホテルで薬物を飲ませ昏倒させる。財布から金を抜いてドロンする。この手口で犯人は、数十万の荒稼ぎをしていた。

——ちぇっ。嫌なこと思い出しちゃったな。

車窓へ意識を移そうとしたが、取調室で向き合ったデート強盗犯の姿が頭を離れなかった。

きれいな女性だった。くっきりした目もとと鼻筋に少しこけた頰がマッチして、安っぽい表現だが、薄幸の美人、といった感じだ。

タイプはぜんぜん違うが、臼杵志保と似た印象がある。

自分がM事件に前のめりになっているのは、辰巳に上手く乗せられている部分が大きい。口は悪く人使いは荒いけど、奴は六條を相棒として扱ってくれている。手駒以上の仕事を任せてくれる。憎まれ口に対抗心を煽られ、捜査意欲を搔き立てられる。

しかし実のところ、いつにないやる気の燃料は、たぶん、臼杵志保だ。

彼女からぶつけられた熱。林檎飴の色に染まった頰。あの怒りを、鎮めてやりたい。M事件の犯人を捕まえても、彼女自身が救われるわけでないだろう。だけど彼女の怒りはきっと、犯罪被害者の誰もが抱える怒りなのだ。たとえそれが家族の誰も泣いてくれない香取や弓削であっても、少なくとも刑事くらいは、被害者の怒りを想像し、無念を晴らすために情熱を燃やさなくてはいけない。今さらながら、それを思い出した。

派遣会社の情報は、自らの手で摑んだチャンスだ。これを突破口にして、ホシに迫りたい。忘れていた刑事の使命と高揚が、ぐつぐつと煮えたぎっている。

外れだったら一気に白けちゃうのかもな。

それでもいいやと思えるくらい、六條は前向きだった。

東神奈川駅で乗り換えをし、横浜駅に着いたのは約束の三十分前。タクシーでワンメーターのところに目印の建物があり、そばに建つビルの四階が目的地だった。

ここまで来たら運を天に任せるだけ。六條は関係者リストを握りしめ、派遣会社のドアをくぐった。

二十分後、興奮と困惑を抱えて、六條は駅へ走った。

3

夥しい数の人形は一昨日のままだった。内装も、家具の配置も変わりない。ソファに腰かける女性だけが違っている。ぶかぶかのトレーナーを着込んだ彼女と林は、似ても似つかない。

「一緒に住んでたの」

中年刑事を相手に着飾るつもりはないらしい。二十代半ばくらいに見える女性は寝ぐせのついたソバージュヘアをねじりながら語る。「一年くらい前にルームシェアしようって誘われて。面倒見がいいっていうか、頭良かったし、いいかなあと思って。

同じお店で働いてたし」

「麻布のお店ですね？」

　知ってるんだ、と気味悪そうに呟く。

「目立つタイプじゃなく、ヘルプが上手い感じ。でも人気あったと思う」

　年齢を考えれば充分なほどに。

「出しゃばんない代わりに、基本、自分のこと話さない感じ」

『ＲＹＵ』の店員も同じことを言っていた。それが彼女の処世術なのか。

「一昨日の夜、あなたはお仕事だったんですか？」

　彦坂の質問に、ソバージュが頷いた。

「林さんはお休みだったんですね？」

「ううん。一緒に出るつもりだったんだけど、ミホさん、急に頭が痛いって」

　夕方のニュースを見た直後だったという。その夜に彦坂を呼びつけたことを、ソバージュの彼女は聞かされていなかった。

「昨晩、わたしの前に訪ねてきた人物に憶えはありましたか」

「ぜんぜん。ミホさんの知り合いだって言ってたけど……」

「あなたはなんと？」

「いないって答えた。どこにいるって訊いてきたから、お店の名前を出して」

「ほかには?」

首を横に振り、「インターホン越しにちょっと話しただけだし……」指で髪を巻く。

「林さんはいなくなったとおっしゃってましたが、あれは本当ですか?」

ソバージュに迷うそぶりがあった。彦坂はじっと答えを待った。

「ねえ――」と上目遣いを寄越してくる。「ミホさん、大丈夫なの?」

何気ない口ぶりに、不安が滲んでいた。

「何か心配事でも?」

「ないけど……でもオジサン、ケーサツなんでしょ?」

「ええ。強行犯係といって、殺人や強盗などの凶悪犯を扱っています」

息をのむ気配があった。

「ミホさんを捕まえるの?」

彦坂は目を細める。「心当たりが?」

「まさか。っていうか、昔のことは知らないし」

ソファに足をのせ、膝を抱える。目が泳いでいる。

「いい加減にして」

彦坂の声に、ソバージュがびくりと肩を揺らす。

「昨晩、あなたにぶつけられた台詞(せりふ)です」

「あれは――」

「訪問者にしつこく食い下がられた。だからあなたは苛立っていた」

不在という答えを、相手が納得しなかった理由――。

「初めに出たのは、林さんだったんですね？」

林は昨夜、この部屋にいたのだ。行くはずだった仕事を休んで。

ソバージュが観念したようにうつむいた。

「……様子がおかしくてさ。ミホさんに付き合ってあたしも休んだの。インターホンが鳴った時は二人ともベッドに入ってたんだけど、ミホさんが出てくれて。でも心配で――」

インターホンカメラに映る人物を前に、林は固まっていたという。応対を代わり、林はいないと言い張った。

「ぜんぜん信じてくれなくて、うっかり麻布の店を教えちゃったんだ。そっちへ行ってくれって」

泣きそうな声で続ける。

「刑事さんが来た時も、ミホさんにいないことにしてくれって頼まれて」

「――今、林さんは？」

「本当にいなくなっちゃった。今朝、いつの間にか。服とかもなくなってる。スマホもぜんぜん返事ないし」

なんなら探してくれてもいいよ、と投げやりに加える。林が消えた不安ゆえ、刑事を招き入れる気になったのだろう。

「訪ねてきた方のことを、林さんはあなたになんと説明したんです？」

「昔の知り合いで、今は会いたくないんだって。ほんとに、それだけ」

彦坂は思考を巡らせた。林は訪問者を恐れていた節がある。ならば彦坂に助けを求めてもいいはずだ。しかし彼女は偽りの不在を通し、今朝、姿をくらませた。

「行き先に心当たりは？　親しい人、たとえば恋人ですが」

「さあ……いないと思うけど？」

その言い回しに粘っこさがあった。

ソバージュが視線をそらして言う。

「男ではないよ」

腑に落ちた。昨晩、彦坂が張込みを始めた時点で二人は在宅していたはずだ。なのに電気は消えていた。ベッドに入っていた——つまりそれが、林とソバージュの関係なのだ。

「お金のためのルームシェアではなかったんですね」

「あの人、お金は持ってた。ここだって頭金とか払ったのはあの人だし。家賃だってほとんど」

「なのにお店で働いていたんですか」

「シフトはそんなに入ってなかったよ。きっと仕事は、なんていうか、目の保養？」

あるいはパートナー探しか。

「彼女は、昔からそういう指向をおもちだったんですか」

「高校の頃には自覚があったんだって。男とは無理みたい」

彦坂は軽く額を打つ。これで香取の愛人という主張が完全に否定された。

「いろいろあったんだろうなって気はしてた。そういうの少しも話してくれなかったけど、なんとなくわかるじゃん？　たぶん好きな人がいて、きっと失恋して、でも忘れられない――のかなあって、あたしは思ってた」

勘だけど、と唇を突き出す。不貞腐れたように膨らむ肉厚の頰に、可憐な艶があった。

「大切にしてたんだから、置いていかなくてもいいのにね」

彼女の目が、棚を埋めるマトリョーシカへ向く。

「一つだけなくなってたの。あの人が一番大切にしてたやつ。泣いてるマトリョーシカ」

「え？」

「このくらいの」と、ソバージュが両手のひらを広げる。

「たまに手に取って眺めてた」

　呆然とする彦坂に構わず、ソバージュが恨めしそうに締め括る。

「きっともう、あの人には会えないんだと思う」


　かつて林美帆が住んでいた青葉区青葉台のマンションは、外観も周囲の様子も五年前と変わらず、彦坂の記憶にないのは大型の高級スーパーくらいだった。

　そのスーパーの中にあるカフェテリアで、七三に髪を撫でつけた四十代くらいの男性と落ち合った。管理会社の担当者だ。

「先日、陣馬山で遺体が見つかったのはご存じですか？　香取富士夫さんとおっしゃるのですが」

　頷く七三の目に、好奇心がチラついている。

「五年前、彼が一一〇六号室に住んでらしたという話を聞きまして、参考までに確認させていただきたいのです」

「それ、調べてきたんですがね」

　七三が、指を舌で湿らせてから手帳をめくった。

「契約者に、香取富士夫さんのお名前はありません」

「ハヤシミホさんもですか？」

七三が探るような目をした。

「彼女から直接伺って足を運んでいるのですが」

「裏取りってやつですか？」

「詳しいですね」

「刑事ドラマ、わりと観るんで」

七三がうれしそうな笑みを浮かべる。

「でも刑事さん、それは違います」

もう彦坂は、驚かなかった。

「契約者さんは、ぜんぜん違う方です」


林美帆が役所に届けている最新の住所は東京都大田区蒲田。その場所を訪れた彦坂の目に映ったのは、お世辞にも立派とはいえない建物だった。レディースマンションではあるものの、新社会人か学生に喜ばれる物件だろう。

管理会社の説明は淡白だった。

「そんな人に貸した記録はないですね」

その回答を聞き、彦坂は額に拳を当てた。

コンビニで買った握り飯をホンダの運転席で頬張りながら、このとりとめのない結果にどう対処すべきか決めあぐねた。

青葉台のマンションの持ち主も女性だった。名は玉尾優香、当時二十八歳、家族の申請はなし。ソバージュの女性と同様、林はルームシェアをしていたのだろう。七三に教わった電話番号は不通。玉尾優香を追う道はあっさり途絶えた。

化粧品の通販会社を共同経営していると林は言っていたが、ソバージュは何も聞かされていなかった。社名すらわからない。そもそも嘘っぱちの可能性もある。

役所への申告を偽るのは難しくないが、必要もなくすることではない。世田谷のマンションも、名義はソバージュの名を使っているという。こうまでして自分の足跡を消そうとする理由はなんだ?

なぜ林美帆は姿をくらましたのか。彼女を訪ねてきた人物は誰なのか。疑問ばかりが増えてゆく。

緑茶に口をつけた時、携帯が鳴った。

〈栃村さんの実家に着いたところです〉坪巻の、揚々とした声が耳に届いた。〈これから彼の遺品を拝見させてもらいます。仏壇のマトリョーシカを写真で送るんで確認してください〉

「仕事が早いな」

〈アポを取ってしまったんでね。本当はぼくも、茨城のほうに興味があるんですが〉

「茨城？」

〈とぼけるのはよしましょう。これでも少しムカついてるんです〉

「待ってくれ。意味がわからない」

〈今西民雄の居場所がわかったんでしょ？〉

彦坂は携帯を握り直した。

「誰から聞いた？」

〈誰って、みんな知ってますよ。インターネットの掲示板に写真まで載ってるくらいです〉

舌を打ちそうになった。所帯が大きな特捜本部で情報漏れは珍しくない。

それにしても、と彦坂は思う。鎌安が茨城県の住所を掴んだのが昨晩、報告が今朝、この昼時に広まっているとは。

「おれは知らなかった」

〈そういうことにしておきますが、イワサカさん。ぼくとあなたは持ちつ持たれつの関係だってことを忘れないでくださいよ。餌がもらえないのに芸をするほどお人好しではないので〉

また連絡します――と切り上げにかかった坪巻に、彦坂は思わず尋ねた。

「林美帆という名に憶えはないか?」

〈M事件の関係者ですか?〉

「まだなんとも言えない。五年前、青葉台に住んでいた女性で、ネット通販の化粧品会社をやっているそうなんだが」

〈——ピンとはきませんが、気にかけておきます〉

「頼む」

坪巻に借りをつくるのは癪だが、今は藁にだってすがりたかった。

電話を切って天を仰ぐ。林美帆は香取の愛人ではない。そして何かを隠している。彦坂はそう確信していた。

一方で彼女を香取殺しの犯人とするには不可解な点が多すぎる。足跡を消していた女が自ら連絡を寄越してきた理由がわからないし、五年前、県警本部へ相談に来た行動も説明がつかない。遺体とともにマトリョーシカを埋めるのも馬鹿げている。殺人テープ、五年のブランク、香取を殺害する動機からしてまったく不明だ。

いったい彼女は、どのようにM事件と関わっているのか。

林は白骨のニュースを目にして仕事を休み、彦坂を呼びつけた。わざわざ名乗り出て、マトリョーシカの写真を求めた。なのに彼女は、自分が涙目のマトリョーシカを持っていることを彦坂に明かさなかった。一番大事にしていたのだから、ど忘れしたとは思えない。明かせない事情があったのだ。

林が持っていた涙目のマトリョーシカは両手のひらを広げたサイズだという。香取のものより二回りほど大きいくらいか。同じ人形の大小と考えるのが自然だろう。

すると一つの仮定が導かれる。

林は、涙目のマトリョーシカを誰かと分け合ったのだ。

その誰かのマトリョーシカが、香取の白骨とともに埋められていた。

彼女が香取を殺したかはわからない。香取との関係も定かでない。だが彼女は、犯人を知っている。少なくとも犯人につながる人物を。

息を吐く。冷静になれと言い聞かせる。

ソバージュから教えてもらった林の番号をダイアルする。コールのみ。連絡がほしいとショートメールを送る。返事はない。

林を手配すべきか？　すべきだ。このタイミングで姿をくらませたのは見過ごせない。手続きを踏み、携帯の電波を追跡する。当たり前の措置だ。

春日に連絡しようとし、手が止まった。

林の重要性を認めることは、己の不手際を認めるに等しい。そうなった時、自分や井岡はどうなるのか。春日や堂園、樽本は？

携帯を握る手は動かない。正しさはわかっている。けれど正しさに殉じる代償は？

人生を棒に振る価値が、正しさにはあるのか？

その時、携帯が鳴った。

〈ヒコさん〉

春日の声は重かった。

〈香取のマトリョーシカから血痕が見つかった〉

「血痕？」

今さら何を、と彦坂は首を捻る。カラフルなマトリョーシカにべっとりこびりついた血液。あれは香取の——。

〈AB型だ〉

「え？」

〈微量だが、AB型の血液が確認された〉

香取は、A型だ。

4

待ち合わせの場所には辰巳だけでなく小此木（おこのぎ）も来ていた。二人とも、関係者の聞き込みを中断して集まってくれたのだ。適当な喫茶店に入り、さっそく六條は切り出した。

「電話でも伝えましたが、六月二十日の二十四時から午前六時まで、横浜駅のそばで働いていた派遣アルバイターの中に――」

唾を飲んでから、告げる。

「生森敬がいました」

それぞれの飲み物に手をつけるでもなく、辰巳と小此木は押し黙った。

生森は今年の二月に派遣登録をし、週三、四日コンスタントに働いていた。仕事はしていないという本人の主張は嘘っぱちだったのだ。

「二十日の仕事はその一週間前から募集が始まり、生森は早い段階でエントリーしています。つまり仕事のある夜を選んで弓削に声をかけることもできたわけです。おそらくこの夜を犯行に選んだのは自分と弓削の都合が合ったからではないでしょうか」

六時十五分の電話は最終確認で、落ち合う話を事前につけていたのだろう。

黙り込む二人に、六條はとっておきを披露する。

「もう一つ。当日の夜に一緒に作業をした人間の証言です。生森はその夜、派遣先に黒いTシャツ、黒いリュックを背負ってやって来ています」

どうだ、と二人を見つめる。ぐうの音も出ないだろ、と。

たしかに反論はなかった。ただただ、重たい空気が流れるだけで。

「ちょっと」六條は焦った。「忘れたんですか？　車両内で着替えたXの服装ですよ。どう考えても当たりじゃないですか。背格好も近くて、今年の一月の出所で、おまけに二十日の夜に横浜駅の近くで働いていた」

動機も五年のブランクも、生森なら説明がつく。

「生森なんですよ、Xは。すぐにでも参考人として引っ張るべきです」

辰巳が呟いた。「最悪の結果だ」と。

「おれが祈ってた最高は、生森でない関係者の名前が見つかることだった。次善の結果は、生森だけは見つからないことだ。まさか蓋を開けたらこのザマとはな」

六條はぽかんとした。このツンツン頭は、いったい何をおっしゃってやがるんだ？

「まあ、今のところは、奴が二十日の夜に働いてたってだけの話だ。気にするな」

「気にするなって……」

派遣会社の職員が生森の名に反応した時の手応えは、金星に舞い上がったわけではなく、ピタッとはまったあの感覚だった。

生森は、Xだ。

「このままほっとけっていうんですか？　冗談でしょう？」

「生森に香取は殺せない」

五年前のアリバイがあるから。

「弓削は殺せます」

探し当ててきたのは、むしろ弓削殺しに関わる情報だ。

そうだ。香取の件は横に置いて、弓削殺しの容疑を固めればいいのだ。

しかし――。

「そっちも怪しい」

「弓削のほうも？」

「香取の遺体が埋めてあった場所をなぜ知っていたのか、マトリョーシカと殺人テープをなぜ持っていたのか。この説明なしに、弓削殺しの犯人性は満たせない」

でないと裁判に勝てない。勝てないなら検察は起訴に踏み切らない。起訴できなければ、無と同じ。

「三つ考えられる。まずは生森が弓削の殺害だけに関わっている場合の、本人が手を下しているケースと通報だけが仕事だったケース。どちらにせよこの仮定だと、香取殺しの犯人と奴は通じていなくちゃならない。それを生森に吐かせなくちゃならないが――」

「やりましょうよ。生森を引っ張って追いつめるんです」

「本気で言ってるのか？」

辰巳に嘲笑の気配はなかった。

「香取殺しの犯人が生森に情報や証拠を引き継いだなんて、本当にあり得ると思うか？」

「あり得ますよ。幹也がそうかもしれないって、二人で話したじゃないですか」

「生森に限ってはないんだ。幹也と違って奴はこの五年、刑務所にいたんだからな」

返す言葉がなかった。

あり得ない。論理的にはあり得るが、現実的にはあり得ない。生森は香取殺害の直後に逮捕されている。服役中の男をどうやって説得し、殺人を引き継いだり共謀を納得させたりするのか。出所からたった数ヵ月で、それができるだろうか。

「香取殺しの犯人が五年待った理由、生森に白羽の矢を立てた理由、共犯を求めた理由。説明は？」

思い浮かばない。

「次に――」辰巳が事務的に続けた。「二つの事件の主犯が生森の場合だ。こっちは香取殺害のアリバイを崩さなくちゃならない」

「からくりがあるんですよ」

「どんな？」

「それは、わからないですけど、きっと臼杵の証言に誤りがあって――」

「六條さん」

小此木が、ぼそりと口を開いた。

「裁判で確定した事柄は基本的に不変です。判決が出たその後に、これと矛盾する事実は認定され得ません。既判力というやつです」

詳しくは知らないが、耳にしたことはある。

「難しい話はともかく、今回のケースでいうと生森の罪には十二月二十日の監禁も含まれ、罪状に影響しています。今さらこれを覆してほかの罪を被せることはできません」

「だから、トリックがあって――」

「その場合でも、過去の判決と矛盾しない筋が必要になります。臼杵志保は生森がやって来た午後七時から翌朝まで、ずっと監視されていたと証言しています。現実的に、この条件を満たすトリックは考えられません」

「でも――」

「臼杵の証言を崩すなら、それに基づいた判決は間違いだったことになります。つまり、冤罪です」

冤罪。

どんと胸を打たれる感覚だった。

この言葉の重みは、一般人が思う以上に警察組織にとって重たい。無実の罪で裁かれた当人が一番なのは当然だが、関わった警察官、司法関係者の人生も変わる。大げさでなく、二度と陽の目を見られなくなる恐れすらある。

死んでも認めない。警察も検察も、その点は同じだ。

「監禁の最中に、二、三時間でもいいから生森はいなかったと証言を訂正すれば、なんとかなるかもしれない。臼杵次第だがな」

辰巳の言葉に、臼杵の熱っぽい眼光が浮かんだ。

思い返すと、辰巳はとっくにこの事態を想定していたのだ。だから非常識な質問を投げた。再び生森を刑務所に送るために偽証する意志があるか、と。彼女はにべもなく打ち返した。嫌だ、と。

「法律論が絡む話だから実際どうなるかはわからんが、一度決まった判決を疑うのはご法度だ。ささいな修正でも、上は必ず二の足を踏む。上だけじゃねえ。生森犯人説なんて掲げた日にゃあ、ケチをつけられた県警は猛反発だろう」

「――黙っていろっていうんですか？」

「おれがお前なら、そうする」

真っ直ぐな表情だった。冗談も皮肉も、入り込む余地がない。

「……臼杵に、もう一度話してみましょうよ」

「Xが生森と決まったわけじゃねえぞ」

「じゃあ生森のところに――」

「駄目だ」

辰巳が断じた。

「お前は行くな」

その強い口調に、六條の中から熱いものが抜けてゆく。そして膨らむ。虚しさが。

辰巳たちの論理に破綻はなかった。臼杵の証言がある限り、生森に香取は殺せない。

すると弓削についての犯人性が満たせない。ならばどれだけ疑わしくとも、生森はシロなのだ。

思わず笑いがこぼれた。乾いた自嘲だ。

「無駄骨でしたね」

「無駄ではありません。事実が一つ判明した。役に立つこともあれば、立たないこともある。捜査の宿命です」

小此木の慰めが、右から左に消えてゆく。

六條――と辰巳が言う。

「生森はおれに預けろ。お前はコギさんと組め」

首を縦に振ったのか、うなだれたのか、自分でもよくわからなかった。

5

東雲総合病院の建物は三棟に分かれていた。ガラス張りの一般外来、縦に連なる治療病棟、一番奥に研究施設だ。広い中庭もあり、一目ですべてを見通すのは難しい。

入院患者を集めた治療棟の五階、事務局の応接室に彦坂は招かれた。対応に現れた局長は慇懃(いんぎん)な物腰で、しかしあからさまな苛立ちを隠さなかった。

香取の遺体発見が報じられてから無責任な報道が増えている、過去のことをむやみにほじくり返されるのは迷惑だ、病院はむしろ被害者だ――。

「協力を惜しむつもりはありませんが、守秘義務があることも考慮してもらわなくては困ります。変に隠し立てしてると思われるのは心外ですから」

「もちろんです」

局長が探るように見据えてくる。彦坂は岩に徹した。

小さなため息が聞こえた。

「どうぞ」

と、A4サイズのペーパーを差し出してくる。

「この場だけのものと思ってください」

同意を示し、紙をのぞき込む。印字された文字は一行、四文字だけ。サファリの被害に遭った患者の中で、香取と一緒に埋まっていたマトリョーシカから検出されたAB型に合う者はたった一人。その人間の名を、彦坂は目に焼きつけた。

生森真菜。

「これ以上をお求めでしたら正式な手続きを踏んでください」

紙を奪う局長に尋ねる。

「香取さんとはご面識が？」

「まあ……、わたしも長いですから」

「どのような方でしたか」

「それは――」

「印象で構いません。ここだけのお話で」

固い表情に、苦笑が浮かんだ。浮かしかけていた腰がソファに収まる。

「立身出世の人ですよ。裕福でない家庭に生まれ、独力で内科部長まで昇りつめた――少なくとも本人はそれを誇っていたようです」

「周りはそう思ってらっしゃらなかった？」

「苦学の人ではあったのでしょうが……まあ、出世の道はいろいろですから」

香取の妻は理事長の姪っ子だ。家庭では頭が上がらなかったと聞く。職場でも陰口は絶えなかっただろう。満たされないストレスは想像できた。

「奥様の手前、大っぴらな贅沢もできなかったようです。たった一つのわがままがベントレーだったというんだからお気の毒です」

立場を利用しへそくりを貯め、外に遊び仲間を求めるしかなかったのだ。

「とはいえ同情にも限界があります。欲をかいて、病院のブランドに泥を塗ったわけですからね」

それにしても——と、顔を歪める。

「今さらこんな騒ぎに巻き込まれるとはいい迷惑だ」

「ムラナカ事件は済んだ話だと？」

「裁判は終わっているんですよ？」

局長はさっと立ち上がり、彦坂をドアへ促した。


ＡＢ型の人物の名を伝えると、春日は絶句した。彦坂も思いは同じだった。

ホンダに乗り込み、職員用駐車場の前に回す。地下に続く出入り口を確かめ、車を停める。

五年前、香取はここから病院を去り、行方をくらませたのだ。

目の前の車道は左右に延びている。正面には建物があって進めない。防犯カメラの映像に残っていたベントレーの行き先に従って、彦坂はホンダを左折させた。

間もなく国道16号線にぶち当たる。八王子の自宅へつながるこの道を、香取は通勤に使っていたという。

幹線道路の風景を斜に見ながら、あの日、香取が襲われたのは偶然か否かを考えた。言い換えると、犯人と会う約束があったのかどうかだ。

彦坂の答えは「あった」だ。へそくり口座から五百万をおろすタイミングや、その金が消えている事実は無視できない。香取は犯人に求められ、金を用意した可能性が高い。

ならば勤務を終え、香取は待ち合わせの場所へ向かったはずだ。それはどこか？

赤信号で停車し、深く息を吐く。次々と明らかになる事実を前に、血圧が高まっている。喉をきつく押さえもみほぐしながら、矛盾について考えた。殺人テープとマトリョーシカの矛盾だ。

殺害現場に残された二つのアイテムから導き出される仮定はこうだ。――犯人は香取を殺した時点で、弓削も殺すつもりだった。そして二つの殺人をつなげるつもりだった。そのために共通のアイテムが必要だった。

しかし、それなら、涙目のマトリョーシカでいい。マトリョーシカだけでも充分、事件をつなげることはできる。テープは不要だ。手間とリスクをかける意味がない。

クラクションの音で我に返る。アクセルを踏み、交差点を直進する。もう間もなく、かつて林美帆が住んでいた青葉区に入る。

マトリョーシカだけでは足りなかった。充分ではなかった。

なぜか？

二つの殺人をつなげる以外に、大切な目的があったからだ。

テープを残した意味、理由。マトリョーシカだけでは果たせない目的――。

青葉区をすぎ、ホンダは八王子の方角を目指した。

息が苦しくなった。冷房が故障したかと思うほど体温が上がり、脂汗が止まらない。

やがて彦坂は、路肩にホンダを停めた。運転席から外へ出ると陽の光をまともに浴び、視界が揺れた。

国道16号線の途上、相模原市と町田市、神奈川県と東京都の境目。横浜にある東雲病院から16号線を進み、このまま走り続ければ、突き当たるのは小宮公園。

五年前――。香取もまた弓削のように、小宮公園に呼び出されたのではないか。そして殺害されたのではないか。

ホシが小宮公園を選んだ理由は？

土地勘があり、夜にひと気がないのを知り、近すぎず遠すぎない場所だったから。

振り返ると、西日に照らされた相模原の町並み。立ち並ぶビル、マンション。

彦坂は知っている。自分で調べたのだから憶えている。かつてこの土地に、生森敬が住んでいたことを。

だから――。だから殺人テープは必要だった……。

映像に写っていたブラウン管のテレビ。明らかに意図された配置。次々に変わるチャンネル。明確に記された日付と時刻。ピクリとも動かない香取の遺体。

あの映像は、香取を殺害してからすぐに撮影されている。殺人テープが示すのは二〇一一年十二月二十日の深夜に、香取富士夫を確かに殺したという主張である。その証明以外に、あのテープを撮る理由はない。

言い換えるなら、奴が求めたのは、香取が五年前の十二月二十日より後に殺された可能性の排除だ。

それによって手に入れたのだ。自分が知人女性を監禁・暴行していたという絶対的なアリバイを。

これが、生森の仕組んだ偽装なら――。

立ちくらみを覚えた。

まさか、そんなことがあり得るのか?

汗を拭い、ホンダの車内に戻る。

今すぐ県警本部へ引き返し、春日に会わねばならない。この思いつきが妄想でなければ、神奈川県警どころか、警察組織が揺れる。

6

辰巳と別れ、東雲病院に勤めていた元看護師の自宅へ出向いた。

小此木が話を聞く横で、六條はメモ役に徹した。必要な情報を、感情や好奇心を殺し、ひたすら機械的に書き取ってゆく。

今は専業主婦だという彼女は、城戸広利についてこう振り返った。

「看護師の評判は良かったですよ。ちょっと頼りないけど気の利く人で、偉ぶったりもなかったですし。患者さんとも上手くお付き合いしていたと思います」

しかし過去の隠蔽疑惑で印象が変わった。

「さすがに死亡事故を隠したとなったら擁護のしようもないでしょ？　哀れには感じましたよ。報道が過熱するにつれてみるみるやつれていってね。自殺は驚いたけど、納得って感じです。悪い人ではなかったと思うんです。ただ気が小さくて、だから香取部長の方針に逆らえなかったんでしょうね」

同じ大学出身という縁で引き立ててもらった香取に、城戸は頭が上がらない様子だったという。

「東雲みたいな大病院の上下関係はきついですから。ちょっと嫌われただけで冷や飯を食わされるなんてザラです。だから城戸さんの気持ちもわからなくはないけど……」

でも――と、彼女は困ったようにこちらを見つめた。

「やっぱり許されることじゃないですよ。城戸さんの指示で患者さんにサファリを投与していた同僚がいて、彼女、何も悪くないのに殺したのは自分だって、そう悔やんで辞めてしまいました」

六條は証言を書き留めながら、その同僚の気持ちを想像してみた。指示のままに薬を投与し、患者を死亡させた女性の気持ちを。

「香取さんについてはどうでしょう。彼に個人的な恨みをもつような方に憶えはありませんか」

「さあ……雲の上の人でしたから。プライベートなんて知りようがないです」

「サファリで亡くなった女の子の父親を憶えてらっしゃいますか？」

口を挟んだ六條を、小此木が目で咎めてきた。

「ああ、生森さん。そりゃあもう、真菜ちゃんをとっても可愛がってましたよ。最新の治療を受けさせてやりたいからって特別な個室に移されてね。一般人には決して安い値段じゃありませんから、ご苦労もされたと思います。だから余計に皮肉で」

小此木も彼女の話に興味を示した。「皮肉といいますと?」

「その翌年からなんです。サファリの使用が始まったのは」

本当にお気の毒——。こうして一件目の聴取が終わった。


「どう思います?」

小此木に訊かれ、六條は曖昧に首を振った。真菜が生きていた頃の生森は子煩悩だったんだなという以外に、さしたる感想はなかった。

返事を諦めたのか初めから期待していなかったのか、小此木は腕時計に目をやり、

「まだ少し時間がありますね」と話題を変えた。次の聞き込み先は大田区だ。

「地下鉄を使いましょうか」

「タクシーにしましょうよ」

「しかし——」

「金なら出します」

投げやりに言って、六條は車道に手を挙げた。

「嫌な奴でしょ?」タクシーに乗り込み、苦笑がもれた。「さすが金持ちのボンボン。みんなそう言います」

「みんな、ということもないでしょう」

「意外とそうなんです。たいてい、みんなです」

　小此木は何も言わなかった。

「ある女性を取調べたことがあります。むちゃくちゃな家庭に生まれて、高校にも進めず、親の借金まで背負わされて人生が狂って、だからつまらない犯罪に手を染めなくちゃならなかったんです。彼女に言われましたよ。あんたみたいな奴に、あたしのことはわからないって」

　その通りだろう。六條はこれまで、金に困ったらカードを切ればいい——そんな人生を送ってきたのだ。

「おれは大企業の御曹司で、気楽な次男で、貧乏も虐待も、イジメも挫折も経験がないんです。だからあなたにはわからない。飽きるくらい、耳にしてきた台詞です」

　学生時代も、刑事になってからも。

　たくさんの人を幸せにしたい——。本当にそう思っていた。ヒーローに憧れる子どものように。

　儲かる企業の陰で割を食う企業が生まれるビジネスの世界は、どんなに綺麗事を並べてもしょせんは食い合い、競争なのだと父や兄から吹き込まれてきた。

　だから刑事だった。警察なら、関わる人たちをできる限りたくさん、幸せにできるんじゃないか。不幸を取り除いてやれるんじゃないか。その手伝いができるんじゃないか。

けれどわかった。加害者にせよ被害者にせよ、本当の意味で六條の言葉は届かないのだと。

なぜなら六條が、恵まれているから。

「これ、甘えですかね？」

小此木は答えなかった。

「すみません。黙ります」

目的地まで、六條は目をつむった。

そのマンションの一室で、男二人に出迎えられた。玄関に立つチェックのシャツの中年は畏まって直立し、思いつめた顔をしていた。その横の洒落た眼鏡の青年が、六條たちを見上げた。

「刑事さんがウチに来た翌日に電話がありましてね。都合をつけてもらったんです」

「芝浦和彦と申します」チェックシャツの男が小さく頭を下げる。「すみません。本当ならこちらから警察へ出向くべきだったのに」

「なんでそうなるんですか。容疑者じゃあるまいし」

呆れ半分に笑う青年を、六條は観察した。小柄な身体に賢そうな顔つき、こざっぱりとした身なりの彼が城戸広利の息子、幹也だ。

「外したほうがいいですか？　ぼくの話は先日終わってますし」

「居ていただいて構いませんよ。いろいろ補足していただけると助かります」

小此木の言葉に、ならまあ、と踵を返す幹也に案内され、リビングの応接セットで向かい合う。部屋は住居兼オフィスにふさわしい程度に雑然としていた。

「芝浦さんは、かつてムラナカ製薬でサファリの開発に携わってらっしゃったんですね」

芝浦が頷く。「すみません」と謝る。

「わたしどもは薬害事件の捜査をしているわけではありませんよ。あれはもう、裁判も終わった事件です」

「いや！　駄目です。そんなんじゃ駄目です。わたしには責任があります」

小此木は一つ間を置き、話題を変えた。

「香取さんと弓削さんについてお伺いします。彼らと個人的なお付き合いはありましたか？」

「……ありません。開発部の人間は、皆そうだったと思います」

「今西さんとは親しくされていましたか」

「親しいというか、仕事柄、薬剤の効能やセールスポイントをお伝えしたり、そういうのは、はい」

「芝浦さん。どうか気を楽にされてください」

「いいんです。わたしなんて」

「刑事さんはやりにくいって言ってるんですよ」幹也が呆れ気味に言う。「芝浦さんがそんなんだと、平気な顔してるぼくが薄情な人間みたいに思われるじゃないですか」

「幹也くんは被害者だよ。わたしは加害者だ」

「まあまあ」

取りなす小此木の前で、芝浦は膝に拳を握ってうつむいたままだ。

「芝浦さんは、被害者家族のもとを謝罪して回ってらしたそうですね」

「……不起訴が決まって、わたしは会社を辞めました。ようするに逃げたんです。世の中に背を向け、事件を忘れようとして、でも忘れられなくて。廃人のような生活を二年ほど送りました。そんな時、合同の慰霊祭があると聞いて足を運んだんです。わたしなんかが参加していいはずもないのですが、どうしても行かなくてはならないと思って。それ以来、なんとか被害者の皆様に連絡を取って回らせてもらっていたんです」

すっと顔に影が差した。

「自己満足ですよ。ご本人様もご家族様も、わたしなんかに頭を下げられたところで仕方ないですから。むしろご迷惑だったでしょう」

「幹也さんとも、そうして知り合われたんですね？」

「静岡のご実家を訪ねて、一度断られたんですが、彼が関西の大学で一人暮らしをしていると知りまして」

「いきなり訪ねてくるもんだから、ちょっと怖かったですよ」

冗談めかす幹也に芝浦は、申し訳ない、と生真面目に謝罪する。

「城戸さんにも、本当にすまないことをしたと思っています。わたしが開発した薬剤のせいでお亡くなりになったんですから」

「父は自殺です。それも自分が裁かれるのを恐れての自殺です。あなたとは関係ない」

幹也がうんざりと息を吐き、気まずそうにそっぽを向く。その仕草に、ねじれた感情を六條は感じた。

「芝浦さん」小此木が切り出す。「あなたがそこまで責任をお感じになる理由があるのですか」

「理由も何も。人が死んでるんですよ？　わたしの薬で！」

「しかし裁判であなたの罪は問われなかった。過失の認定もされませんでした」

「そういう問題じゃありません。そういう問題じゃ……」

芝浦がうなだれた。傍からも、身体の強張りが見て取れた。

「事故が起きた初期の時点で対応できたはずなんです。けれど現場の医師から報告していただく臨床データは、わたしたちに届かなかった」

「届かなかった？」

「会社の方針で、外部に検証を委託したんです」

絞り出すような声だった。

「身内では甘くなるという建前でしたが、委託先の研究所だって実際はウチの息がかかったところです。今考えると、あれは営業部の都合だったんだ。サファリを大々的に売り出すために、ネガティブな情報を封殺しようとして……」

「すると、今西さんの主導で？」

小さな頷きが返ってきた。

「なんとしても反対すべきだったんです。なのにわたしは命じられるまま受け入れてしまった。被害者の皆様に会わせていただいて、頭を下げて、それでもまったく、心は晴れません」

芝浦が天を仰いだ。

「サファリは優れた薬です。その点は自信がありました。だからこそ、生みの親である自分たちでしっかり検証しなくちゃいけなかったんです。……あの事故の原因は、おそらくほかの薬品との併用禁忌――いわゆる飲み合わせというやつです。東雲病院の内科は新薬の使用に積極的でした。新薬同士の知られていない反応があったのだと、わたしは推測しています。事前に気づけていたら事故は起こらなかったかもしれません」

「それはどうかな」

幹也が口を挟んだ。

「芝浦さんを責めるつもりはないけどさ。サファリが立派な薬だったっていうのは疑問だな」

小此木に先を促され、幹也が説明する。「母から聞いた話です。自殺する直前、父がもらしていたそうです。なんであの子が死んだんだろうって。ほかの患者さんはともかく、あの女の子、あの十歳の子どもには、サファリ以外の新薬を投与していないはずなのにって」

「幹也くん、前にも説明したけどそれは――」

「わかってますって。ぼくはもちろん素人だ。何も判断できません。父のぼやきがたんなる保身だった可能性もあります。それはわかってますよ。でも、飲み合わせのせいだと証明されたわけでもないんでしょう？」

芝浦が唇を噛む。

「父は意気地のない男だったかもしれないけど、悪人じゃあない。女の子の死は、本当に事故だった。息子として、それくらいは信じてやりたい」

さみしげな笑みが浮かんでいた。芝浦は涙ぐんでいた。きっとムラナカ事件に関わった多くの人間が、彼らと同じ割り切れなさを抱いているのだろう。

もちろん、生森も。

「繰り返すけど、芝浦さんを責めるつもりはないですよ。というか、いい加減立ち直ってもらわないとぼくも寝覚めが悪い」

芝浦が力なく首を横に振る。「……そんなわけにはいかないよ。わたしは、あの子の——真菜ちゃんの最期を、この目で見ていますから」

はなをすすりながら、芝浦が話し始めた。

「病院に勤める知り合いから副作用の疑いを聞いて、何かあったら連絡してくれと頼んでいたんです。女の子の容態が急変した時、わたしも病院に駆けつけました。スタッフが右往左往していて、怒鳴り声や悲鳴が響いていていて……。堪りませんでした。女の子の病室の、枕とのシーツが血で真っ赤に染まっていて……。遺体を前に、お父様が名前を呼ぶんです。叫ぶんです。何度も何度も。お母様は呆然と立ち尽くしておられて……」

「ちょっと！」

思わず叫んだ六條の反応に、芝浦と幹也が目を丸くした。

「芝浦さん。それは、記憶違いでしょう？」

きょとんとした芝浦が、慌てて否定した。

「あの光景は目に焼きついています。絶対に間違いありません」

「亡くなった子どもの、お父さんとお母さんがいたんですか？」

「はい。パーマの男性と、髪の短い女性でした」

ありえない。

パーマの男性は生森だろう。しかし生森の妻は、その時すでに事故で亡くなっている。

その母親は、誰だ？

「芝浦さん」小此木が、わずかに身を乗り出した。「亡くなった女の子のご遺族にも、謝罪にいかれたのですか？」

「もちろんです。とにかくお会いして、わたしの気持ちをお伝えしたくて」

「ご夫婦に会ったのですか」

「いえ、先ほどお話しした合同の慰霊祭でお母様を見かけて」

声をかけ喫茶店で話をした。

「どのようなお話を？」

「話というか、わたしが謝るのを、じっと聞いてくださいました」

「彼女は、生森と、そう名乗っておられたのですね？」

　芝浦が、戸惑ったように「はい」と頷いた。

　幹也の事務所を出てすぐ、最初に訪ねた元看護師の女性に電話をした。夕飯の買い物に出かけるところだったという彼女に芝浦の話を伝えると、まさか、と笑われた。

〈生森さんが再婚したなんて話は聞いたことありませんよ〉

「真菜ちゃんが亡くなった日、そばにお母様がいらしたという証言があるんですが」

〈ああ、それは水倉さんね〉

「水倉さん？」

〈さっき話したじゃないですか〉

　サファリを患者に投与し、病院を辞めた女性看護師だ。

〈あの子、真菜ちゃんをすごく可愛がっていましたからね。非番でもよく遊びに来るくらいで。だから余計に気の毒で――〉

　同情の言葉を、六條はぼんやりと聞き流した。

　水倉……水倉……。

心の中で繰り返すうち、ピタッとはまる感覚に襲われた。

おれは馬鹿か！

最初に違和感を覚えたのは芝浦の存在を知った時だった。関係者リストに名前のなかった男の存在が、なぜか気になった。そのわけが、今わかった。あの時自分は芝浦ではなく、その直前に話題に上った人物の名前を関係者リストと結びつけていたのだ。

〈そういえば――〉と、元看護師の女性が言う。〈あの日、たしか彼女、真菜ちゃんにお土産を持ってきてたんじゃなかったかしら〉

「お土産？」

〈ええ。袋を抱えていたから『何？』って尋ねたら、お人形だって〉

礼を言って電話を切り、ポケットから関係者リストの紙を取り出す。小此木へ突きつけ、指で二度、叩く。

「この人！　この水倉って人」

紙を目にした小此木の無表情が強張った。

「まさか」

「でも、そうだとしたら」

そこに記された東雲病院の看護師、水倉志保が、臼杵志保なのだとしたら。

事件に背を向けていたという芝浦は、生森の家族構成を知らなかった。だから真菜が亡くなった日、非番で私服だった看護師を母親と勘違いした。

「臼杵には離婚歴があります」

監禁事件の時は別れており、記録に結婚時の苗字はなかった。前職も記されていなかった。ゆえに今まで見逃していた。

会社訪問の人物確認で、六條は関係者リストの苗字しか口にしていない。だから臼杵の存在を知った時も、すぐにはつながらなかった。しかし何度も何度も目にしたリストの中の、「志保」という文字は頭にあって、引っかかりを感じていたのだ。

はやる気持ちを抑えながら六條は言う。

「臼杵は東雲病院に勤めていた。そして生森真菜に愛情を注いでいた。それが香取たちのせいで命を落としてしまった。しかも、自分が投与した薬で」

彼女が真菜へ用意したプレゼントが、涙目のマトリョーシカだったのなら。

がらりと風景が引っくり返る。組み立てて崩れたパズルが、とたんに違う絵を描く。

生森敬と臼杵志保。

香取が殺害された夜に監禁していた者とされていた者。そのおかげで生森は、香取殺害のアリバイを手に入れた。これが、五年の実刑と引き換えに殺人の罪を免れる計画であるのなら。互いをののしっていた言葉は演技で、二人は協力し、この復讐計画を実行したのなら。

　だから五年のブランクがあった。同一犯のアピールをした。

　殺人テープが必要だったのは、香取殺害の日時を限定するためだ。それによって生森のアリバイを、絶対のものに仕立てるためだ。

　出会い系サイトでたまたま知り合ったなんて真っ赤な嘘だった。彼女は二人の関係や、東雲病院で働いていたことを警察に伏せている。芝浦に対して、生森と偽っている。

　あれをなかったことにされるのは我慢なりません――。そう宣言する臼杵の怒りは本物だったと、六條は信じている。けれどそれは、生森に対してではなく、香取や弓削たちに対する憎悪だった。「あれ」が指す出来事は監禁ではなく、真菜の理不尽な死だった。

　六條も小此木も、言葉を失って立ち尽くした。もしもこれがM事件の真相であるなら――。

　冤罪(えんざい)。

　加害者と被害者が協力し、殺人の罪を覆い隠すために意図的につくられた冤罪。

「辰巳さんに――」

　そう言いかけた時、当の辰巳から小此木へ電話がかかってきた。六條は再び、小此木の無表情が強張るのを目にした。

通話を終えた小此木が告げる。

「生森が消えたそうです」

体温が沸騰した。

7

「ムラナカ事件の被害者のうち、ＡＢ型の人物は生森真菜だけです」

父親の生森もＡＢ型ではありませんと彦坂は、昨晩と同じ小部屋で春日に告げる。

「どういった経緯で真菜の血が付着したかは不明ですが、マトリョーシカと生森に関わりがあったとみなす材料にはなります」

「こじつけだ。ＡＢ型の血痕が、真菜のものと決まったわけじゃない」

「五年前、生森が住んでいたのは相模原市緑区。16号線で小宮公園とつながっています」

東雲病院とも、と彦坂は付け足した。

春日の顔に刻まれた皺が、深い陰をつくった。

「生森がアリバイ工作を仕組んだとして、臼杵志保の協力なしには不可能です」

「――正気で言ってるのか？」

「冗談で済めば何よりですが、アリバイ工作以外に殺人テープの用途はありません」

「一から十まで、意味のある犯罪なんてあるもんか」

「テープは意図的です。あまりにも意図的です」

撮影自体も、マトリョーシカに収めて弓削の遺体のそばに添えられていたのも。

春日の反論がやんだ。唇を真一文字に結び、目をつむった。蛍光灯に照らされたその形相は、まるで仁王が憤怒に耐えているようだった。

やがて絞り出す。「手が出せない」と。

「わかっています。まともには無理です」

「まともには、か」

沈黙が、ふたりを包んだ。

「今西の周りは？」

「鎌安が固めている」

春日が彦坂と同じ答えにたどり着くまで、そう時間はかからなかった。

「――行ってくれ」

「了解です」

立ち上がった彦坂に、春日が声をかけてきた。

「腹を括るしかないようだな」

じっと一点を見つめる春日を残し、彦坂は小部屋を後にした。

赤色灯を回すわけにもいかず、首都高を法定速度ぎりぎりで走った。東京を過ぎ、道が常磐自動車道に変わる。徐々に風景は淋しさを増し、やがて闇に浮かぶビルの明かりが消え失せた。

出発からおよそ二時間後、高速を降りた。都会の風景はどこにもない。ナビに頼って向かった先、雑木林を従えた道沿いに、黒のワゴン車が停まっていた。後ろにノーズを近づけ、ブレーキをかけた。

彦坂と同時に、ワゴンからたくましい身体つきの男が出てきた。

「お疲れ様です」

本郷だった。

「お前もこっちに回されていたのか」

「陣馬山なんて、あんなの誰がやったって同じです」

中へ、と促される。彦坂はワゴンのステップに足をかける直前、首を右に捻った。民家と田んぼが点在するような場所である。ちょうど正面、二百メートルほど離れたところに二階建ての古民家の影が見えた。

ワゴンに乗り込むと、シートを倒した空間で鎌安が胡坐をかいていた。「どうも」

と素っ気ない挨拶で彦坂を迎え入れた。

「様子は？」

「何も。飯は食いましたか？」

「いや」

「本郷くん、買い出しを頼む。ほかのメンバーのぶんも適当に見繕ってくれたらいい」

本郷はワゴンのドアに手をかけたまま動かなかった。

「本郷」彦坂が自分の車のキーを渡し、ドアが閉まった。

「生意気な奴ですまんな」

「あのくらいでいい。上に尻尾を振るだけの奴は、いつか足を引っ張ります」

あらためて鎌安と向かい合った。車内には携帯用の送風機があるだけで、蒸し暑く、額から汗が流れた。そんな中、普段通りに背広を着込む鎌安に暑苦しさを感じないのは、彼の佇まいのせいだろう。

「今西は？」

「在宅しています」

「配置は？」

鎌安班の三名と彦坂班の甲田が二組に分かれ、自宅のそばに潜んでいるという。

「人員が薄すぎないか」

「事情が事情ですから」

事情、か。彦坂は唇を噛んだ。自分の思いつきを伝えるべきか。ヒコさんが直接会って決めてくれ――。あの春日ですら迷っている。

「思惑が錯綜していて困ります。最善の道を選ぶには最適な情報が必要なのに」

鎌安が感情のない笑みを浮かべた。「愚痴に聞こえましたか?」

「こんなところで一緒に夜を明かすんだ。軽口くらい叩けるほうが気楽でいい」

「軽口でなく、真剣な話です」

じっ、と空気が張り詰めた。

「堂園さんに樽本さん」

「……君は、入れ違いだったと記憶してるが」

「剣道の師匠なんです」

冷たい笑みが一瞬和らいだ。細面の外見からは想像できないが、鎌安は剣道の高段位をもち、逮捕術でも優秀な成績を誇っている。

「彼らのような人物こそ、リーダーにふさわしい」

「おれだってそう思ってる」

「だったらなぜ責任を取らなかったんです?　あなたにはできたはずだ」

「簡単に言うな。あの二人にだって害が及ぶ話だ」

「本当にそうですか？」

わからなかった。香取が消えた時点で正直に話していたら。責めを受けていたら。刑事部長だった樽本や、本部長だった堂園の顔に泥を塗ることにはなっただろう。だが、それを恐れ逃げ回った結果、傷口は大きく広がってしまった。

「堂園さんも次が最後のチャンスだ。ここを逃したらもうトップには立てない。そこまであなたは、この爆弾を引きずってしまった。もっと上手いやり方はいくらでもあったはずなのに」

しょせん末端職員の怠慢だ。言い繕う術もあっただろう。

しかし自分たちは、手前勝手な隠蔽を選び、そして第二の殺人を招いた。

「ようするに、我が身が可愛かったんでしょう？」

「お前に何がわかるっ」

叫び声が狭いワゴン車に響いた。井岡の顔が浮かんだ。井岡の家族、そして塔子、健一。

何がわかる――。もう一度、そう吐き捨てた。

鎌安の顔は、憎たらしいほど落ち着いていた。

「昔のことをアレコレ言っても仕方ないのはわかっています。この期に及んで懺悔されたって手遅れだ。だからこそ、大事なのは今です」

すっ、と顔を寄せてくる。

「殺人テープの意味なら、わたしも気づいている」

息をのむ。

「この事件のからくりは、すべて見抜いている自信があります」

ぎらりとした目は、不気味な欲望に染まっている。

「この場所はすでにマスコミが嗅ぎつけています。穏便に話し合って、今は遠ざけていますが――」ふいに口もとが歪んだ。「ネットには自宅の写真までアップされている始末です」

はっとした。

「お前が流したのか？」

涼しい表情で受け止められた。

「正しい手順でしょう？」

鎌安は気づいている。正確に。

「……一生抱え続けることになるぞ」

「今さら何を言ってるんです？　青臭い話は棺桶で。お互い、すべきことをしましょう」

どのみち自業自得——そうもらした井岡の声が頭をかすめた。

8

ちょうど同じタイミングで八王子署に着いた辰巳とともに、六條たちは特捜本部へ階段を駆け上った。

管理官と畠山、前橋らが難しい顔をして固まる幹部席へ急ぐ。夜の会議は先延ばしになっていた。電話で伝えた六條の推理にどう対応すべきか、方針を決められずにいるのだ。

ずかずかと迫るや、辰巳が怒号のような声をあげた。

「今西は？」

「県警の鎌安くんが住所を突き止めました」前橋が答えた。「かなり癖のある人物のようです。四年前に茨城県の古民家を買って自給自足に近い生活を送っていて、ろくに話もできなかったと嘆いていました。おまけにその直後、マスコミが現れたそうで」

「くそったれ！　そういうことか」

盛大に悪態をつき、管理官の前のテーブルに両手を叩きつける。

「今西から目を離すなと神奈川の連中に伝えてください。マトリョーシカはまだ残ってるんだと」

「生森が現れるというのか？」

管理官の問いかけに辰巳が頷いた。

「見込みは？」

「ほぼ百パーセント」

横から畠山が声を荒らげる。「根拠はっ」

辰巳は管理官と向き合ったまま答えた。

「生森がわざわざ犯行を通報したのはなぜだと思います？　遺体を掘り返させたのは？　その結果どうなったか。事件は大々的に報道されて、今や床屋の大将も興味津々だ。そして香取、弓削と並べりゃあ、次は今西かもしれないって、パーマあててるおばちゃんだって気づくでしょう。事実、マスコミ連中が今西にたどり着いてる」

畠山が反論する。「それはホシにとって不都合でしかないだろ」

「じゃなくて奴は、今西の居場所を摑めなかったんですよ」

あっ、と胸をつかれた。一般人が、そう簡単に他人の所在を突き止められるわけがない。探偵を雇えば痕跡が残るし、今西は弓削と違って隠棲していたのだ。

「おれが行きます」

辰巳の宣言に管理官が小さく頷く。

「臼杵はどうする?」畠山が口を挟んだ。

「コギさん」

「わかりました」

「おれは?」と六條は訊いた。

「てめえで決めろ。来るか、待つか」

即答した。

「行きます」


覆面パトカーを茨城方面へ走らせながら、六條は深呼吸をした。落ち着くどころか、自分の熱っぽい吐息に心がはやし立てられた。

あらためて、恐ろしい企みだと思った。自ら冤罪を捏造し、服役までしてアリバイを確保した連続殺人。どれほどの執念をもって生森がこの計画を実行に移したのか、想像もつかない。

今頃、管理官たちは上層部との調整に走り回っていることだろう。下手をすると事態は、警察と司法を巻き込んだ一大スキャンダルになりかねない。

「生森は、本当に消えたんですか?」

「生森は自宅以外にシャッター付きのガレージを借りてる。わざわざ離れた場所にな」

「買い物に行ってるのではなく？」

助手席の辰巳が迷いなく言い切った。

「消えた」

六條たちが看護師や芝浦と会っている時間に調べたのだろう。

「中には怪しいもんがたくさんあったぜ。発煙筒やら化学薬品やら」

生森は理工学部卒。化学の素養はあるはずだ。

「肝心の乗り物はなくなってたけどな」

「車ですか？」

「バイクだ」

小宮公園への移動手段だ。ゆえに駅周辺の地取りに引っかからなかった。

「ガレージの防犯カメラは？」

バイクの車種がわかればと思ったが――。

「黒いキャップの男がシートを被せたままのバイクを押してたよ」

完全に意図的だ。時刻は午後二時頃。辰巳の到着とほぼ入れ違いだった。これ以上調べるには令状が要る。

「指名手配すべきでは？」

「なんの罪状で？」

答えられなかった。事情を知る誰もが、その答えを探している。

「だから今西なんだ」

「――生森が襲いに来るっていうんですか？」

「住所が漏れたのは早すぎる」

「……神奈川がわざと？」

情報を流して――。

「今西を餌にするつもりですかっ」

香取と弓削の殺害から切り離して生森を捕える手っ取り早い選択肢、現行犯逮捕。

そのためには言い訳のきかない罪状が要る。

「結果Ｍ事件の、便乗犯が捕まるんだ」

香取と弓削を殺害した犯人としてではなく。

六條は唾を飲んだ。

しかし――。

「今西への接触を殺人未遂まで引き上げたとして、それでも刑は十年に満たないでしょ？　二人も殺しているのに」

「検察の腕の見せ所だな。生森は前科持ちの上、出所後すぐの犯行だ。あるいはサッチョウの根回しがあるかもしれん。裁判所だって、冤罪をでっち上げられたとなれば恥だぜ」

恥。そんなもののために右往左往しているのか。

どのみち――と、辰巳がこぼした。

「臼杵が証言を変えない以上、M事件は迷宮入りだ」

二〇一一年十二月二十日の夕方から翌朝まで、生森とずっと一緒だったという証言だ。

「もし二人が冤罪のからくりを告白したら？」

「頭のおかしい戯言。相手にしなけりゃいいだけだ」

「生森が三つ目のマトリョーシカを持っていたら？」

「なかったことにするんだろ」

証拠隠滅。

笑うしかなかった。犯罪を取り締まる警察が、真相解明に脅えている。

ハンドルを握り直し、辰巳に尋ねる。

「臼杵志保は、どこまで噛んでいるんでしょうか」

共犯か、利用されているのか。

「共犯に決まってる」

当然だと受け止める一方で、六條は収まりのつかない感情を持て余した。

冤罪のでっち上げ工作はすなわち、香取の殺害が共謀だったことを意味する。ならば生森と臼杵はたんなる患者の父親と看護師ではなく、間違いなく男女の仲だ。ゆえに臼杵は、生森が刑務所に入った五年後の今も、香取や弓削たちへの怒りを燃やし続けている――。

腑に落ちない。

なんだ、この違和感は。

フロントガラスの向こうは、追い越しても追い越しても街灯の明かりが照らしてくれる。テールランプ、ヘッドライト。しかし進む先に待つのは、真っ直ぐ続く夜だ。

9

じりじりと時間だけが過ぎ、日が変わろうとしていた。

蒸し風呂のようなワゴンの運転席から彦坂は、影の塊になった古びた民家へじっと目を凝らしていた。

「――了解。引き続き待機します」

視線を投げると、無線の応答を終えた鎌安が顔を寄せてきた。

「特捜本部から問い合わせがあったそうです。ようやく向こうも、ことの重大さに気づいたらしい」

仮眠中の本郷を気にしながら、鎌安が付け足す。

「生森の所在がわからなくなっているそうです」

決定的な符合だった。覚悟はしていた。Ｍ事件の犯人は生森だ。彦坂たちの想像の通りだったのだ。

「今西の在宅は確かなんだろうな？」

香取と弓削を呼び出している生森が、今西に対してもそうしないとは限らない。一時間ほど前、部屋の電気が消えるのは確認したが、こっそり裏口から抜け出される恐れもある。

いらぬ心配は不要とばかりに薄く笑う鎌安に、彦坂は今西民雄の印象を尋ねた。

「身も蓋もなくいえば、話にならない、といったところです」

バックミラーに、小さく肩をすくめる鎌安の姿が映った。

「Ｍ事件のことは知っていたんだろう？」

「もちろん。マスコミも訪ねていますし」

不躾（ぶしつけ）な訪問者を一喝し扉を閉ざした振る舞いは、刑事が相手でも大差なかったという。

「『お前らには関係ない』『ほっといてくれ』『帰れ』……。交わした言葉はその程度です」

「生森については？」

「『そんな奴は知らん』とだけ。真実味はありましたが」

本心まではわからない。

「昔を知る人間の評判とはだいぶ違います」

営業部長を務めていたほどの男だ。押しが強かったり欲深な面があったにせよ、コミュニケーション能力が低いはずはない。彼もまた、ムラナカ事件で変わったのだろう。

「もっとも、元の奥様は蛇蝎のごとく嫌ってたらしいが」

ふと、自分からエースの座を奪った後輩に目をやりそうになった。この男の私生活を、彦坂はほとんど知らない。

携帯がメールの受信を告げた。添付されている写真を開く。仏壇に添えられたマトリョーシカが写っている。

「少し出る」そう断ってワゴンを降り、彦坂はメールの送り主に電話をかけた。

〈いったい、どうなってるんです？〉

それが坪巻の第一声だった。〈特捜並みにガードが固くなってるそうじゃないですか。今西の住所がリークされた反動ですか？〉

彦坂は応じなかった。まだ正式に身分を明かしたわけではない。

腹の探り合いをすっ飛ばし、坪巻が訊いてくる。

〈写真はどうでした？〉

「違う」とだけ返す。東雲病院を狙って取材をしていた栃村の実家にあったマトリョーシカはM事件のそれとはまったく別物、涙目でもない。

「取材資料は？」

〈それなんですが――〉もったいつけたように言う。〈ほとんど残っていませんでした〉

「残っていない？」

〈資料もパソコンも、警察に押収されたまま返ってきていないんです。名目は麻薬密売組織を追うための参考資料ってことのようですが〉

息子が薬物中毒で死んだ負い目もあり、両親はその説明を真に受けたという。

〈残っていたのは使い古しの手帳だけ。こいつが無事に戻ってきたのは端的に読めなかったからでしょう。記者文字ってやつですが、栃村さんのは特にひどい。のたうち回るミミズのほうがまだマシって塩梅で〉

「こっちも立て込んでる。手短にしてくれ」

〈了解です。まあ、ようするに普通の人間には役に立たない落書きなわけですが――〉

その声に、かすかな力みがこもった。

〈ぼくには読める。あの人と長く組んでいたから〉

夜風が汗をさわってゆく。かすかな寒気を覚えた。

〈もちろんぜんぶとはいきません。抽象画を読み解く気分で眺めましたよ、こんな時間までね〉

「坪巻くん」

〈ご安心を。ちゃんと見つけました。栃村さんが追っていたであろう人物の名前を〉

イワサカさん、と坪巻が声を落とした。

〈宝山グループをご存じですか？〉

聞きかじったことはある。バブル期の地上げで成り上がった企業で、その交際範囲は政治家から右翼団体にまで及ぶのだとか。

〈その創業者にして親玉だった男、宝来悠太郎の名が手帳に記されていたんです。彼はムラナカ事件の前の年、東雲病院で亡くなっています〉

東雲病院で？　思わぬ展開に彦坂は眉をひそめた。

〈経済通の記者によると、宝山の社風は黒塗りです。栃村さんに金を貸してたという闇金のケツ持ちとも付き合いがあるって話です〉

「暴力団か？」

言わずもがなという笑いが返ってくる。

〈びっくりなのは、ハクホウファイナンスにも宝山の息がかかっていることです〉

耳を疑った。ハクホウファイナンスといえば弓削浩二の再就職先だ。

〈事実上の親子会社って話です。偶然だと思います？〉

言葉が出てこない。

〈宝来悠太郎は享年九十二。発表された死因は老衰による心不全。原因不明死の代名詞です〉

「待ってくれ。君はまさか、悠太郎の死を疑っているのか？」

〈昔からあるでしょ？　遺産を巡って老いた当主を葬るなんてのは〉

坪巻は滔々（とうとう）と語った。悠太郎が進めていた外国企業との巨大ビジネス、それがもとで生まれた右翼の大物との亀裂――。父親との確執を抱えた二代目の長男、彼を担いで画策されていたというクーデターの噂――。群がる政治家、銀行や企業の役員たち、暴力団、官僚――。

〈悠太郎を邪魔に思う連中が病院関係者を使って、穏便な始末をつけた。もちろん多

額の報酬をあてがって——いわば殺人ビジネスだ〉

ちなみに、と坪巻がいっそう声を潜める。〈長男のバックについた右翼団体の代表と、さる与党議員が昵懇なのは有名です。幹事長も務めたことがある、警察ＯＢの議員です〉

耳から入ってくる情報を吟味する余裕もなく、彦坂は呆然とした。

なんだ、この物語は。

自分の立つ場所を見失う感覚に襲われた。金と権力を持った者たちの、常識を超えた非道があることは知っている。だがそれは、宇宙にたくさんの銀河系があるらしいという程度の「知っている」なのだ。

まるでお伽話のような、バーチャル世界の出来事のような物語に、端役ですらない隅っこではあろうとも、自分が名を連ねているなんて実感のもちようがなかった。

落ち着け。これは坪巻の空想で、そもそも栃村の空想かもしれず、何よりこんな陰謀めいた与太話が、Ｍ事件とどう関わっているというんだ。

そう言い聞かせようとした矢先、熱っぽい坪巻の声が届いた。

〈手帳にはＫ、Ｙ、Ｉのイニシャルもあります〉

香取、弓削、今西——。

〈もう一つ、頻繁に出てくるイニシャルが、Ｕ〉

生森?

額を殴りつけようとしたその時だった。

エンジンの唸りが響いた。振り返ると坂になった道の向こうから黒い影が現れた。この暗闇にライトも点けず、影はこちらへ近づいてくる。カウルのついたバイクだ。

運転手は黒いライダースーツをまとっていた。黒いフルフェイスのメットがワゴンの陰で電話をする彦坂に向き、通りすぎた。それを彦坂は目で追った。坪巻が何か喋っていたが意識には入ってこなかった。

彦坂は電話を切った。たしかにバイクは、彦坂の姿を見ると同時にスピードを上げた。そして真っ直ぐ、今西の古民家へ進んでいる。

ワゴンのドアを殴るように叩く。中へ叫ぶ。「奴だっ!」

鎌安が無線機を引っ摑み、本郷が飛び起きた。それを横目に走り出そうとした彦坂の目に、その光景が映った。

田舎道を走ってゆくバイクが、驚く間もなく、古民家の玄関に突っ込んだ。

ガラス戸がガシャンと音を響かせ弾けた。エンジンが大きく吠えた。

すくみかけた足を、彦坂は動かした。民家の周囲から男たちが現れ、いっせいに家屋に群がった。

逃がすな、と念じた。ここで生森を絶対に逃がすな。

次の瞬間、家の中から破裂音がした。二回、三回。白い煙が立ち上る。それが瞬く間に広がる。

爆弾？

足が止まった。白い煙を前に、人影が右往左往していた。中に飛び込んでいた刑事が一人、転がり出て尻もちをついた。煙は際限なく上がり続けていた。

ボン、と爆ぜる音がした。一瞬怯み、エンジンを吹かした音だと気づく。もやのかかった家の中で、黒い塊がこちらを向くのがわかった。ライトが真っ直ぐ彦坂の視界を覆った。その後ろで炎が上がっていた。

すぐ横を、後ろから走り抜ける人影があった。ライダーのフルフェイスメットが見えるのと、彦坂の前に立った鎌安が構えるのは同時だった。

鎌安の両手に、拳銃が握られていた。

「よせっ」

とっさに体当たりをする。銃声。鎌安とともに道に転がった。バイクの唸りが耳もとをかすめてゆく。

振り返る。ワゴンのそばで棒立ちになった本郷が、遠ざかるバイクを見送っていた。

「何してる、追え！」

彦坂の叫びに反応し、慌てて運転席に乗り込む。

なかった。

誰ともなく命じながら、白く煙った家屋へ走った。煙が目に染みた。開けていられ

「今西の保護！」

鎌安を殴りつけ、拳銃を取り上げる。

「バカヤロウ！」

を阻んでいる。突っ込むべきか、退くべきか。

返事はない。近づこうにも、視界がまったく確保できない。炎の発する熱が行く手

「今西さん！」

迷いは、二階から聞こえた窓の割れる音で消えた。

何かが地面に落ちる音。彦坂は中庭へ駆ける。

「今西っ！」

人型の塊が、うつ伏せに倒れていた。

「大丈夫か？」

煙に涙を流しながら薄目を開け、呼びかけた。駆け寄ると、あちこちに小さな火が揺れているのがわかった。シャツを脱ぎ、はたいて火を消しながら叫ぶ。「返事をしてくれっ」

かすかに、ううっ……という呻き声がした。生きている。

「救急車！」

大柄の男を担ぎ、無我夢中で庭を這い出た。

「班長っ」

駆け寄ってきたのは彦坂班の刑事、甲田だった。

「まだ生きてる。絶対に死なすな」

今西の身体を預け、彦坂は走った。青い制服の警官を見つけ、無線機を奪った。

「本郷っ！」

躊躇(ためら)いのまじった声が応じた。〈……見失いました〉

くそっ――。

無線機を地面に投げつけたい衝動に駆られた時、目の端でフラッシュが焚かれた。マスコミと思しき男が地面に向けてシャッターを切りまくっていた。

「やめろっ！」怒鳴りつける。制服警官に「遠ざけろ」と命じ、カメラが向けられていた草むらに近づく。腰をかがめ、手のひらサイズのそれを掴む。

涙をこぼす、三体目のマトリョーシカ。

ほとんど無意識に頭部と胴体を分け、中を覗く。

これは――。

バイクの去った坂の向こうからエンジンの音がした。現れたセダンが彦坂の背後で止まった。飛び出してきたのは辰巳と六條だ。二人はあっけにとられたように、今西の自宅を見つめ立ち尽くした。

ふいに六條の視線を感じ、彦坂は背を向ける。

サイレンの音がする。

赤い炎が古民家を覆いつくそうとしている。

六章

1

瞼の裏に、真っ赤に躍る炎が焼きついていた。

六條たちの到着から二時間足らずで火は消し止められた。孤立した立地のおかげで延焼もなく、被害は最小限に収まったといってよいだろう。

あとは今西民雄が、無事に意識を取り戻してくれさえすれば。

「寝てんじゃねえぞ」

はっと声のほうへ顔を上げると、細長いシルエットが窓の朝日を背に近づいてきた。見下ろしてくる辰巳の顎は無精ひげで黒ずんでいる。きっと自分も、似たような有様だ。

「寝られるわけないじゃないですか」

瀕死の今西は茨城県内の市民病院に運ばれ、六條は病室の前に陣取り彼の回復を待っていた。昨日の出来事を振り返っているうちに夜は明けた。

朝の会議が終わるや派遣会社に飛んで行き、生森の名前を見つけた。小此木とともに東雲病院の元看護師、そして城戸幹也と芝浦和彦から話を聞いた。真相にびっくりすると同時に生森が消え、茨城県へ。挙句があの火事だ。盛りだくさんすぎて消化し切れたもんじゃない。

後手を踏み続けた徒労感もあった。真相に迫ったがタッチの差で今西は襲われ、生森は逃げおおせている。

「畠山さんはなんと？」

「埒が明かねえな。今西を襲ったバイクの男を生森とする証拠はない、だとさ」

やはりか。

「近くにマスコミがいたのがまずかった」

忌々しげに吐き捨てながら、辰巳が隣に腰を下ろした。今西への取材をもくろんでいた彼らが目と鼻の先で起こった火事騒ぎを静観するはずもなく、現場に残された三体目のマトリョーシカはばっちりカメラに収められてしまったのだ。

「M事件と無関係では済まなくなった、というわけですね」

「似たような人形だと言い張ることはできるが――」

かなり苦しい。少なくとも裁判で通用する理屈とは思えない。マトリョーシカを現場に残していけば警察は自分をM事件の犯人にできないという生森の思惑通りか。

「どうなるんですかね、この先」

「さあな」

いつもの威勢はなく、辰巳は足を投げ出し唇を結んだ。

一瞬静まった廊下に、こつん、と澄んだ足音が響いた。

「お疲れ様です」

県警の鎌安だった。

「何それ」

ふんぞり返った辰巳が、鎌安の右手に巻かれた白い包帯を指さした。

「ヒビが入りました。奴のバイクに轢かれそうになって転んでしまったんです」

「体当たりしてたら大金星だったのにな」

「ええ。情けない話です」

辰巳が不愉快そうに目を細めた。鎌安は涼しい顔で六條たちを見下ろしている。

「作戦失敗の責任はあんたが取るの？」

「作戦とは？」

「今西を餌にしたんだろ」

「意味がわかりませんね」

「銃声がしたって話も聞いたけど？」

「それは要確認事項だ」

「気張るなよ。生森から目を離したおれも、お宅と似たような立場なんだから」

「辰巳さんは大丈夫でしょう」

つるんとした肌が、うっすら微笑む。「別に、生森がホシというわけじゃないんだし」

すべてを心得た男のスマイルに、六條は呆れを越えて感心した。

「ともかく今西さんの保護が第一です。ただまあ、報道が過熱すれば誰かがこう思うかもしれませんね。M事件の犯人より先に、彼を殺したい――」

辰巳が立ち上がった。ポケットに手を突っ込み、鼻がくっつきそうな距離で鎌安に迫る。

「懲りずに今西を利用するつもりか？」

「彼に恨みをもつ人間ならそう考えるかもしれないという当たり前の懸念です。それがホシであろうと、ほかの誰かであろうと」

「大した面の皮だ。県警に置いとくのはもったいねえぜ」

「あなたも、もっとふさわしい場所がおありになるのでは？」

二人は無言で睨み合った。

先に表情をゆるめた鎌安が言う。

「現場責任者としての叱責は覚悟しています。あとは上が決めることです」

辰巳に不敵な目配せを送る。

「お互い、すべきことをしましょう」

「鎌安さん」

踵を返しかけた男を見上げ、六條は訊いた。

「どうして刑事に？」

瞬間、鎌安は虚を突かれた表情をした。そしてすぐに、ロボットのような無表情になった。

「失礼」

見送っていたら頭をはたかれた。「ガキか」と罵ってから辰巳は足を組み、「くそっ」と吐く。

「気に食わねえ」

子どもじみてるのはお互い様じゃないか。そう思いながら尋ねる。

「マトリョーシカの中には何が入ってたんですか？」

「畠山のおっさんが言うには――」辰巳は顔をしかめた。「空だったんだとさ」

ほどなく、背広の三人組がやって来た。彼らは病室の前に陣取った六條たちに告げた。

「八王子署へ戻ってください。今西さんはこちらで引き受けます」

ダークスーツの男たちだった。

2

お馴染みになった小部屋で彦坂は温いコーヒーを含んだ。

今西が救急車で搬送され、消火の目処が立ったタイミングで春日から連絡があった。すぐに戻って来いと命じられた。ホンダを走らせ、本部庁舎に着いたのが午前五時過ぎ。ここで待てと言われてから二時間以上、お目付け役の職員とともに放置されている。

携帯にはいくつも不在着信が並んでいた。八割が坪巻、残りは輪島をはじめとする班のメンバー、そして一件だけ、井岡から。

再び携帯が光った。坪巻だ。

お目付け役の若い制服警官が身を乗り出し、彦坂は手のひらで制した。わかってる、と無言で伝える。光り続ける携帯をテーブルに放置し、記者が諦めるのを待った。

　春日がやって来たのはそれから三十分後だった。

「君は持ち場に戻ってくれ」

　若い警官を追いやり、正面に腰を下ろす。

「今西の様態は？」尋ねると、「まだだ」と答えが返ってきた。

「現場検証はどうなってます？」

「まだだよ」

「茨城県警と合同になるんですか」

「わからん。まだだ。ぜんぶ、まだなんだ」

　苛立ちを隠す余裕もないのだろう。いつも以上に深刻な渋面が浮かんでいる。

「――簡易爆弾のたぐいらしい。爆発よりも火を広める仕様だったんじゃないかって話だ」

「バイクの特定は」

「ナンバープレートは隠してあった」

「車種は？　生森が所有しているかどうか陸運局に問い合わせれば――」

「彦坂っ」

　唸るような怒号だった。

「生森は、関係ない」

「――そういう話に決まったんですか？」

春日は歯を食いしばっていた。

予想はしていた。事件のからくりを知った時点で覚悟はしていた。だが本当にそんなことがまかり通るのか。信じたくないという思いがあった。

「このままほったらかしにはできないでしょう？　奴は二人も殺しているんです」

「誰がほったらかしにすると言った？　対処はする。適切に」

「どう適切にですか」

「おい、口を慎め」

「鎌安は拳銃を持っていました」

春日の勢いが止まった。

「どなたが許可を？」

「……おれだ。おれが許可した」

かすかな声の震え。嘘だと直感した。春日を飛び越えた誰かから、鎌安は拳銃携帯の許可を得たのだ。

ホシが殺意をもって標的のもとを訪れると予期しながら、外の配置はわずか四人だった。どう考えても脆弱（ぜいじゃく）すぎる。なのに鎌安は納得していた。事情だ、と。

あの拳銃が、その答えだ。生森の暴挙を誘い、確実に処理する。そのために、あえてゆるい監視態勢にした。関わる捜査員を最少人数にしたのは、口を塞ぎやすいからだ。

「係長」どす黒い疑念を胸に押し殺し尋ねる。「マトリョーシカの中身を見ましたか？」

春日の目が泳いだ。

「マトリョーシカ自体はマスコミにバレていました。隠蔽（いんぺい）の必要はないはずです」

「隠蔽なんて言葉、軽々しく使うんじゃねえっ」

「わたしはあれを開けています。中に入っていたものを見ている」

写真を撮るマスコミを遠ざけて拾い上げ、のぞいた。人形の腹の中には、小さな棒状の機器が収められていた。

「USBです。もちろん中身はわかりません。あの時点で、犯人以外にわかる人間はいなかったはずです。なのにその報告をしてすぐ、持ち帰りの命令が下った」

口外はせず速（すみ）やかに、と。

「あのUSBの中身を、上は承知しているんじゃないですか？」

そして隠そうとしている。恐れている。

目を吊り上げた春日の拳がテーブルを叩いた。

「もういいじゃねえかっ」

懇願のような叫びだった。

「……おれたちに何ができる？」

彦坂の身体から力が抜けていく。話したいことは山ほどあった。坪巻から聞かされた疑惑。亡くなった宝山グループのドン。殺人ビジネス。弓削の再就職先……。

目の前で固く握られた拳が、すべて無駄だと語っていた。

「……監察があんたに会いたがってる」

すっと胃が締めつけられた。

「今からですか？」

頷きが返ってきた。

「――包み隠さずで、いいんですか」

「ああ」春日が天を仰いだ。「今さらだ」

来る時がきたのだ。

3

捜査員が出払った八王子署の捜査部屋に小此木の姿を見つけ、嫌な予感がした。

「臼杵はどうしてるんです？」

駆け寄った六條へ、小此木は無言で応じた。予感がますます膨らんだ。

「お前ら」幹部席にいた畠山が声をかけてきた。「ついて来い」

君もだ、と肩を叩かれた。

ずかずかと部屋を出てゆく上司の後を、辰巳たちとともに追った。

連れていかれたのは、以前彦坂から話を聞いた応接室だった。

「座れ」

自分は立ったまま、畠山はじろりと三人に睨みをきかせた。

「先に言っておくが――」畏まった口調だった。「わたしも管理官も、君らの働きは評価している。筋読みも、非常に惜しいところまで迫ったといっていいだろう」

「惜しい、ね」

辰巳が皮肉をこぼし、足を組んだ。

畠山は取り合わず、「だが――」と続ける。

「独断で神奈川を洗っていたのは問題だ」

誰も何も言わなかった。辰巳は薄ら笑いを浮かべ、小此木は無表情で、六條はうつむき加減に次の言葉を待った。

「君らの考えを、我々以外の誰かに話したか？」

やはり答える者はいなかった。

「小此木」

「話していません」

「辰巳」

ツンツン頭の上で手のひらを振る。

「六條くん」

「……誰にも」

そうか、と畠山は呟き、静かに息を吸った。

「結論から言う。生森はシロだ」

「今西を襲ったのも、ってことですか？」

辰巳に向かって「そうだ」と畠山が答えた。

しん、と沈黙が下りた。気だるい静けさだった。

「君らの筋には整合性がない。以後、めったに口外してはならん」

「生森はどうするんです？」六條は顔を上げ、尋ねた。「臼杵志保は？」

「彼らは捜査対象ではない」

浅黒い顔に浮かんだ厳しい表情は少しも崩れなかった。

「香取の殺害が不可能な時点で、それは確定している」

「放置ってわけにはいかんでしょ」

辰巳が目つきを鋭くした。「次に何をやらかすかわかんねえんだから」

畠山が息を吐いた。そして視線を外した。

「彼らについては今後、特別チームがフォローする」

「サッチョウの差し金ですか？　それとも――」

「邪推はよせ」

「今西のとこに来た連中に、知った顔もありましたけど？」

「辰巳っ」

鬼の形相が叫んだ。

「いい加減にしろ」

ふっ、と辰巳が小さな笑いを吐いた。畠山の口調は脅しというよりも忠告の雰囲気で、だからこそ余計に寒々と響いた。

「繰り返すが、君らの評価が下がったわけではない。今回はいろいろ大変だったと思う。いったん今日は身体を休めろ。明日からの役割は追って連絡する」

誰も返事をせぬまま、密談は終わった。

4

素っ気ない一室の席に着き、取調室だな、と彦坂は思った。長い県警勤めの中で、幸いにして監察官室の世話になる機会はほとんどなかった。それ自体が間違いだったのだとぼんやり思った。

同年代と思しき監察官から尋ねられるまま、五年前の経緯を明かした。

「失踪を疑っていなかったといえば嘘になります。もちろん、香取が殺害される具体的な根拠を摑んでいたわけではありませんでしたが」

「それで陣馬山に出向いたのですね」

「当直だったという偶然はあります。けれどどちらにせよ、関わろうとしたでしょう」

「捜査が始まってから、単独で林美帆という女性を調べたのは？」

「彼女の素性をほとんど把握していなかったことに気づいたからです」

「ムラナカ事件の全容を知ろうとして、藤沢署の緒方巡査部長に情報提供を求めた」

「はい。栃村というジャーナリストの存在を教えてもらいました。もっとも、彼はすでに亡くなっていて――」

迷いが生じた。坪巻の名を出すべきか。

「──それで、自分で東雲病院について調べたんです」

「ムラナカ事件についてですか?」

「そのつもりでしたが、途中で宝山グループの会長だった宝来悠太郎という人物が亡くなっていることを突き止めました」

監察官が口もとに手を当てた。「事件性があったと?」

「もしもそうなら、栃村の死も怪しくなります」

「何か証拠は?」

「──ありません」

じっと見定められ、彦坂は心を殺す。

「ただ、殺された弓削の職場が宝山グループの子会社だった点が引っかかりました」

「宝来悠太郎の死とM事件は関連があると?」

「わかりません。そこまで調べたところで、生森の犯行の可能性に気づいたんです」

「五年前の監禁傷害が冤罪だったという推理ですね。いや、推理というより──」監察官の唇がゆがんだ。「空想でしょうか」

彦坂は、黙ってその言葉を受け止めた。

「ご自身の過失を隠すために馬鹿げた計画犯罪の可能性にすがった──。失礼ながら、そのような受け止め方もできます」

彦坂はゆるく首を横に振った。

「そんな欲がまったくなかったとは言いません。ですが、真相を知りたかった気持ちも本当です」

「犯人を捕まえたかった、と」

「はい。そうしなくては――」

言葉に詰まった。

そうしなくては、なんなのか。

責任？　いや、それはもう取りようがない。

結局、再び頭を振ることしかできなかった。

「なるほど。わかりました。ところで、昨晩の件ですが」

銃声のことかと身構えた彦坂に、彼は意外なことを訊いてきた。

「マトリョーシカの中にＵＳＢが入っていたと証言できる人間があなた以外にいますか？」

「……いや、それは、おりませんが」

「あなたが忍ばせたのではないと証明できる人物は？」

「え？」

背中に冷や汗が流れた。

監察官が人差し指で唇を叩き始めた。まるで焦らすように。

「わたしが証拠を捏造したと？」

「そんなことは一言も言ってません」

「――マトリョーシカの中には何もなかった。そういうことですか？」

「尋ねているのはわたしのほうですよ」

可笑しそうに笑みをこぼす。

「さて、どうしたものか。単独捜査はともかく、五年前の件。これは二通りの考え方ができそうです。素直に怠慢であったという考え。もう一つは、林美帆の相談にまったく信憑性がなかったという考え。これは独り言ですが――」

人差し指はずっと、唇をリズミカルに叩いている。

「あなたたちの判断は妥当であった。そんな報告をしたい気がします」

彦坂は拳を握った。目をつむった。呼吸を整える。

「いかがです？」

答えられなかった。

ＹＥＳもＮＯも、答えれば何かを失う。

監察官が人差し指を止めた。

「銀座に美味いフレンチの店があるんです」

「は？」

その店で――と、彼は微笑んだ。「あなたをお待ちになっている方がいます」

5

小此木の呼びかけで飯を食うことになった。

「新宿まで出ませんか？」

気乗りはしないが断るのも面倒だ。六條は流れに身を任せた。

八王子駅から中央線を使い、新宿に着いたのはランチタイムが落ち着いた頃だった。

小此木は迷いなく路地を進み、暖簾（のれん）のかかった引き戸を引いた。

狭いが落ち着いた雰囲気の店だ。カウンターの奥の棚に、様々な一升瓶が並んでいる。小此木が「この時間は客も少ないし、昼からでも飲めるんです」と言いながら座敷のテーブル席でおしぼりを広げた。

ビールを頼んだ。好きになれない苦い味を一気に飲み干し、もう一杯注文した。辰巳は立て膝で焼酎をちびちびと、小此木はすぐさまジョッキを空にし日本酒をオーダーした。

会話はなく、やけ酒のように飲み続けた。顔が熱くなり、意識がふやけてきた。飲めば飲むほど、身体の中にくすぶった何かがはっきり意識された。

「実は――」と、小此木が切り出した。「お二人が茨城から帰ってくる間に、臼杵志保の別れた夫と連絡が取れたんです」

酒を含みつつ、小此木は臼杵の元夫、水倉の言葉を淡々と語った。

出会いは彼女がまだ短大生だった頃、三十代だった水倉はアルバイト先の上司だった。

――一途なところに惹かれました。当時、付き合っていた女性がいたのですが、寝たきりだった母との同居を巡って諍い（いさかい）が絶えなかったんです。志保はわたしの愚痴を熱心に聞いてくれて、看病に来てくれたりもしたんです。下の世話まで厭わずやってくれました。わたしは母親っ子だったものですから、そんな彼女の情にほだされてしまったんです。こういうとアレですが、かなり熱烈なアプローチだったと思います。

結婚から二年ほどして、水倉の母親が病死する。

――母のことは残念でしたが、覚悟はしていたので逆にすっきりしたくらいでした。端的に言うと、志保の負担も減るだろうと。なのに、その頃から様子が変わってしまったんです。あらためて二人でやっていこうと話していた矢先だったので、わけがわかりませんでした。彼女が本格的に看護師の仕事を始めたのもその頃です。

そして真菜が亡くなった年に離婚が成立した。

——まあ、揉めるというか、問い詰めたりはしましたが……。

「結局、押し切られる形で承諾したそうです。水倉は、彼女が暴行被害に遭ったことも知らされていなかったと言っています」

関係は完全に切れていたのだ。介護を買って出てまで奪い取った相手からあっさり離れていく行動は六條の理解を超えていたが、水倉の証言を鵜呑みにはできないだろう。男女の話には明かせない秘密がつきものだ。

「それにしても、水倉と生森は似てますね。ともに十歳ほど年上で、世話をしなくてはならない家族を抱えていた。臼杵はそんな男性に惹かれるタチだったんでしょうか」

辰巳も小此木も、答えない。

「水倉の話からも、臼杵が好いた男に尽くすタイプだとわかります。生森のために偽装冤罪に協力しても不思議じゃないってことです」

やはり二人は答えない。目も合わせず酒を呷っている。

「辰巳さんはどう思うんですか」

「そんな憶測とこじつけで有罪にできるなら、刑事は楽だな」

胡坐をかいた膝の上で、拳に力が入った。しかし辰巳の言う通り、しょせんは憶測とこじつけだ。それがわかってしまうだけ、余計に熱いものが込み上げる。

「――警察なんて、くそですね」

辰巳は受け流すように笑みを浮かべた。それがまた、面白くなかった。

「このまま泣き寝入りですか？　ホシがわかっているのに背を向けて、見ないふりですか」

「引っ張りたきゃ引っ張れよ。それでどうなる？　検察が起訴してくれなきゃおしまいだ」

「起訴せざるを得ないくらい、証拠を固めればいいじゃないですか」

「どんな証拠だ？　具体的に言ってみろよ」

ジョッキを握る手が痛い。生森を疑う根拠はいくらでもある。動機。横浜駅での仕事。一番大きいのは彼と臼杵が、自分たちの関係を隠していたことだ。

けれど、客観的に動かしがたい証拠とは言えない。

動機をもつ者はほかにもいるし、横浜駅の仕事は偶然で片づく。関係を隠した言い訳も難しくはないだろう。冤罪事件をでっち上げた証明とはほど遠い。

「自白があっても無駄だぜ。狂言だと決めつけられて終わりだ」

通常なら弁護士が踏む手順を、今回は検察が進んで採用しかねないのだ。罪を問う側にその気がなく、おまけに被害者遺族はこぞって冷淡な態度をみせている状況で、はたして何を有力な証拠と呼び得るのか。

「言いたかねえが、こんなことは腐るほどある。無実の人間をクロに染めるのも、真犯人をシロに染めるのも、さほど難しくねえ。たんにそれをする価値があるかないか。ようするに都合だ」

辰巳が、人差し指を天井に向けた。

「誰かの都合の中でおれたちは生きてんだ。おれたちにはおれたちの都合がある。飯を食うとか幸せな家庭を築くとかな。その都合を通すには、大きな都合に従うほうが賢い」

小さな吐息とともにもらす。「そういう仕組みなのさ」

「普段偉そうにしてても、兵隊は兵隊ってことですか」

六條さん、と小此木が静かにたしなめてきた。それに構わず辰巳を睨みつけた。現実的には辰巳の理屈は正しく、大人だ。それでも睨まずにいられなかった。

辰巳は六條の視線を受け止めていた。皮肉に口角を上げ、焼酎のグラスを傾ける。

「お前、鎌安に『なんで刑事になったのか』って訊いてたな」

おれは——と、辰巳が続けた。

「世の中のさ、白と黒をつけたかったんだ。刑事ってそういう仕事だろ？　怪しい奴を捕まえて、犯罪者かそうじゃないか線を引く。それで被害者は納得できる。納得できなくても、諦めることはできるかもしれない。そうやって世の中を回す人間も必要だと思わねえか？」

「だったらM事件にだって線を引けばいい」

「でかすぎて届かないカンバスもある」

辰巳が腰を上げた。

「悪いがおれは、まだデカを辞めるわけにはいかないんでな」

テーブルに置かれた万札を、六條は突っ返した。

「奢りますよ。この四日間の勉強代です」

辰巳は、ふん、と鼻を鳴らし札を奪い、それを六條の胸ポケットに突っ込んできた。

「じゃあな、坊ちゃん」

くそっ。無性に腹が立った。日本酒を頼んだ。適当に一番高いやつを。

あの男の態度が気に食わなかっただけじゃない。どっかで期待していたんだ。あいつなら、このがんじがらめの状況を、ポケットに手を突っ込んで颯爽と蹴り壊してくれるんじゃないかって。

勝手な期待だ。わかってる。文句があるなら自分でやれ。わかってるって！

「六條さん」

小此木の声で我に返った。届いた日本酒の冷（ひや）を六條のお猪口（ちょこ）に酌（く）みながら、「辰巳さんね――」と続ける。

「彼、幾つに見えます？」

「……さあ。三十六、七くらいですか」

「四十二歳。わたしの三つ下です」

えっ、と六條は驚いた。小此木が四十代半ばというのもびっくりだったが。

「あの人、元は公安マンなんです」

泣く子も黙る警視庁公安部――。特捜部並みの秘密主義を貫き、同じ警官でもその実態が摑めないプロ集団。思想犯やテロリストの取り締まりを職務としながら、犯人逮捕よりも情報の収集を優先し、時に非合法な手段も厭わないと噂される部署。

辰巳の妙なコネは、その時に培ったものなのか。

「灰色しかないような世界の住人だったんです。詳しくは知りませんが、いろいろあったのでしょう」

美味そうに日本酒を舐める小此木の横で、畠山と辰巳のやり取りを思い出す。

――彼らについては今後、特別チームがフォローする。

――今西のとこに来た連中に、知った顔もありましたけど？

こりゃ駄目だ。所轄のぺーぺーが出る幕じゃないや。

六條は無理やり自嘲をつくって、お猪口を空けた。

6

通された個室には、見るからに座り心地の良さそうな椅子があった。テーブルの向こうの男性が、それを勧めてきた。

「楽にしなさい」

「いえ……」

彦坂は直立のまま、かつて上司だった男を見つめ、唾を飲んだ。

樽本警視長は、ノンフレームの眼鏡の奥の瞳を瞬かせ、小首を傾げた。

「立たれたままだとやりにくいんだがね」

「すみません。ですが——」

吐息のように、樽本が笑った。

「変わってないな。実直を絵に描いたような男だ」

その言い回しに懐かしさが込み上げた。警察官というよりも学者か教師といった風貌で、耳に馴染む話し方をする。紳士然とした裏に、一本太い芯が通っているような、

「久しぶりだな」

不思議な魅力をまとう男だった。

「健一くんは元気か？」

「……お蔭様で、なんとか」

「それは良かった。家族は大切だ。人が人を守る、その礎のような存在だからね」

テーブルに肘をついた樽本が、顎のあたりで手を組んだ。

「我々のような組織も、広い意味では家族といえる。さしずめ健一くんは、わたしの甥っ子みたいなものだな」

彦坂は、もう一度唾を飲んだ。光栄だと思う気持ちと、この不自然な再会がもつ意味を考え、吐きそうになった。

「少し面倒な事態になっていると聞いた。君のことが心配でね」

「申し訳ありません。もとはわたしの怠慢です。どんな処分でも――」

「彦坂」

その呼びかけに、彦坂は背筋をのばした。

「わたしが、君を見捨てるとでも思ってるのか」

甘い感情が胸に広がる。安堵が押し寄せてくる。

「たしかに君は誤ったのかもしれない。大元が井岡の優柔不断だったにせよ、求めに応じた以上、君にも責任が発生する」

「もちろんです」

「君は間違いを犯し、罪を抱えたわけだ。それは批難されるべき判断だったし、隠し続けた選択も愚かというほかない」

「申し訳ございません」

低頭する彦坂に構わず、でもね、と樽本が声をかけてきた。

「抱えない人間は弱いよ」

顔を上げると、暖かな眼差しに迎えられた。

「この歳になって、強烈にそう思う。わたしだってこれまで、一つの失敗もしてこなかったわけじゃない。特に警官の失敗は、命や人生に関わってしまうものだ。どんなささいな間違いも、決して洗い流していいものじゃない」

だからこそ——。

「わたしは間違った人間にチャンスを与えたい。その者が失敗を抱えて糧にできる人間ならば、むしろ歓迎したい。なぜならその男は、間違いなく強くなるからね」

彦坂——。樽本の目が真っ直ぐ彦坂を射ぬいてきた。

「抱え込めるか？」

「……M事件を、ということでしょうか」

生森や臼杵志保、マトリョーシカの中の小瓶やUSBを。

「すべて飲み込めと？」

林美帆や栃村。東雲病院、宝山グループ、警察ＯＢの政治家、殺人ビジネス、殺された香取たち……。

「それを飲み込んだわたしに、刑事の資格があるのか、わかりません」

「辞めたいのか？」

わからなかった。もしも今回の件でどこか所轄の、たとえば窓際と呼ばれる部署に左遷になったとして、それでいいと思っている面がある。一方で刑事の仕事にしがみつきたい気持ちも消え去ってはおらず、この迷いは五年間、ずっと惑い続けた隘路だった。

「子どもの考えだな」樽本が断じる。「理想は絶対に必要だが、理想の自分である必要はない。大人はそうだろう？　たとえ自分が汚れても、誰かの幸せのために耐え忍ぶ」

彦坂は身動きが取れなかった。樽本は的確に、彦坂のほしい言葉を投げてくる。

わかっている。彦坂を特別評価しているはずもなく、健一の名前だって急いで調べさせたのだろう。必要だからこうして会っている。それはわかっているが、どうしても抗えない。彼の期待に応えたいという欲望に。

だが――。

「これだけは教えてください」

絞り出すように、彦坂は尋ねた。

「宝来悠太郎は、殺害されたのですか？」

樽本は、微笑みをたたえたまま彦坂を見ていた。

「あのＵＳＢには、何が残されているんです？」

沈黙は、答えはない、という答え。

身体をいっそう強張らせ、彦坂は重ねた。

「城戸広利が自殺した現場に、警察庁の人間がやって来たと聞きました。城戸の遺書はもう一枚あったのですか？」

「ないよ」

ようやく、樽本が答えた。

「誰かが慌てて確認に行かせたという話を耳にしたことはある。だが、何もなかった。何もないことを確認したかったのだろう」

「そいつらがＵＳＢを隠す決定をしたんですか？　警察ＯＢの政治家にそそのかされて」

乱暴な推理を、樽本は苦笑で受け止めた。

「小瓶の液体もそうするつもりなんでしょう？　ベータ遮断薬と似た成分だと聞きま

した。使い方を誤れば、心不全を引き起こす薬です」

樽本が、小さく息をついた。宝来悠太郎の死因も心不全であったと、この男が知らないはずがなかった。

我々の中にも——と、樽本が静かに口を開く。

「いろんな人間がいる。それぞれに立場や事情がある。異なった思想がある。もちろん欲望もだ。潔癖な人間、浅ましい人間、愚かな人間……等しく抱えてやっていくしかない。正しいから正しいのだと胸を張れるほど、単純ではないんだ。わかるだろう?」

暗に仄(ほの)めかされる水面下の交渉、闘争。これ以上立ち入るなという、命令。

最後の質問を投げかける。

「警視長ご自身は、正しい道にいらっしゃるのですね?」

一分の隙もない微笑み。

「信じても、よろしいですか」

「彦坂」

まったく力みのない声だった。

「もちろんだ」

柔らかな表情だった。

「わたしも、君を信じる」

大きな何かに覆われた――、そんな感触を覚えた。

送るという監察官の申し出を断り、代わりに早退の手配を願った。

「彦坂さん」別れ際、監察官は一礼しながら彦坂を見据えてきた。「くれぐれも」

「わかってる」

慣れない銀座の街へ、彦坂は背を丸め、当てもなく歩き出した。

7

打ち込みの重低音が腹の底に響いていた。脳みそまで届く勢いだった。

壁際の高いスツールに座って薄暗いフロアを眺めながら、海の底だと六條は思った。

流しっぱなしのエレクトロミュージックに合わせ、四人ほどの若い奴が身体を揺らしている。ゆるいテンポで踊る人影はワカメみたいだ。

ウォッカベースのカクテルに口をつける。この数時間で、普段の一ヵ月分くらいアルコールを摂取しているんじゃないか。

だらだら飲み続ける小此木を残し自宅へ帰り、シャワーを浴びて着替え、誰もいないベッドに横になった。身体も心も疲れ切って、酔いも残っていて、なのにまったく眠れなかった。レイナが帰ってきたのは七時前。気の晴れる場所へ連れてってくれと頼んだ結果が、この小さなダンスクラブのフロアだった。

ワカメの一団から、緑色の髪が近づいてきた。

「踊らないの？」

「これでも充分楽しいよ」

「あっそ」

レイナはまったく楽しそうなふうではなく、ダンスもずいぶん適当な感じで、けれどまあ、彼女の楽しいの基準はよくわかんないしな、と六條は気にするのをやめた。

レイナが六條の隣に座り、煙草に火をつけた。吐き出される煙を、六條は見つめた。

「輪っかとかつくれる？」

「つくれない」

「ふうん」

淡白な会話が心地よかった。

「今日はどこ行ってたの？」

「バイト」

「バイトしてたんだ」

「してたよ。ずっと」

「どこで」

「レコード売ってるお店」

「CDじゃなく？」

「じゃなく」

この感じ、落ち着く。

ズンズンズン――。電子音が刻むビートも、惰性で巡ってくるレーザービームの明かりも、悪くない。どんどんダウナーになっていく。サイコーに今の気分にぴったりだ。

「もしさ」六條は独り言のように話し始めた。「おれが警察を辞めるって言ったらどう思う？」

「辞めるの？」

「もしだよ」

ふうん、とレイナは煙を吹いた。

「なんで辞めるの？」

「いずれ辞めるのは決まってる。親との約束でね。あと三年くらいだよ」

そしてグループ企業のどこかにそれなりのポジションで入社し、たぶん最終的には兄貴の右腕みたいな地位に就くのだ。

「へえ。楽ちんそう」

「楽ちんかは知らないけど、できることは増えるだろうね」

少なくとも今よりは。メンツや恥に振り回される兵隊よりは、自分のわがままを通せるに違いない。

「……でも、わからないな。その立場になってみたら、意外とメンツや都合のために振り回されちゃうのかも」

六條はベッドに寝転んで悶々としていた時からずっと、どうしてこんなことになってしまったのかを考え続けていた。

なぜ警察は冤罪を恐れるのか。認めることができないのか。それは九十パーセントを超える有罪率を死守せんとする検察の姿勢とも通じている気がした。

もちろん、出世競争の指標になるからみんな血眼になるのだ。ではなぜ、それが指標になるのか。

根本にはきっと、信頼の問題がある。

警察はとんでもなく強大な力をもった組織だ。武力を背景にした逮捕という権力は、すなわち容疑者の社会生活を強制的に停止させることにほかならない。

計り知れない損失を与えておいて、間違ってました、あなたにはなんの罪もありませんでした、ごめんなさい——で済むはずがない。こんな事態が頻発すれば、当たり前だが、警察への信頼は崩れるに決まっている。

信頼が失われるとどうなるか。たとえば聞き込みの際、誠実に答えようとしてくれる人たちが減るかもしれない。誤認逮捕ばかりの捜査に呆れ、関わりたくないという空気が蔓延したら。近所の人の話を聞くためだけに裁判所の許可を取らなくてはいけないようになったら。どう考えたって仕事にならない。当然、士気は上がらず、検挙率は下がるだろう。するとまた、警察不信に拍車がかかる。悪循環だ。

信頼を失うわけにはいかない。それが間違ってはいけない組織を生む。

けれどしょせん人間の営みだから、間違いは起こる。必ず起こる。その責任を取らされる者がいる。本人だけでなく上司が、大げさでなく脱落を意味するほどの傷を負う場合がある。なぜなら我々は、間違ってはいけない組織なのだから。

職業人にとって生き死にに等しい罰を前に、ならば間違いを認めず覆い隠してしまおうと考えるのは不思議じゃない。少なくとも気持ちはわかる。

「こうして隠蔽体質が完成。見事な本末転倒だよ」

カクテルを飲み干し呟く。「くだらねえ」と。

「ダサいんだよ。弱い人には偉そうにして、強い奴にはペコペコだ。刑事も結局、そんなもんなんだ。我が身がかわいいんだよ。正義なんて、二の次だ」

レイナはぼーっとフロアを眺めながら、二本目の煙草を吸っている。その姿を見ていたら、とたんに馬鹿らしくなった。青臭い想いを吐き出して悦に浸っている自分が。我が身がかわいい。当たり前じゃないか。

レーザービームが通過していく。一瞬の眩しさに目をそむけ、空のグラスを指で回した。

「――責められないよな。みんな事情がある。偉い人に逆らって、仕事がなくなったら大変だもんな」

「よくわかんないけど」

レイナが、気だるげに緑色の髪をかき上げた。「陸くん、何がしたいの？」

何がしたいのか。すぐに言葉は出てこなかった。

ただ、この結末に納得がいっていない。

つまり、わがままだ。

「おれは子どもだよ」ため息がもれる。「それも中途半端な子どもだ。なるようになるのは嫌で、けど、どうにかする力はない」

「力っていうか、イクジの問題って気がするけど」

「イクジ？」

「意気地があるとかないとかってやつ」

「ああ……って、つまりおれが意気地なしってこと？」

うん、とレイナがあっさり認め、ひどいや、と六條は苦笑した。

「好きにやればいいのに」

「話聞いてた？　そんな簡単じゃないんだって」

「でも辞める気なんでしょ？　ならいいじゃん」

ものすごく軽い、そして面倒くさそうな口ぶりだ。

「辞めさせられても、次の場所があるなら平気でしょ」

無責任なこと言ってらあ。

けど、なるほどな、とも思った。辞めさせられても平気だから、やりたいようにやる。

「でも、それってずるくない？」

「なんで？」

「だって、ようするに、おれが恵まれてるからできることだろ。逃げ道があるから」

「仕方ないじゃん。実際、恵まれてるし逃げられるんだから」

「仕方ないのか、それ」

「ないね」

「ないかな」

「ないって」

「ないか」

「うん」

おれは恵まれている。刑事でなくなっても次の仕事がある。困らせる人間もいない。生きていける。

だからこそ、できることがある。

けど、じゃあ、何がしたい？　なんでこんなにムカついてるんだ？　正義とかモラルだけの話じゃないだろ。そこまで熱い男じゃないもの。

怒り。

臼杵志保の、怒りに満ちた瞳。わっと紅潮した肌。林檎飴の頰。

それに納得がいってないんだ。

なぜ？

わからない。

わかるのは、彼女が五年間、あの怒りを抱え続けていたこと。

……五年間も？

六條は立ち上がった。レイナが「踊るの？」と声をかけてきた。

「いや――出掛けてくる」

「そう」レイナは素っ気なく、「タクシー代」と当たり前のように手のひらを差し出してきた。六條は呆れつつ、財布から万札を抜く。辰巳から渡されたやつだ。

たぶん、世の中から見ればレイナはろくでもない娘となるのかもしれない。六條は世間知らずのボンボンだろう。だらしないカップルだ。

でも仕方ない。だっておれたちは、そうなんだから。今のとこ、そうなってしまってるんだから。

「明日の夜には、帰れると思う。たぶん」

あい、と返してくるレイナに見送られ、六條は出口を目指しフロアを横切った。

与えられた人生は仕方ない。今いる環境も仕方ない。世の中の仕組みも仕方ない。けどその中で、何をするかは決められる。

8

歩き回った末に、彦坂は麻布にいた。林美帆の勤めるクラブが見えるダイニングバーの窓際の席で、もう二時間近く一人きりの時間を過ごしている。給料日という会社が多い月末の金曜だ。窓の外の上品な街並みを華やかな男女が行き交い、店の客があげる陽気な声が耳に入ってきた。

仕事の意識はなく、場つなぎの黒ビールをゆっくり舐めながら、ひたすら林美帆の姿を探した。時刻は七時に迫り、すでに何人か、ホステスと思しき女性たちが扉の奥へ消えていた。

やはりもう出勤しないのか。構わないという気がした。張込みでも捜査でもない。ただ、腹の底にわだかまりが残っていて、これを消化する方法を探してさまよった挙句、彼女の姿を目にしておきたいという気持ちになったにすぎない。ケジメなのかもしれなかった。もしかするともう二度と、会うことのない女性だ。

ビールのお代わりを頼み、電源を切りっぱなしにしている携帯を取り出す。坪巻とも井岡とも春日とも、今は話したくない。電源を入れようかと思ったのは、妻の塔子に連絡しようと思いついたからだ。

——何を伝える？　近いうちに暇をつくれるかもしれないと？

届いたビールを勢いよく飲んだ。

M事件の捜査は続く。少なくともあと一ヵ月は、決してホシにたどり着かない不毛な労働に多くの捜査員が汗を流す。

近いうちに彦坂は外されるだろう。有休を願えば、きっと受け入れられる。富山で暮らす家族と二、三日過ごすのも悪くない。

その後は？

このまま捜査一課で刑事を続けるのか。それとも口封じに近い栄転を言い渡されるか。

――林は来ない。

鈍った刑事の勘が、ようやく結論を出した。ソバージュの同居人が言うように、彼女はもう現れない。教わった電話番号には何度もかけているが、当たり前のようにつながらない。

県警本部にホンダを停めっぱなしにしている。取りに戻るなら早いほうがいいだろう。いや、酒を飲んでしまっている。

自分の無計画さに呆れながら、彦坂は立ち上がった。伝票を摑んで席を離れようとした時、足が止まった。

しばし呆然とした。いつの間に――と、息が止まった。目の端で女性客の一団が、突っ立って固まった中年に眉をひそめているのがわかったが、気にしている余裕はなかった。

こんな偶然があるのか？

いや、偶然じゃないんだ。

まだ残っているグラスを手に、斜め前のテーブル席へ引き寄せられる。そこに座る人物の手もとには彦坂と同じ黒ビール。量はほとんど減っていない。黒いTシャツ。

足もとに無造作に置かれたリュック。かつて写真で見た人相とは変わっている。癖のある頭髪はきれいに剃られ、反対に、のびるに任せたような無精髭が顎を覆っていた。眼鏡もかけていない。ずいぶん印象が違う。

だが、それでも彼が彼であることを、彦坂は確信していた。

男の目の前に立って、空いている椅子を引いた。男の首にかけたネックレスはシャツの中にしまわれている。

「また会ったな」

そう話しかけた彦坂を、生森敬がじっと睨んできた。

「どこかで？」

正面に座った彦坂へ、生森は怪訝そうに尋ねてきた。

「昨晩、茨城で」

大きな瞳がさらに広がる。「刑事か」

彦坂は彼を見返した。

「刑事がなんの用だっ。おれは酒を飲んでるだけだぞ。文句でもあるのかっ」

怒号とともに、拳がテーブルを叩く。

「おれに用があるなら逮捕状を持ってこいっ」

気圧されながら、しかし彦坂はその大げさすぎる剣幕に違和感を覚えた。

「――なんてな」

次の瞬間、怒りに満ちていた顔が急速に和らぎ、生森は椅子の背もたれに身体を預けた。腕を組み、笑みすら浮かべる悠然とした態度を、彦坂は呆然と見つめた。

「馬鹿丸出しのほうが怪しまれないと思ってな。こないだやって来た二人組は上手く騙せたと思っているが」

とぼけたように小首を傾げる。「あんたは八王子署？　それとも警視庁か？」

彦坂は答えなかった。主導権を握られた。そんな焦りと同時に、こうして目の前に座った自分がいったい何をしたがっているのかはっきりとせず、戸惑いを隠すのに必死だった。

「お仲間は外かい？」

連絡はしていない。そのことに今さら気づいて、己の馬鹿さ加減に血の気が引いた。

「両手をテーブルに置け」

生森が鋭い声で命じてきた。「じゃないと、暴れなくちゃならない」

従うほかなかった。店には女性グループをはじめとした多くの客がひしめいている。生森のリュックに、今西の自宅を燃やした爆弾がないともかぎらない。

ニヤニヤと品定めしてくる男を、彦坂は睨みつけた。にぎわう店内で、二人が向き合う席の空気だけが、じりっと重たく張り詰めていた。

「……いい気分か？　警察を手玉に取って」

「悪くはない。やるべきことをやれてる」

「人殺しがやるべきことか？」

「残念だが、そういう人生もある」

生森の余裕は揺らがなかった。

「今西は保護している。もう手は出せない。お前の復讐は終わりだ」

「自首しろとでも？　その気はないが、すると言ったら困るのはあんたらのほうじゃないのか」

テーブルの上にのせた拳を握り締める。飛びかかる隙を探る。体格で負けていようと、取っ組み合いで素人に負ける気はない。

そんな彦坂の決心を知ってか知らずか、生森は周囲に視線を投げる。刑事の姿を探しているのだろう。しかしそこに脅えの色はない。彦坂の赤ら顔が勤務中でないことを示していたし、どのみち捕まえられるはずがないと高をくっているのだ。

「……警察をなめるなよ」

鎌安が放った銃声が耳に蘇った。

「命を落とすぞ」

「脅しになってないな。こっちは端からそのつもりだ」

さらりと発せられた台詞に、緊張を覚えずにいられなかった。

「別に今西にこだわる気はないさ。できる奴から順にやっていくだけだ」

「できる奴だと？　いったい――」

「あんた、子どもは？」

ふいの質問が、彦坂の言葉を遮った。

「――いる」

「男の子か？」

「……ああ」

「幾つだ」

「今年、成人した」

「羨ましいな。子どもは元気が一番だ」

「……病気を患っている。生まれつきの、難病だ」

そうか、と生森が息をついた。張り詰めていた空気がかすかに揺らいだ。

客のお喋りが遠ざかる感覚があった。ゆるやかなＢＧＭも、このテーブルには届いていないかのようだった。

「なら、理解はできなくとも、想像はできるはずだ」

生森が腕を組んだ。

「……なんで、あんなに可愛いんだろうな。本能や社会の刷り込みってだけじゃ説明がつかないと思わないか？」

健一の顔が浮かんだ。倒れて入院した時、ベッドに横たわって目をつむっている姿。このまま二度と目を開けないのではないかという恐怖。意識を取り戻した時の、つぶらな瞳、弱々しい吐息、体温。両親を確認した安堵の笑み。

「もしもあんたの子どもが、誰かの都合で殺されたとしたら、あんたは赦せるか？」

答えられない。それは簡単に答えるべき質問ではない。彦坂は歯を食いしばり、芽生えかける親しみを追いやった。

生森が、窓の外へ視線を投げた。

「刑務所の生活はなかなか有意義だった。身体を鍛えたり、先輩たちにいろいろ教えてもらえたからな」

犯罪にまつわる知識を。

「頭の中で、ずっと計画を練っていた。どうやってあの連中を血祭りにあげてやろうか。それが生きる理由のすべてだった。迷いはなかったが、それでも五年間、毎晩のように考えた。自分のしたこと、この先すべきこと。正しさや、幸せについてとか」

ほんの束の間、言葉が途切れた。

「駄目だった。忘れられない。納得がいかないんだ」

腑に落ちた。納得がいかない——。もし健一が同じような目に遭ったら、おそらく自分もそう感じる。いや、すでに経験している。息子を苛む病を知った時に。

生森が、小さくかぶりを振った。

「どうして真菜が死んだのか。死ななくちゃならなかったのか。ずっと答えを探していた。いっそ病気のせいなら楽だった。運命だと納得できたかもしれない。訴訟団に参加したのも、答えが知りたかったからだ。誓って金のためなんかじゃない」

大きく息を吐く。

「そこで事件を追っていたライターと知り合った」

「栃村か」

知っていたのか、という顔が返ってくる。

「手記を書いてくれと頼まれてな。胡散臭い男だったが、真実を知りたいという点では共感できた。奴から聞いた話が決断の一因だったのは間違いない。だが引き金は、やっぱりあのテレビ番組だな」

ツイてなかったんだっ——と叫び散らした香取の姿。

「そうか、ツイてなかったのか。ならお前も、ツイてなくても文句は言うなよ——そんな気持ちになった」

「香取を、殺したのか？　小宮公園に呼び出して」

「ああ、そうだ」

あっさりと、生森は認めた。

わかっていたことなのに、それが現実となり胃が締めつけられた。

昂りを殺し、質問を重ねる。「どうやって彼を呼び出したんだ？」

「それくらい自分で考えろよ」

「臼杵志保の協力で、アリバイをでっち上げたんだな？」

協力ねえ、と生森が笑う。

「ぶん殴って言うことを聞かせるのを協力と呼ぶならな」

彦坂の拳に力がこもる。

「弓削もか」

「弓削は……変な男だったな。殺す前から死んでるような顔つきだった。居場所を探るのに何ヵ月もかかったのに、あっけないもんだった」

「なぜ弓削をやった？　彼はただの役人じゃないか」

「USBを開いてないのか？　あそこにぜんぶ記してあったはずだ」

彦坂は口をつぐんだ。生森が察したようにニヤリとする。

「せっかくのプレゼントも、お役所仕事にはかなわないか」

皮肉な調子で問いかけてくる。

「どうする？　聞きたいなら話してもいい。あんたの言う通り、おれの残り時間は多くないだろう。通りすがりの刑事に遺言を残しておくのも悪くない」

組んだ腕をテーブルにのせ、こちらをのぞき込んでくる。

返事ができなかった。聞くべきだ。しかし、聞いてしまっていいのか？　聞いたところで何もできない。自分はそれをのみ込めるのか？

しばし見合った。心が揺れた。生森はTシャツのふくらみに手を当て、シャツにしまわれたネックレスをさすっている。

決心がつかないまま彦坂は、岩のように、ただ待った。

やがて唇をゆるませた生森が、自ら語り始めた。「今西たちがサファリの開発を急いだのは、ケツに火がついていたからだそうだ。奴らはサファリの売り出しを前に、裏ルートで自社株の大量買い付けを行っていた」

「栃村がいうには――」

「……インサイダーか」

「サファリが成功すればムラナカ株の高騰は間違いなかったからな。むろん危ない橋だが、その橋を渡らなきゃならないくらい、奴らは切羽詰まっていた。金さ」

生森の顔に嘲りが浮かぶ。

「馬鹿げた贅沢のツケだ。初めは会社の金をちまちま使って遊んでいたが、だんだんそれじゃあ足りなくなって、怪しい儲け話にも手を染めるようになったらしい。ありふれた話だろ？」

最初の躓き（つまず）は——と続ける。

「弓削が引っかかった投資詐欺だ。ちょっとやそっとじゃごまかしの利かない額をやられて、首が回らなくなった。そこで今西や香取に仕事を持ち込んだんだ。家族の依頼を受け、入院患者を穏便に始末する殺人ビジネスをな」

宝来悠太郎の名が脳裏に浮かぶ。

「弓削が依頼主と顔をつなぎ、香取が場所を用意した。今西は手段を提供した。便利な薬の入手ルートをもっていたんだ」

「あの小瓶の液体か」

生森が楽しそうに応じた。

「通称、ヴァニラ。狭心症の薬に改良を加えたもので、飲んだとたん心不全の症状に陥るんだそうだ。普通の検査じゃ毒殺の証明はできない。相手が持病もちの老人で、家族も病院もグルなら完璧だ。奴らは首尾よく仕事をやり遂げ報酬を得た——はずだった」

ニヤリと笑い、声を落とす。

「ところが証拠を摑まれ、脅迫された」

ヴァニラを狙い撃ちにした血液検査を行えば投与の有無が明らかにできる。脅迫者はヴァニラとその検出方法を摑み、多額の口止め料を今西たちに要求したという。

「今西たちは応じたのか？」

「栃村によればな」

脅迫による出費は三人にとって死活問題だった。失った金を補塡すべく、サファリを利用したインサイダー取り引きが計画される。今西が開発を急がせ、弓削が認可のスピードを上げた。香取が実績づくりに励んだ。起こった事故を隠蔽し、その結果、四人の死者を出す事態に発展した。

「栃村はヴァニラの取材を通じて東雲病院の殺人ビジネスにたどり着いたと言ってた。これがムラナカ事件の原因だと力説され、啞然としたよ。殺人ビジネスなんて、さすがに誇大妄想だと思った。だが奴は、次々に証拠を集めてくるんだ。膨大な数の登場人物のつながりを詳細に調べてな。ある意味、奴もイカれてた」

新しい情報が手に入るたびに連絡があった。それが途絶えたのは五年前の十一月だ。

「奴の死を知って、この仮説が真実に迫っていたんだと確信したよ」

生森が宙を仰いだ。

「教えられたからくりを思い返しているうちに、こう考えるようになった。真菜にサファリを投与したのは臼杵志保だ。それを指示したのは城戸広利だ。サファリを広めていたのは香取富士夫。サファリを売り込んだのは今西民雄。奴らがサファリを広めようとしていたのは脅迫者に払った出費を取り戻すためで、脅迫の元凶は弓削浩二が橋渡しをした殺人ビジネス。弓削が危ない仕事に手を出す契機になったのは投資詐欺で、それを行ったのは宝山グループの息がかかった連中だった。ようするに、弓削は嵌められたんだろう。つまり初めから、宝来悠太郎を始末したがってる連中が描いた絵だったわけさ。するとどうだ？　真菜がサファリで死んだのは、結局、誰のせいなんだ？」

生森に興奮の様子はなかった。淡々と、おそらくは数え切れないくらい頭の中で繰り返した台詞を声にしているのだ。

「わからない。どこまでも因果をたどっていけば、やがて自分のところに回ってくるのかもしれない。くだらないし、無意味だろう。きっと頭がおかしくなっちまってるんだ。でも、やっぱり納得がいかない」

だから――。

「全員殺すことにした」

ぞくりと悪寒が走った。

「全員……」

「栃村から聞いた名前、全員だ」

生森の顔にはなんの変化もなく、それが彦坂を震えさせた。

「栃村の話が真実かどうか、素人のおれに判断する術はない。殺人ビジネスが本当でも、サファリの薬害は証明できない。それは医学の闇の底だ。最後は信じるかどうかになる。何をしたいか、何をするかだ。奴らが生きている限り、自分が生きている限り、おれはやめない」

殺し続ける――。

あまりに不気味な欲望を前に、彦坂は瞬きもできなかった。

生森がビールを呷る。リュックを膝に乗せる。

「どうする？　おれは立ち止まる気はない。ここで逃がしたら次の死人が出るぞ」

新しい被害者か、生森本人か。

だが今、こいつを捕まえて、そしてどうすればいい？　なんの罪に問えばいい？　末端の、それも脛に傷をもつ捜査員にすぎない彦坂にできることはなんだ？　何をしたところで、生森を処理してしまおうとする何者かの意志に加担することになるんじゃないか。

「まあ、好きにしてくれ。おれもそうする」

「生森」

呼びかけながらポケットに手を滑り込ませる。手探りで携帯の電源を入れる。

「林美帆を狙うつもりなのか？」

生森が、探るように目を細めた。しかしそれ以外に、この場所で生森と鉢合わせした理由は考えられない。

「なぜ、林なんだ？」

時間稼ぎではない本音だった。

「林はこの事件に、どんな形で関わっているんだ？　なぜお前は彼女を――」

立ち上がりかけていた生森が、ぐっと顔を寄せてきた。

「返すのさ」

「なんだと？」

生森がデイパックの中に手を突っ込んだ。そして中から、それを取り出した。

拳大の、マトリョーシカ。見慣れた絵柄、色あい、涙の雫(しずく)。こびりついた、血痕――。

「これはあの女のものだからな」

次の瞬間、顔面にグラスが飛んできた。とっさにかばった一瞬で、生森は出口へ駆けていた。

握りしめた携帯をコールしながら黒いシャツの後を追う。騒然とする客の間を縫う。

慌てて止めに入る男性店員に捕まる。「どいてくれ！」押しのけ、ドアから飛び出る。

店の外には人があふれていた。リュックを背負った男の姿は雑踏に紛れていた。おい、どうした、彦坂！　手にした携帯から春日の声がする。生森と遭遇し逃げられたことを伝えた。バカヤロウッ、という怒鳴り声が響いた。


出頭するように県警本部へ出向き、春日にすべてを伝えた。

「忘れろ。生森から聞いた話はすべて」

にべもなく言われ、彦坂は黙って頷いた。

被害届を書くよう命じられた。警察官への暴行。生森をマークする大義名分ができた。

「生森は広告代理店時代、米軍基地反対のキャンペーンに関わっていたらしい」

「……それが？」

「思想犯の認定がされるかもしれない」

言葉がなかった。再び脳裏に、銃声が響いた。

しかしほかにどんな術（すべ）があるのか。次の死者が出たら、今度こそ間違いなく自分の責任だ。

「今西の様子は？」

「ヒコさん」

「意識は戻ったんですか」

「もうよせ。関わるな」

春日が顔を逸らした。彦坂は待った。課員の出払った捜査一課の部屋で、二人の男が身を固くしていた。

「……意識は戻ったが、喋れる状態じゃない」

「林は？」

春日が深く息を吐いた。

「林を探す必要があります」

「馬鹿言うな。見つけたところで、あんたに何ができる？」

「何週間だって張りつきます」

「そういう問題じゃねえんだ」

春日が目をつむった。眉間に深いしわが寄った。

「そういう次元の問題じゃないんだよ。この件は、もう手打ちなんだ」

手打ち――いったい、誰と誰の？

「ここまでだ。これ以上は聞いてない。この先も、おれたちが聞くことはない」

その横顔に滲むものがあった。怒りや呆れでもない、諦めや自嘲とも違う、空白に似た何か。彦坂とは別の場所で春日には春日の戦いがあり、そして今夜、本人だけが知るやり方で一つの区切りをつけたのだろう。

書類を書き終え解放される頃には、酔いは欠片も残っていなかった。夜の風は温かった。

本部庁舎を出て駐車場へ向かう。ついさっき対峙した、殺人犯の言葉が頭にこびりついていた。

納得がいかない――。そのシンプルすぎる気持ちを、彦坂は痛いほど理解できた。否定しようのない確信があった。生森は死ぬ気だ。だからこそ、すべてを書き連ねたUSBをマトリョーシカに忍ばせた。警察やその裏にいる人間たちを挑発するために。

確実に復讐を成し遂げようと思うなら、こんな大事にする必要はなかった。時間をかけひっそりと、一人一人狙っていけばよかった。だが生森はそうしなかった。まるで死に場所を探すように、奴は突っ走っている。

止めたいという気持ちと、しかし止めようがないという諦めがせめぎ合っていた。まだいくつも謎は残っている。もっと考えるべきこと、気づかなくてはいけないことがあるのではないか。そう思う矢先、おれが頭を悩ませなくちゃいけないのは今後の生活や仕事や、家族のことなんだという囁きが聞こえ、行き場のない思考を持て余しながら背中を丸めて歩いた。

駐車場に着いた時、足が止まった。

「よかった。もう戻らないのかと思ってました」

ホンダの後ろから男が現れた。チェック柄のパンツにVネックのシャツ、まるでファッション誌から飛び出してきた優男だ。

「折り入ってご相談が」

街灯に照らされた、六條の真剣な顔が迫ってきた。

9

三鷹市まで、六條はタクシーを走らせた。雑居ビルの二階にあるプールバーは人っ子一人いなかった。

「実家がそばなんです。中学くらいの時は、兄貴に連れられてよく遊びに来ました」

大っ嫌いな兄貴の親友の彼女の伯父さんが道楽でやっている店なのだが、そんなことはどうでもいい。大切なのは、適当な営業方針のおかげで無理を言えば貸し切りにしてくれること。もちろん、それなりの使用料を取られるが。

「何か飲みますか？　酒もありますけど」

彦坂はウンともスンとも言わず、こちらを見定めてきた。

「楽にしてください。とっちめてやろうなんてつもりはありませんから」

「……どうしておれに？」

「あなたが一番、知っていそうだから」

一つしかないビリヤード台を挟んで向かい合った。

「世田谷の夜の件もそうだし。それにあの時、マトリョーシカを持っていたでしょ？」

燃え盛る今西の家の前で。

「あなたはあの時、人形を合わせる動きをした」

「見つけたから開けてみただけだ。中には、何もなかった」

「ならなんで、ぼくから隠すように背を向けたんです？」

彦坂の表情に変化はなかった。それは初めて辰巳と聴取した時に似ていた。自分の心を閉ざす表情なのだ。

「そのへんは、後でゆっくり話しましょう。まだほかに来ますから」

六條はガラスの冷蔵庫からジンジャーエールの瓶を三本取り出し、サイドテーブルに置いた。

座る気配も見せず、彦坂は栓を抜く六條を観察している。その視線に警戒と、少しばかりの好奇心が入りまじっているように感じた。

「どういうことだ？」

やって来た辰巳はのっけから不機嫌だった。彦坂に目を留め、ぞんざいにポケットへ手を突っ込んだ。新宿で別れた時と同じ服装である。

「小此木さんは？」

「呼ぶわけねえだろ」

ジンジャーエールを差し出すが無視された。辰巳の目は彦坂を捉えている。

六條は彦坂にも瓶を差し出し、言った。

「生森を捕まえましょう」

二人は、瓶を受け取らない。

「責任はおれが取ります」

「簡単に言うじゃねえか」辰巳が、嘲るような笑みを浮かべた。「責任を取る？　なんの責任だ。ここでこうして、神奈川の不良デカと引き合わせた責任か」

「どういう意味だ」彦坂が鋭く応じた。

「そのまんまの意味だ。あんた、五年前にやらかしたんだってな。裏は取ってある」

辰巳が不敵に続ける。「生森を聴取した平塚署の刑事に会ってきたんだよ。生森についてしつこく訊いてきた本部のデカを、そいつはよく憶えてたぜ、ヒコ岩さん」

彦坂の拳に力がこもるのがわかった。

「あったんだろ？　生森を疑う理由が。香取がただの失踪じゃないって根拠が。あんたはそれを、自分の都合で隠したんだろ？　よくのうのうと特捜本部に顔を出せたもんだぜ」

辰巳が一歩、彦坂に近寄った。

「あんたみたいのが一番気に食わねえ。てめえのやったことから逃げて、なんとなくごまかそうって腰抜けがな」

彦坂が勢いよく踵を返し、六條は慌てて引き止めた。

「待ってください！　お願いですから、話だけでも」

「こんな奴に何を訊くんだよ。怠慢捜査の言い訳と自己弁護か」

「辰巳さんっ」

自分の怒鳴り声にびっくりした。おれ、こんな声出せるんだ、と。

「彦坂さんも」

彦坂は辰巳を睨みつけていた。

六條はいったん深呼吸をし、口を開いた。

「辰巳さん。それを言い出したらおれたちだって同じです。M事件の真相を知りながら、黙って見過ごそうとしてるんですから」

辰巳がそっぽを向く。

「生森敬」

彦坂に驚きは表れない。

「やっぱり、知っていたんですね」

六條――と、辰巳が声をかけてくる。

「お前の言う通りだ。おれもこのおっさんも同じ。少なくとも今回の件に関しては、動きようがねえ」

だろ？　と彦坂に笑みを投げる。

「はしゃげば、間違いなく首が飛ぶぜ」

「でも辰巳さん、わざわざ平塚署の刑事に会いに行ったんでしょ？」

新宿で酒を飲んだ後、着替えもせずに。

辰巳が面白くなさそうに舌を打つ。

「ヤバいのはわかってます。だからおれが、ケツを拭きます」

二人に向かって、六條は告げた。

「おれは金持ちのボンボンなんで、ボンボンなりのやり方でいくことにしました。失業上等です。もし巻き込み事故になったら、お二人の再就職先は用意します。舌を噛み切る思いで父親と兄貴に頭を下げます」

「馬鹿にしてんのか」辰巳が吐き捨てた。

「もちろんっ」六條は声を張った。「もちろん、ふざけた話です。どうぞ嗤ってください。軽蔑してください。だけど、だからってこのままですか？」

左右へ瓶を突き出す腕に力が入った。

「このままうやむやで終わって、それで満足ですかっ」

声が震えた。

「おれは嫌だ。とにかく嫌なんだ。だから、できることはなんでもします。力を貸してください」

二人に反応はない。

「やれる条件は揃えました。これでやらない奴こそ、腰抜けだ」

「めちゃくちゃ言うぜ」

たしかに。

「お前が約束を守る保証もねえ」

その通り。

だが、引き返す気はない。

「おれは、この事件の真相に違和感をもっています」

辰巳が小首を傾げた。

「生森が娘の復讐に香取たちを襲おうとしたのはわかります。臼杵が協力したのも確かでしょう。でも、冤罪をでっち上げたのはおかしい」

「どこが？　げんに生森を捕まえられなくておれたちは歯噛みしてんじゃねえか」

「そのために服役までしますか」

「たった五年で殺人をごまかせるんだぜ？　懲役のバーゲンセールじゃねえか」

そもそも、と辰巳が続ける。「香取殺し自体がイレギュラーだった可能性もある。殺害は弾みで、パニクったのかもしれない。落ち着く時間が要ると判断しても不思議じゃねえ。五年間の服役を、次の準備をする時間、決意を固める時間と考えた可能性もな」

　理にかなっているようにも思えるが――。

「いいえ。やっぱりおかしいです」

半信半疑の気持ちを隠し、六條は断言した。

「辰巳さん。殺してまで復讐をしようって人間が、一番恐れることはなんですか？」

「そりゃあ、相手に逃げられることだろ」

「たとえば海外に雲隠れされるとかですね」

　香取の家族のように。

「五年もあればそういうことが起こるかもしれない。生森だってそれくらい考えたはずです」

実際、弓削を探し当てるのに時間がかかっている。今西にいたっては、自力で見つけられなかった。

「コロシで捕まるリスクのほうが高い。相手がどこに消えたって探せばいいだけだ」

「あの世なら？」

「ん？」

「相手が死んでいたら復讐しようがない。五年という時間は長くないですが短くもない。病気に事故。何があるかわからない。城戸のように自殺してしまう可能性もある」

少なくとも——と、六條は力を込めた。

「臼杵志保はこの五年間、何もしていない」

弓削を殺すことも、今西を殺すことも。居場所を探すことさえしていない。それゆえ生森は、犯行まで五ヵ月もの準備期間を必要とした。

彼女の怒りは本物だ。だからこそ生森の異常な計画に協力した。なのに五年間、何もしていない。その心理が、六條は不可解でならないのだ。

「君は、生森たちの犯行にもう一つ裏があると言いたいのか？」

口を挟んできた彦坂に向かって、六條は頷いた。

「お互いの情報を突き合わせてみたいんです。洗いざらいぜんぶ」

彦坂の胸に、ジンジャーエールの瓶を押しつける。

「あなたに声をかけたのは、たんに情報をもってそうだからってだけじゃない。あなたなら協力してくれると信じているからです。世田谷からの帰り道に教えてくれたでしょ？　生森の裁判資料を調べてみろって。県警はおれたちに、見込み違いの捜査をさせようとしていたのに」

「あれは……、口が滑っただけだ」

「違う。プライドだ」

彦坂がこちらを見た。ひどく驚いた顔で。

「おっしゃる通り、うっかりだったのかもしれません。けどやっぱり、それをさせたのはあなたのプライドなんだ。ぎりぎりまで押し通したいわがままなんだ。今こうしておれの誘いに乗ってるのも、そうでしょう？」

力を込め、重ねる。

「話だけでいい。お願いします」

彦坂の心の揺れを、六條は見た気がした。

やがて、差し出した瓶が掴まれた。

彦坂の話が終わるまで二十分近くかかった。一体目のマトリョーシカに付着した真菜のものと思しきAB型の血痕や、三体目に納まっていたUSB。捜査会議で共有されていないこれらの情報に加え、香取たちの殺人ビジネスとその背景、警察上層部の怪しげな動き、林美帆という女性の存在。おまけに生森と鉢合わせしただって！

「マジですか？」

我ながら間抜けな問いかけに、彦坂が息を吐く。

「殺人ビジネスの真相はわからない。たぶん、永遠にな」

だが芝浦から聞いた臨床データの件も、この話に合致する。

辰巳が、ちっ、と音をたてた。聞くんじゃなかった、という舌打ちだ。

「冤罪云々だけが問題じゃなかったわけだ。道理で手回しがいいと思ったぜ」

腰かけていたビリヤード台から立ち上がる。「良かったな、おれたちごときの手に負えるヤマじゃないと早めにわかって」

六條は無視して彦坂に向かった。

「一点、どうしても納得できないことがあります」

「待て。君たちが話す番だ」

「おれたちの話も、そこにつながります」

彦坂が無言で続きを促してきた。

「臼杵志保です。彼女が無理やり協力させられたというのは嘘です」

臼杵が東雲病院に勤めていたこと、生森とその娘に愛情を注いでいたことを伝える。

「臼杵は完全な共犯です。あの殺人テープを撮影したのは当時、臼杵が住んでいた部屋だったんだと思います。生森が服役している間、マトリョーシカや殺人テープを保管しておく必要もある。彼らは出所後に、最低一回は会っているはずです」

「生森が嘘をついたのは——」

「臼杵をおれたちの目から遠ざけるためでしょう。リスク回避なのか、臼杵を巻き込みたくないという情なのかはわかりませんが」

おい、と辰巳が割って入ってきた。

「本気で真相を追う気か？　下手するとクビじゃあ済まねえぞ」

指で自分の胸を突く。「冗談抜きで、ズドンもある」

「経験に基づいた忠告ですか」

「ああ、そうだ」

からかいも皮肉もない、真剣な顔つきだった。

六條は大きく息を吐いた。冷房が足りていない。

「宝山グループとか警察組織とか、そんなでかい話はどうでもいいんです。がめつい人間同士で勝手にやり合っていればいい。おれが気に食わないのは、そいつらの都合におれたちが従わなくちゃいけないことです」

手にしたジンジャーエールの瓶を、今度は辰巳に押しつける。

「降りてくれても構いません。だからあと少しだけ、付き合ってください」

「……くそ」

乱暴に瓶が奪われ、六條は自分のぶんで舌を湿らせた。温い。

「事件を頭からおさらいしてみます。まずは八年前、東雲病院で宝山グループの会長だった宝来悠太郎が殺害されます。これに香取、弓削、今西が噛んでいた」

弓削が宝山グループ傘下のハクホウファイナンスに再就職した事実も、状況証拠といっていいだろう。

「翌年、ムラナカ事件が起こります。殺人ビジネスを嗅ぎつけた人物に脅迫されたせいで、香取たちは金に困っていた。そこでサファリを売り出し、ムラナカ株を高騰させようと目論んだ」

そのために香取は薬害事故を隠蔽し、今西は臨床データを握り潰した。

「医学的な因果関係はともかく、サファリを投与された四人が死亡します。その中にいた生森真菜を可愛がっていたのが、看護師の臼杵志保」

当時の姓は水倉だ。

「生森は訴訟団に関わる中でジャーナリストの栃村に出会い、ムラナカ事件の背景を吹き込まれます。そして五年前の十二月、テレビに流れた香取の『ツイてなかった発言』で殺意が沸騰し、計画を立てた。この時点で生森と臼杵は、すでにつながっていたとみてよいと思います」

彦坂が訊いてくる。「生森の娘が生きていた頃からということか」

「たぶん、そうです。男女の仲になったのがいつかはわかりませんが」

真菜の死が、強く二人を結びつけた可能性は高い。

「十二月二十日。香取の仕事納めの夜です。生森は彼を八王子の小宮公園に呼び出して殺害。殺人テープを撮影し、陣馬山に埋めた」

香取のベントレーを新横浜駅のそばに捨て置いた。

「そして生森は臼杵志保に対する傷害、監禁、暴行などの罪で逮捕され、五年の実刑判決を受けます」

六條は順番に二人を見た。異論はあがらない。

「ここで疑問なのは――」

「脅迫者だろ?」辰巳が割って入ってきた。「殺人ビジネスをネタに三人から金を巻き上げた脅迫者。こいつが何者で、M事件に関わっているのかどうか。もっといえば、生森なのかどうか」

「そうです。両者が同一人物なら、香取が呼び出しに応じた理由もわかります」

バッシングが再燃していた時期だ。来いと命じてハイと言わせるにはそれなりの理由が要る。

「東雲病院に勤めていた看護師によれば、生森はムラナカ事件の前の年に最新の治療が受けられる病室へ娘を移していたそうです。生森に借金があったという話は聞きませんし、小さな広告代理店の給料では難しかったはずです」

「高額の治療費は脅迫で得た金、か。筋は通るが、たんなる患者の親だった生森が、どうやって脅迫のネタを手に入れたんだよ？」

もう一つ、と辰巳は指を立てた。

「そもそも、そのネタってのはなんだ？　ヴァニラそのものだとしても毒殺の証拠にはならないぜ。ネタは、宝来悠太郎が自然死でなかったという決定的な証拠でなくちゃならない」

辰巳の目が彦坂へ向いた。

「知らない。奴はそれを語らなかった」

鼻を鳴らし「まあ、いい」と辰巳が返す。「そこは目をつぶるとして――」ジンジャーエールに口をつけ、話を進める態勢になる。

「栃村くんの調べが正しいなら、脅迫はムラナカ事件の前だ。というか、ムラナカ事件は脅迫をきっかけに起こったわけだろ？　まだ生森の出番じゃねえ」

だが実際――と、辰巳が彦坂に指を向ける。

「香取のマトリョーシカに入ってた小瓶の液体は、十中八九ヴァニラだ」

彦坂が応じる。「上の動きを見ても、間違いないだろう」

「わからねえな。なぜそれを生森が持ってんだ？」

「栃村から購入ルートを聞いていたとかでしょうか」

「素人が簡単に買える代物なら香取はビビんねえよ」

呼び出しに従う必要がない。

「実は呼び出したんじゃなく、不意をついて襲っただけなのかも」

「へそくり口座の五百万が不自然だ」

あちらを立てればこちらが立たずだ。

「脅迫者は、林だと思う」

彦坂に注目が集まった。

「それ以外に生森が彼女を狙う理由が見つからない」

「脅迫がサファリの使用につながったという逆恨みですね？」

六條の確認に彦坂が頷く。「生森の話しぶりだと、栃村は脅迫者を突き止めていた節がある。そして彼の遺品の中にはマトリョーシカがあった」

「涙目のやつとは別もんなんだろ？」

「林は涙目を持っていた。犯人とつながっていたんだ」

「実物を見たわけでもないのに断言できんの？」

「コレクターというのは事実だ。まったくの無関係とは思えない」

「コレクターって証拠は？　あんたが目にした人形たちが一日でかき集められたもんじゃないって証拠を用意できる？」

「屁理屈だな。これが警視庁のレベルか」

「やめてくださいってば！」

うんざりしつつ、六條は二人の間に入った。

彦坂が辰巳を睨みながら言う。「生森が林を次のターゲットにしているのは間違いない。彼女が姿を消したことからもそれは明らかだ。林美帆はこの事件のどこかに、それも重要な部分で関わっている」

「ホシからもらったヒントに頼らなくちゃならんとはね」

文句を言いつつ、辰巳はワイシャツのボタンを一つ外した。

「仮に林が脅迫者だとしよう。疑問一、どうやって殺人ビジネスのネタを摑んだのか、それはどんな代物なのか。疑問二、彼女はなぜ五年前、香取の愛人を装って県警に相談に行ったのか。疑問三、香取と弓削の殺害を知ってあんたに接触してきた理由は？」

彦坂は口を開かない。

「林が遺体と一緒に埋められてたマトリョーシカをほしいと願ったのは、まさかマジの人形愛じゃねえんだろ？」

「――わからない。ただ、林と会って奇妙に感じたことがある。彼女は涙目のマトリョーシカは香取から自分へのプレゼントだと断言していたが、これは嘘だ」

　愛人関係が嘘なのだから。

「嘘をついてまで人形がほしかった――ってことになるな」

「そして彼女は、あのマトリョーシカが香取殺害と無関係であることを望んでいた気がする」

　六條は混乱した。「どういう意味です？」

「後から埋め直したんじゃないかと追及されたんだ。それはあり得ないと答えたが」

「ようするに――」辰巳が後を引き取った。「林には涙目のマトリョーシカが殺人と結びついてほしくない事情があったってことか」

　わけがわからない。

「くそっ」と辰巳が吐く。「何かが間違ってる。根本的に」

　言いながらビリヤード台に球を並べ始める。「一体目のマトリョーシカにはヴァニラ。二体目のマトリョーシカに殺人テープ。三体目のマトリョーシカにＵＳＢ。そして四体目のマトリョーシカ……」

　台に並んだ三つのボールに、辰巳が黄色のナインボールを転がしぶつけた。

六條は言う。「生森がマトリョーシカを現場に残していったのは、香取の時点で二人以上殺すつもりだったからでしょう」

「ヴァニラを残していったのは告発だ」

彦坂が続ける。「なぜ自分がこんな犯行を犯したのか、ムラナカ事件の裏に何があったのか、それを知らせたがっているんだ。陣馬山の木と弓削の顔に、ムラナカと真菜を意味するMの文字を刻んだのも、奴なりのメッセージだった」

「あんたにいろいろ話したのもその一環ってわけか」

「そして死ぬ気だ」

確信に満ちた響きだった。

「USBには、間違いなくその意図がある。奴は挑発している。警察と、その背後にいる連中を」

「ちょっと待ってください。先走りすぎです」

仕切り直すため割って入り、お伺いを立ててみる。とにかく思いつくまま、喋ってみなくちゃ始まらない。

「小瓶のヴァニラを、生森は香取から受け取ったというのはどうです？　小宮公園に呼び出す時に持って来させたとか」

「ほう。脅迫のネタを、脅迫されてる人間が脅迫者にわざわざ届けたわけか」

めちゃくちゃ不自然だ。

「でも実際、生森はヴァニラを持っていたんです。香取と一緒に埋めてあったマトリョーシカにそれが残っていたわけですから、一番シンプルな入手ルートは——」

と、ふいに閃きがおとずれた。

「待ってください。……香取がヴァニラを持参したのは脅迫者に命じられたからではなく、自らの意思だったとしたら？」

「どういう意味だ」

尋ねてきた彦坂のほうへ、六條は素早く向いた。

「使うつもりだったんですよ！　ヴァニラを。脅迫者を始末するために。へそくり口座からおろした五百万は見せ金だったんです。八王子に住んでいた香取なら、生森以上に小宮公園は馴染みがあったでしょう。そこで脅迫者の殺害を謀り、返り討ちにあった」

馬鹿か、と辰巳が吐き捨てる。

「脅迫者に『どうぞ』とお茶でも飲ませるつもりだったのか？　そもそも殺人ビジネスの証拠を摑むチャンスがなかった生森に、脅迫者の資格はねえって話だろうが」

六條はしゅんとした。

その時、彦坂が額を拳で打った。

「……脅迫者は林だった。そして彼女は香取の殺意を感じ取っていた」

「え？　でも彼女は、香取に危険が迫っていると県警に相談しに来たんでしょ？」

「違う。警察が香取を守るために奴を注意するとなれば、逆に香取自身、下手なことはできないってことになる」

　つまり――。

「香取から自分を守るため？」

彦坂が応じる。「だから本人を寄越せなかったし、食い下がることもできなかった」

自分にも脅迫という負い目があったからだ。

「あんたらに無視されて、林は自分で自分を守るしかなくなったわけか。しかし今度は、そのタイミングで香取が生森に殺られたってのが出来すぎだな」

　まさか偶然ではあるまい。すると――。

「林と生森は通じていた？」

　彦坂が答える。「林の存在は栃村から聞いていたんだ。彼女に接触した生森は、協力すれば見逃すと嘘をつき、脅迫を再開させた。ヴァニラを持っていたのも林だ。香取が五百万を用意して呼び出しに応じた経緯も、こう考えれば辻褄が合う」

「合わねえよ。脅迫を再開するネタが残ってたってのは都合良すぎるぜ」

「もともと脅迫されてた相手だ。ネタがなくとも信じ込ませる方法はある」

「ネタは結局ヴァニラなの？　それじゃあ弱いって話だったはずだがね」

「生森がヴァニラを手に入れていたのは事実なんだ。多少の不自然は無視していい」

「林ちゃんが殺人ビジネスの証拠を摑んだ方法もぜひ説明してくれるかい？」

「彼女が脅迫者だったからこそ、栃村の実家にマトリョーシカがあったんだ」

彦坂の言い分は強引に聞こえた。一方の辰巳も、建設的な意見をもっている気配はない。このまま手持ちの情報をやりくりしても、推理ごっこの域を出そうになかった。

そんな中、六條は腑に落ちない感覚を味わっていた。

林が脅迫者なのはいい。被害者と思われていた臼杵志保は共犯者で、生森は暴行犯でなく殺人犯だった。今さら何がくるりと反転したって驚かない。

しかしどう考えても、林と生森の関係に納得がいかない。林が生森と通じていたのなら、二度も警察に相談したのが解せない。そもそもこの行動自体、香取を守るためにせよ、香取から自分を守るためだったにせよ、中途半端すぎる。

生森が林の殺害を企む動機は、彼女の脅迫がサファリの使用につながったからだという。正直、そんな理由で？　と思ってしまうが、げんに生森は全員殺すと言い切っているのだ。子を失った親の気持ちなど、六條にはわからない。

臼杵志保の気持ちだってそうだ。言ってしまえば他人の子どもの復讐のため、彼女は生森に自分を殴らせた。殺人に加担した。そしてその秘密をずっと隠し通してきた。

臼杵が生森に抱いている愛情は、間違いなく歪んでいる。異常だ。この事件の根底には、異常な情が流れている。自分に、それを理解することができるのだろうか？

それでも考えることをやめたくなかった。理解できずとも、彼らの本当の声を聞いてみたい。それが六條の、偽らざるわがままなのだ。

必要なのは想像に想像を重ねた空論ではない。証拠だ。何か一つでいい。絶対的な物証とまでいかずとも、生森たちを観念させ得る武器。本音を引き出すためのカード。

二人が共謀して香取を殺害したという証拠が、暴行事件がでっち上げだという証拠が、どこかにないのか？

彦坂の、辰巳とやり合う声が聞こえた。

「林と生森はどこかで通じていたんだ。でないと、二人が同じマトリョーシカの大小を持っていた状況に説明がつかない」

「――いえ。それでも説明はつきません」

彦坂がこちらを向いた。

「だってマトリョーシカには真菜ちゃんの血が付着していたんでしょ？　なら、マトリョーシカを分け合ったのは真菜ちゃんが死ぬ前ということになって、その時点では生森に復讐を企てる動機はなくて――」

と、六條は口もとに手を当てた。待て。今、何かつながりそうな感覚があった。ぴったとはまる一歩手前、その手応え……。

よく考えろ。あまりに盛りだくさんな展開で、単純な見逃しがあるんじゃないか？

やはり、引っかかるのは人形だ。

臼杵志保は、真菜が亡くなった当日に彼女の病室を訪れている。お土産に人形を持ってきたという同僚の証言もある。真菜は血を吐いて死んだ。マトリョーシカにこびりついた血痕がその時のものだとすると、初め、涙目のマトリョーシカを持っていたのは臼杵志保ということになる。

その後、マトリョーシカは生森だけでなく、林の手にも渡った。

彼女が人形コレクターだったのは、偶然なのか？　人形が絡む事件に、たまたまコレクターが関わってしまっただけなのか？

そうじゃない。いや、そうじゃないなら。

「彦坂さん」

六條は顔を上げた。

「もう一度、林のマンションを訪ねてきた人物の写真を見せてください」

戸惑いながら彦坂が携帯を取り出し、画面を向けてくる。キャップにマスク、黒いTシャツにリュックを背負った人影の写真。暗い上に距離があり、人相は不明。

それでも、生森でないのは断言できる。

女性だ。黒いTシャツの胸の膨らみ。対応した同居人も、女性の声だったと証言している。

これが臼杵志保だとしたら。

だが、なんのために？　なぜ住所を知っている？

そもそも――臼杵が林を訪ねることを、生森は承知していたのか？　計画の一部なのか、それともイレギュラーなのか……。

思考が目まぐるしく回転した。見逃していた可能性が頭をよぎる。これと似たことが五年前にも起こったという可能性。犯人が、文字通りの共犯ではなかったという可能性。

もし、この思いつきが正しいのなら――。

「――辰巳さん。携帯電話の通信記録って、いつまで遡（さかのぼ）れるんでしたっけ？」

「出所後に生森と臼杵が連絡を取った履歴か？　そんなもん、自分の電話は使わねえだろ」

「違います。ほしいのは五年前の履歴です」

「五年前？　携帯会社によっても違うだろうが……」

なぜ？　という顔だ。「どんなに長くても一年だな」

くそっ。手遅れか。

いや、待て待て。

「服役中、携帯電話はどうなります?」

「おれは刑務官じゃねえ」

「本人が希望したら契約はそのままですか?」

「可能だ」と彦坂が答えた。「番号を変えないために支払いを続けるケースはある」

「生森の番号は?」

「同じだったはずだ」

ならば。ちゃんと充電さえしていればデータは消えない。電話会社の記録はなくても、携帯本体の履歴は残っているはずだ。自ら消していなければ五年前の最後の履歴が残って——。

駄目だ。奴と自宅で会った時、会話の録音に差し出してきたのは新しめのスマートフォンだった。五年前の機種じゃない。

諦めかけた時、彦坂が口を挟んできた。

「ある」

「え?」

「生森の履歴ならある。五年前、おれが頼んで取り寄せてもらった」

「彦坂さんの手もとに？」

「捨てられなくてな」

拳を握る。ついに見つかった。彼らを追いつめる切り札が。

「お前、何を考えてる？」

「臼杵の証言を崩します」

言い切った。言葉にして決心が固まった。

六條が自分の思いつきを語る間、二人はじっと耳を傾けてくれた。

「仮にその履歴があったとして――」聞き終えた辰巳がもらす。「次の問題は順番だな」

そう。大切なのは順番だ。

予感があった。履歴はある。そして履歴の存在自体が自ずと事件の性格を決める。

「おれが白黒つけます。やらせてください」

辰巳と睨み合う。やがて彼は、ツンツン頭を乱暴に掻きむしった。

「くそっ。再就職の条件は、手取り百万だ」

「ボーナスも」

盛大なため息が返ってきた。

「彦坂さん。あんたどうする？　この坊ちゃんの泥船はずいぶん沈みやすそうだが」

「おれは――」彦坂が戸惑いを滲ませながら返す。「もう一度、生きている生森に会いたい」

ちっ、と辰巳が舌を打つ。

「オーケー。薩長同盟といこう」

差し出されたジンジャーエールの瓶に彦坂が自分のそれを軽くぶつけ、そこに六条も参加した。

七　章

1

迷いは消えていなかった。

朝の捜査会議は規則正しく進んだ。今西の容態や現場検証の結果が報告され、それなりの反応を捜査員たちに生んだ。

しかし核心的な情報は意図的に抜け落ちている。たとえばマトリョーシカの中身であったり、ガレージからバイクを出す生森の姿であったり、麻布の出来事であったり。

鎌安の姿がなかった。そして本郷の姿も。

「あんたに押し倒された怪我の療養だよ」と庄治が教えてくれた。

「ホシの追跡をしくじった懲罰じゃないですか」本郷の処遇を輪島が軽く吐き捨てた。

これで陣馬山の担当は彦坂一人となった。

班の面々は、もはや彦坂を相手にしなかった。裏でこそこそ動く者に刑事は鼻が利く。そしてそれが触れていいものかどうか見極めるのは能力であり処世術なのだ。彦坂の視界に、六條と辰巳が映った。二人は素知らぬ顔で鑑取り班の輪に加わっている。

今朝一番に通話履歴のコピーを手渡した。情報共有はしたが、互いの仕事は別だ。彼らはM事件の真相を追い、彦坂は消えた林と生森を追う。

足早に会議室を出て、近くのパーキングへ。もちろん津久井署へ出向くつもりはない。

ホンダに乗り込み、息を吐いた。

迷いが残っている。

林と生森を追うといっても、居場所の当てはない。おそらく世田谷のマンションを、林はもう訪れないだろう。職場も望みは薄い。たぶん昨晩、それは生森も察したはずだ。

全員殺す――そう宣言した男は、次にどんな行動に出るのか。適当にぶらついて出食わすなんて偶然は金輪際起こるまい。

できることは限られている。成功の確率は微々たるものだ。それでもやるのか？ リスクばかりが増しているこの状況で、勝手な単独捜査を続ける価値はあるのか。

六條に焚(た)きつけられたにせよ、もう一度生森に会いたいという言葉に嘘はなかった。自分の手でケリをつけたい気持ちは本当だ。

けれど、なんのために？　しょせんは刑事の意地とかプライドの問題で、こんなもの、世界中の誰のためにもならない代物だと、心得ているはずなのに。

携帯が震えた。プールバーの会談の後で約束を交わした人物からだ。

「――予定通りに待っていてくれ」

了解、と井岡の返事が聞こえ、彦坂はホンダのエンジンを入れた。

神奈川県の西の端にある小田原市まで小一時間かかった。

駅前の広場に、ポロシャツ姿の井岡がいた。

「すまんな、休日にこんなとこまで」

「いいさ。おれも正直、気が気じゃなかった」

ほとんど情報を伝えていないことを詫びつつ、彦坂は「案内してくれ」と友人を促した。

井岡はこの二日間、仕事の合間をぬって林美帆の弟について調べを進めていた。その結果わかったのは、林芳正(よしまさ)が間違いなく死亡している事実だった。

「つまらない喧嘩というのも本当だ。中華街の外れで腹を刺されたらしい」

「犯人は？」

「捕まってる。二十歳過ぎのヤンキーで、先に手を出したのは芳正らしい」

目撃者もいると井岡に説明され、拍子抜けした。栃村はともかく、芳正の死はM事件と無関係だった。

今さら引き返すとも言えず、並んで歩いた。これから訪ねるのは五年前、井岡に林芳正の存在を教えてくれた男の職場である。

「当時は横浜でやんちゃをしてた野郎だ。おれとは昔から捕まえたり逃げられたりの付き合いがあってな」

所属していた愚連隊の内部抗争の折、井岡の助けで命びろいをしたことがあるという。

「懲役を食らうほどの悪さができるタマじゃない。憎めない奴さ」

少年係らしい人間味が、井岡には似合う。不愛想な彦坂とは真逆の性格で、そこがお互い、妙にウマが合う一因だったのだろう。

「芳正との関係は？」

「芳正が昔黒服してたセクキャバをよく利用してたんだとさ」

深い仲ではなかったらしい。するとどこまで有意義な聞き込みになるか疑わしかった。

——構うものか。どうせできることなどないんだ。

「彦坂」

大通りから住宅地に折れたところだった。

「何も教えてくれないんだな」

足を止めないまま、彦坂は返した。

「教えられることなんかない。おれだって、何も知らないのと一緒だ」

「信用してないのか？」

「そうじゃない。知らなくていいこともあるし、知らないほうがいいこともある。知ったら終わりってこともな」

「脅すじゃないか」

「たとえ話だ」

「まあ、いいけどな」

その響きが妙にさっぱりしていて、わずかに引っかかった。

「あれだ」

指さす先に、いかにも個人経営という雑多感にあふれたリサイクルショップがあった。

「よう、久しぶり」

ドアのない店内に入るや井岡が気さくに声をかけ、カウンターにいた頬骨の突き出た男が並びの悪い歯を見せた。

「どうも」

お愛想ではない、歓迎に満ちた笑みだった。

「ちゃんとやってんのか」

「お蔭様で。おっつかっつですけど」

「盗品なんて扱ってねえだろうな」

「勘弁してくださいよお」

年の頃は三十手前くらいか。ひょろりとした身体は黒く焼けている。カウンターの裏に立てかけてあるサーフボードに値札はなく、彼の趣味らしい。この店は実家なのだという。

「この人はおれのツレで県警の刑事さん。名前は聞くなよ」

心得てます、とばかりに肩をすくめ、「面倒な話はやめてくださいよ」と念を押してくる。

「お前にそんなの期待してねえよ。繰り返しになるけど、林芳正について聞かせてほしいんだ」

サーファーの彼は「うーん」と首をかき、「そんな詳しくないけど」と断りを入れた。

「けっこうギラギラした奴だったっすね。でかいの一発当ててやるってのが口癖みたいな」

「なんか理由でもあったのか」

「さあ。若かったし、あんなもんじゃないっすか。親がムカつくから見返したいみたいなことは言ってた気がするけど」

井岡が視線を寄越してきた。——訊きたいことは？

とりあえず先へ進めるよう無言で促す。

「亡くなったって話は知ってるな？」

「ええ。足を洗っても、そういう話は回ってくるんで」

「どんな話だ」

「どんなって別に、刺されて死んだって、そんだけっすよ」

「デリヘルやってたのは？」

「みたいですね。モグリって聞いたけど、どっからそんな金集めたんだって思いましたね」

あ、おれは使ってませんよ、とサーファーが慌て、お前の下半身事情はどうでもいいよと井岡が混ぜっ返す。

サーファーの彼が井岡の助けで夜の世界を抜け出したのが六年前。ムラナカ事件の翌年だ。

「最後に会ったのは？」

「どっかでばったり会って、飯食ったのが最後かな」

「いつ？」

「だいぶ前っすよ。七年とか八年とか。ベイスターズが最下位になった年だった気がするけど」

まだ芳正がセクキャバの黒服をしていた頃だ。

「どんな話をしたんだよ」

どうだったかなあ……と頭を捻る。

「けっこう飲んだんじゃなかったかなあ。何軒かハシゴして……。そういや、たしか最後のほうの店で、誘われたんだっけな」

「誘われた？」

「ええ。でかいヤマ踏もうぜって」

「なんだよ、それ」

「いや、よくわかんないんすけど、金になるって。ヤバい感じがして、適当にお茶を濁したんすけど」

本当っすよ、と力を込める。

「わかってるって。その仕事の内容はまったくか」

「ええ。気い悪くされたら困るんでいちおう訊いたんすけどね。あっちもこっちも酔っぱらってたし」

無駄足か、と彦坂が思いかけた時、サーファーの彼がとんでもないことを口にした。

「こいつがネタだって写メ見せられて、ラリってんのかなって思いました。だってそれ、たんなる小瓶の写真だったから」

「小瓶？」

声が上ずってしまった。初めて口を開いた彦坂へ、サーファーの彼がびっくりしたような顔をした。

「どんな、どんな瓶だった」

「どんなって……透明で、これくらいの」

広げた指は、拳に満たないくらいのサイズだ。

「入っていたのは透明な液体だな？」

迫る彦坂に身を引きつつ、彼は答えた。

「赤だったっすよ」

「赤？」

「ええ。なんか、気味悪かったな。血みたいで」

血……。

小さく深呼吸をしてから、彦坂は尋ねた。

「彼のお姉さんについて、聞いたことはないか？」

「お医者さんでしょ？」

今度こそ、彦坂の息は止まった。

「でっかい病院で働いてるって。そんな自慢なら耳にタコでしたよ。シスコンてからかわれて『羨ましいか？』って返してくるガチ野郎でしたからね」

リサイクルショップを出た彦坂は額に拳を当てた。

林美帆が医者だった。勤めていた大きな病院は東雲病院に違いない。サーファーを誘って間もなく、弟の芳正は黒服を辞めてデリヘルを始めている。それなりの金が入ったからだろう。

脅迫だ。殺人ビジネスの証拠を掴み、林は弟と組んで香取たちから搾(しぼ)り取ったのだ。

芳正によると、本国から海を渡ってきた両親はレストラン経営で成功しながら、ついに日本語に馴染めなかったという。そのコンプレックスゆえか、厳しい教育を姉弟に課した。反発しグレた芳正と違い、黙々と勉強に励んだ美帆は医師になり、そんな姉を芳正は誇っていた。

「役に立ったか？」

後ろから井岡に声をかけられ、「ああ……いや」と煮え切らない返事をした。

井岡が笑う。

「大変だな、お前も」

駅へ歩きながら井岡がもらした。

「こうやって二人で聞き込みをするのは初めてだな」

「……そうだな」

「お互い、もう長いのにな」

「ああ」

「たった一回、林のマンションに頭下げに行ったくらいか」

なぜか、晴れ晴れとした口調だった。

同じ調子で井岡は続けた。

「なあ、彦坂。お前、信用できる記者かライターを知らないか」

「記者？」

「うん。ちょっと野暮用があってな」

「信用できるかはわからんが……心当たりはある」坪巻の顔が浮かんでいた。「若くて生意気な奴だが、ただのスクープ屋じゃないと思う」

そうか、ともらした井岡が地面を見た。

もう一度、そうか、と呟き、こちらを向いた。

「そいつ、紹介してくれないか？」

井岡の足は止まっていた。

「知りたいことがあるなら訊いといてやるが」

「いや、直接会いたい」

その口ぶりに感じるものがあった。

彦坂の顔を見て、井岡が小さく頷いた。

「ぜんぶ、話そうと思ってな」

「井岡」

「安心しろ。お前や春日さんに迷惑はかけない」

「そうじゃなく、お前、まさか——」

「ああ。おれは辞めるよ。責任を取る」

清々しいほどはっきりとした口調だった。

「別にそんな格好いい話じゃない。もともとカミさんの親戚が田舎で田んぼを余らせてて、引退したら継がないかって話があったんだ。それをちょっと前倒しさせてもらおうと思ってな」

ようするに保険アリだよ——と、からっとした自嘲が浮かぶ。

「実名を出すつもりもない。いたって中途半端な責任の取り方だ。たんに重荷から逃げたいだけかもしれない」

でも——。

「そうしないわけにはいかない気がしてな」

井岡が天を仰いだ。それはまるで、自分の決心を確認するような仕草だった。

「たぶん、一生に一回だよ」

優しい口調だった。

「おれみたいな凡人はさ、どんな時も正義を貫くなんてできないよ。長いものに巻かれてどうにかやってきたんだ。人生を投げ出す勇気はないし、家族だっている。たぶんこんな真似は、もう二度としない。たとえ農協の脱税を知っても見て見ぬふりさ」

ひょうきんに肩をすくめ、続けた。

「たった一回くらい、格好つけなくちゃな」

彦坂は、その言葉を受け止めた。

「ちょっと遅くなったが、おれの『その時』は今らしい」

手を差し出された。

迷いはあった。

これを渡せば、井岡の警察官人生は終わる。自分がそのきっかけを用意したことになる。

けれど迷いながらも、右か左か、立ち止まるか進むか、結局、決断を続けていかなくてはならないと、目の前の友人は語っている。そして彼は、とっくに決断を下している。

だからこそ、彦坂から受け取りたいのだ。

彦坂は坪巻の名刺を取り出し、井岡に渡した。

井岡はそれをじっくり見つめ、それからふいに柔らかな表情になった。

「今日は楽しかった。最後の最後に、お前とひと仕事できたな」

手を振り、真っ直ぐ歩いていった。

2

彦坂からもたらされた情報に、六條はハンドルを切り損ねるところだった。

「林美帆が医者ですって？」

助手席の辰巳の視線を感じながら、六條は慌てて路肩に車を停めた。

〈これが事実で、彼女の勤務先が東雲病院だったなら、林が脅迫のネタを手にした筋道が通る〉

ムラナカ事件の前の年に宝来悠太郎は亡くなり、林も辞めたのだろうと彦坂は続けた。ゆえにムラナカ事件で林の名前はあがらなかったし、関係者リストにも載らなかった。

〈脅迫の材料はヴァニラだけでなく、おそらく亡くなった直後の宝来悠太郎の血液だ〉

悠太郎がヴァニラを投与されたという証拠――。

〈法的な力があるかは知らないが、香取たちにとっては絶対に取り戻したい代物だっただろう〉

悠太郎の血液で脅迫を成功させ、ヴァニラは手もとに残しておいた。

筋は通っているが――。

「そんなに上手くいくものでしょうか？　いくら内部の人間でもヴァニラや証拠の血液をそう簡単に手に入れられるとは思えません。まして相手は裏事に長けた連中です」

問答無用の暴力を使って黙らせることもできたのではないか。栃村を葬ったように。

証拠を手に入れた経緯はわからないが――と認めた上で彦坂が続ける。

〈香取たちは脅迫を独力で解決しようとしたんだ。ミスで証拠を掴まれたなんて黒幕に知られたら、自分たちの身が危うくなるからな〉

悠太郎の殺害が明らかになった時に備えて、香取たちにすべてをなすりつける筋書きくらい初めから用意されていておかしくはない。

「栃村の調査は正しかったわけですね？　投資詐欺に引っかかって金を欲していた弓削の誘いで殺人ビジネスに手を出した香取たちはネタを掴んだ林姉弟に脅迫され、報酬は右から左に流れてしまった。その穴埋めに、今度はサファリを使ってムラナカ株の高騰を狙った」

栃村の悲劇は、彼の取材が黒幕に迫ったゆえか。

「ウチの上層部は、宝来悠太郎の殺害に関わっていると思いますか？」

どの時点で誰が何を知って、どういう利害に基づいてどんな取り引きがなされたのか。

〈わからん。残念だが、おれたちの手が届く領域じゃないだろう〉

「……結構ですね。おれたちが解決したいヤマはもっとずっと小さい。小さくて、上の人たちには見えもしない」

歯がゆさを押し殺し、六條は明るく告げた。

「だからこそ、やらなきゃいけない」

彦坂の反応はなかった。しかしその息遣いに、六條は信頼を覚える。

〈そっちは？〉

「今、臼杵の自宅アパートに着いたところです。朝イチで彼女が登録していた派遣会社に確認しました。履歴書に運転免許の記載はなしです」

〈君の予想通りか〉

「はい。手札は揃いました」

と、彦坂が黙った。

「どうしました？」

〈おれは麻布で林美帆を張っていた。彼女が勤めていた店をだ〉

そこで生森と出くわしたことは昨晩に聞いている。

〈生森が林を張っていたのは間違いない。しかし、どうやって彼女の勤務先を突き止めたのか〉

今西を見つけられずにいたのだ。人並み外れた調査能力があったとは思えない。

〈誰かに教えてもらった。それが一番確実だ〉

本人が教えるはずはない。ならば――。

六條は拳を握った。

「東雲病院でつながった糸は、切れてなかったってことですね？」

林美帆の関わりが見えてくる。事件の全体像が形を成す。

後は、自分の仕事だ。

「情報、感謝します」

〈生森の行き先がわかったら〉

「真っ先に」

電話を切ると、スマホをいじっていた辰巳が声をかけてきた。

「ムラナカ事件の前に東雲病院で働いてた女医についてはコギさんに頼んでおいたぜ」

「仕事が早いですね」

「おだてても何も出ねえぞ。こっから先は知らぬ存ぜぬ。おれは居眠りしてたって報告するつもりなんだからな」

「すみませんが、叱られてください」

ふん、と辰巳は鼻を鳴らした。

「で、実際どうすんだ？　臼杵んちに出向いても結果は見えてるぜ」

「張られてますかね」

「百パーな。職場もそうだろ」

六條はハンドルに額を当てた。考えろ。最善の策を。

行くのが駄目なら呼び出すか？　――絶対、尾行がつく。

連絡だけならできるか？　――電話で済む話じゃない。

やっぱり突撃？　――警察組織のどこぞの部署の何者かたちに囲まれてジ・エンドだ。

妙案は何も浮かばない。

「しゃあねえな」

ため息まじりに、辰巳が口を開いた。

「電話しろ」

「へ？」

「へ？　じゃねえ、馬鹿。臼杵に電話してアポを取れ。在宅かどうかくらい確認しなくちゃどうしようもねえだろ」

それはそうだが――。

「でも、どうするんです？　黙って会わせてくれないでしょう？」

「走れ」

「はい？」

「走って部屋に飛び込んで鍵かけろ。臼杵の部屋は二階だ。窓から邪魔される心配はねえ」

「階段は一つきりですよ？　部屋に着くまでにボコボコにされちゃいますよ、おれ」

「その役は替わってやる」

「……え？」

「邪魔する奴らを食い止めといてやるっつってんだよ」

六條はぽかんとしてしまった。

そんな原始的な！

「勘違いすんなよ。別に坊ちゃんのコネに頼る気なんざねえ。こちとら、この程度で飛ばされるようなヤワなサツ官人生送っちゃいねえんだ」

ツンツンに立つ髪をかきむしる。

「策が尽きたら身体を張る。憶えとけ。最後の最後は、ど根性だ」

くそっ、と付け足して、辰巳はそっぽを向いた。

臼杵は在宅していた。どうしても確認したいことがあると伝え、強引に面会の了解を得た。

電話を切った六條に、辰巳が言う。

「行くか」

二人揃って車を降りた。二車線の通りを越えた先、質素な二階建てのアパートがある。車が途切れた隙に道を走って渡り、辰巳が階段の前で仁王立ちする。コントみたいな特攻作戦だ。

往来する車を見やりながら、六條は長く息を吐いた。

「緊張してんのか？」

「してますよ。人生最後の聴取になるかもしれませんし」

「デカを続ける方法ならあるぜ」

辰巳が、ポケットに手を突っ込んだ。

「捜一にこい。おれが引っ張り上げてやる」

あんたと爆弾コンビを組めっての？

想像すると、少し愉快だ。

「お断りです」

次の瞬間、二人は駆け出した。


ピンポンダッシュならぬピンポンイン――。そんなくだらないことを考えながら後ろ手でドアを閉め、鍵をかけた。

「……大丈夫ですか？」

白いブラウスを着た臼杵志保に、怪しむ気配がありありと感じられた。汗ばんで息を切らした訪問者が慌てて鍵をかけたのだ。通報されてもおかしくない。

六條は警察手帳を掲げた。

「知ってますけど」

そりゃそうだ。

「いや、すみません。ちょっといろいろ事情がありまして」

上がっても？　と目で訴えると道を空けてくれた。

「狭いですが」

謙遜ではなかった。キッチンやバス、トイレは分かれているようだが、部屋はワンルームだ。三十を超えた女性が住むにはさみしい雰囲気がないでもない。

ローテーブルの前に置かれたクッションを勧められ、向かい合う形で座った。テーブルの上には二人分のティーセットが用意されている。

「インスタントですが」

「お構いなく。汗が出ちゃいますし、あまり時間がないので」

力を込めた口調に反応し、臼杵が座り直した。

「どういったご用件でしょうか」

六條は臼杵志保を見つめた。ぷっくりした頰の、張りがなくなっているように感じられた。目の下に濃い隈(くま)ができている。化粧でごまかせる程度かもしれないが、今はノーメイクのようだ。

「ちゃんと寝れてますか？」

「え？」

「お食事は？」

「なんですか、いったい」

「先日お会いした時よりも疲れているように見えます」

「――ほっといてください。お時間がないんでしょう？」

「そうでした。では本題に入ります。五年前、香取富士夫さんを殺害したのはあなたですね？」


臼杵志保の頰に力がこもるのを、六條は見逃さなかった。

「何をおっしゃってるのか、まったくわかりません」

「五年前、二〇一一年の十二月二十日です。場所は八王子の小宮公園。時刻は夜の八時くらいでしょうか。ともかく日が変わるまでに犯行は終えていたはずです。殺害後、遺体を平塚にあったあなたの自宅に運び、午前一時に殺人ビデオを撮らなくちゃいけないですからね」

「ふざけないでください」

気色ばんだ抗議があがった。

「二〇一一年の十二月二十日ですって？　わたしがその日、どんな目に遭わされていたか――」

「やめましょう」

ぴしゃりと遮る。

「化かし合いは時間の無駄です」

睨みつけてくる臼杵の目を、六條は真っ直ぐに見返した。

「ぼくらは、あなたと生森の関係を突き止めています。出会い系サイトなんかではなく、東雲病院で知り合ったのだと。あなたがそれを警察に隠した理由、生森が逮捕された監禁事件の真相も、すべてわかっているんです」

しん、と空気が張り詰めた。

「だから？」

臼杵が声を震わせた。

「わたしと生森の関係がなんだというんです？　殺人だとかビデオだとか、すべてあなたの妄想じゃないですか。裁判の結果をそれで覆せるんですか？」

「これからぼくが話す内容に誤りがあったらおっしゃってください」

「すべて間違ってます！」

六條は深く息を吸った。「あの夜――」自分の声が落ち着いていることに自信を抱く。「あなたは香取さんを呼び出した。五百万を持って来いと、脅迫したんだ」

臼杵は唇を結んでいた。

「反論はないんですか」

「馬鹿馬鹿しすぎて言葉もありません。わたしが香取さんを脅迫？　いったいどうやってそんなことを――」

「林美帆さん」

その名に、臼杵が口を閉ざす。

「あなたや香取さんと同じ東雲病院で働いていた医者です。知らないとは言わせません」

二人の接点は、ついさっき彦坂との会話で確認したばかり。当然、裏は取れていない。すなわちこれは六條の、精いっぱいのはったりだった。

「林さんは、ムラナカ事件よりも前に起こった殺人行為の証拠を摑み、香取さんたちを脅していた。あなたは林さんから、それを聞いていたんだ」

そのネタを利用し、香取を呼び出した。

「すごい想像力ですね」

挑むような眼差しが向かってくる。「わたしは香取さんが亡くなった時、平塚の自宅にいました。生森から暴行を受けていたんです。証拠もなく嘘つき呼ばわりされても困ります」

「本当に、彼とずっと一緒だったんですね」

「当たり前です。裁判でも確定しています。ちゃんと調べてください」

「生森がやって来たのは午後七時くらいでしたね」

「そうです」

「間違いはないですか？」

「ありません」

言い切った臼杵へ頷きを返し、六條は十畳ほどのワンルームを見渡した。

「平塚のお宅も、このくらいの広さでしたか？」

臼杵の表情がわずかに強張る。なぜそんなことを訊くのか、と。

「もう少し広かったですか？　調べればわかることですが」

「――同じような部屋です。それがなんなんです？」

「つまりお二人は、ずっと顔を突き合わせていたわけですね。一歩も外へ出ずに」

夜が明けるまで。

「ところで――」と、六條は話題を変えた。「あなたが香取さんを呼び出したことを、生森は知っていたのでしょうか」

臼杵は答えない。

「知らなかったんでしょう？　小宮公園に生森は居なかった。彼がこの事件に関わるのは、あなたが香取さんを殺した後なんです。あなたが彼に、自分のしたことを報せてからなんだ」

助けを求めたのかもしれない。たんに混乱してしまったのかもしれない。

生森は駆けつけた。そしてこの、偽装冤罪の計画を思いついた。

「何を根拠に――」

「この推理ですと、あの夜、あなたたちは最低でも一回、連絡を取り合っていなくてはならない」

香取を殺した以降に。

「これを」

と、六條は彦坂から受け取った紙を取り出し、テーブルの上に滑らせた。

「五年前の、生森の携帯電話の発着信履歴です」

臼杵が、唾を飲むのがわかった。

「順番の問題でした。香取さんを殺したのがあなたにせよ生森にせよ、実行犯がもう片方に連絡を入れたはずなんです。答えは、あなたの番号から生森に発信がありました」

時刻は午後九時前。

「臼杵さん」

六條は言葉を切って彼女を見つめた。固まっている唇と震える瞳を。

「ずっと同じ部屋で過ごしていたはずの男女が、電話をかけ合う理由はなんです？」

臼杵は反応しなかった。ただじっと、差し出されたペーパーに視線を落としていた。

加害者と被害者の、双方が認める監禁事件だ。担当刑事は証言を疑わず、この事実は見過ごされた。それは彦坂も同様だった。

「犯行が計画的で、最初からお二人の協力によってなされたものなら、そもそもこんな履歴は残らなかったはずです。いくらアリバイ工作をするつもりだったにしても危なすぎますからね。つまり香取さんの殺害は、イレギュラーの事態だった。あなたたちの共犯関係は、香取の殺害後に始まったんです」

そして主犯が生森なら、やはり履歴は残らなかったはずだ。彼は車を持っていたし、近くには香取が乗ってきたベントレーもあった。遺体を車に積んで、直接志保を訪ねることができた。自分の携帯電話から連絡なんて危険を冒す必要がない。

しかし免許をもっていない臼杵には、遺体を捨て置くか助けを求めるかの選択肢しかなかった。

「なぜ、香取さんを殺したんです？」

臼杵に反応はない。

「脅迫は呼びつける口実で、初めからあなたは香取さんを殺害するつもりだったんでしょ？　おそらく、生森の代わりに」

だからこそ生森は、臼杵の犯行を隠す決断をした。自分の代わりに香取を殺した女を守るため、偽装冤罪というアリバイ工作を練り、実行した。

「つい先日、林美帆さんが住んでいる世田谷のマンションをM事件の通報者とそっくりな格好で訪ねた人物がいます。あなたですね？」

答えは返ってこない。

「同居人の女性から聞いた林さんの職場を、生森に伝えましたね？」

だから生森は麻布の店を張ることができた。

「なんのために林さんを訪ねたんです？　彼女とあなたの関係はどういうものだったんです？　どうして、生森に彼女の職場を教えてしまったんですか？」

臼杵の唇はきつく結ばれたままだ。

「彼は今、林美帆さんを狙っています。林さんが今どこにいるか、どこへ行こうとしているのか、ご存じなら教えてください。お二人を助けられるのは、あなただけだ」

かない。

カードは切り終えた。絶対的な証拠と呼べるものはない。この先は、言葉で崩すほかない。

うつむいた彼女の顔は陰って、その表情は見えない。

頑(かたく)なだった。強い意志で心を閉ざし、言葉を閉ざしている。

部屋の外から怒鳴り合う声が聞こえた。辰巳が頑張っているのだ。しかし長くはもたないだろう。それまでに彼女から本心を引き出さねばならない。

考えろ。臼杵志保の心に届く言葉を探せ。目の前の女性の本心を知ることが、おれの一番の目的なんだから。

押し黙る臼杵を見つめ、そして気づいた。一つだけ、確信をもって言えること。彼女は今、この状況を喜んでいない。

六條に追いつめられているからではない。前回の時点ですでに、臼杵は追いつめられていた。苦しんでいた。

「あなたは——」六條は言葉を絞り出す。「あなたは、生森の犯行を望んでいなかったんじゃないですか？」

臼杵の肩が、ピクリと動いた。

「弓削さんの殺害を知って、どう思いましたか？　気が晴れましたか？　ざまあみろと思いましたか？　——違うんでしょ？　あなたが携帯の番号を変えなかったのは、出所した生森から連絡をもらうためだ。マトリョーシカや殺人テープを隠し持っていたのも、彼がそれを取りに来ると期待したからでしょう？　けれどこの五年間、あなたは弓削さんを殺さなかった。今西さんの住まいを探さなかった。本当に真菜ちゃんの復讐が一番なら、そうすべきなのに」

自分の残酷な問いかけに、六條はかすかな躊躇を覚えた。

「……亡くなってしまった真菜ちゃんよりも、生きている生森のほうが大切だったんですね？」

臼杵が目をつむった。まるで耳を塞ぐように。

「臼杵さん。生森は刑事に対して、自分の犯行を洗いざらい喋っています。弓削さんを殺害したのは自分だと、はっきり認めているんです」

「嘘です」

顔を上げた臼杵が声を荒らげた。肌が染まっていた。内側から燃えるような赤に。

「あの人はそんなことをしない。絶対にっ」

のけぞりそうになるのを、六條はこらえた。背筋を伸ばし、目を合わせる。彼女の怒りを受け止めずして、この勝負には勝てない。

「弓削さんを殺害した時刻、現場付近に彼のバイクがあったのを、我々は絶対に突き止めます」

捜査の許可さえ下りれば。

「彼はもう、罪を隠すつもりがない。償うつもりも」

ぐらっと臼杵の身体が揺れる。視線を外し、小さく首を横に振る。林檎飴の頬が溶けてゆく。

その動揺は演技に見えなかった。六條は確信する。彼女は弓削の殺害を知らされていなかったのだ。

生森が殺ったという予感はあったはずだ。限りなく絶対に近い予感が。だから六條たちが最初に会った時、必死に彼を守ろうとした。

「……おれには、理解できません。香取さんを殺したことだけじゃない。だって生森はこの工作のために五年も刑務所に入って、あなたは偽の罪をつくるため、彼に殴らせた。警察が疑いを差し挟む余地もないくらいに、激しく」

いったいどんなやり取りがあったのか。どんな感情が、狭いワンルームの部屋に充満し、拳を振るわせ、痛みに耐えさせたのか。

強姦の痕跡をつくる必要もあった。

二人はどんな覚悟をもって、身体を重ねたのか。

正解がなんであれ、六條の理解など無意味だろう。だが――。

「おれは聞きたいんです。なぜこんなことになってしまったのか。おれにあなたたちを理解することはできないから、せめてあなたの言葉を聞いて、それを憶えておきたい」

その表情も、佇まいも。揺れ動く心の色も。

六條は頭を下げた。「どうか」と声を絞り出した。

「どうか、あなたの本当を」

頭を下げたまま、六條は上目づかいに彼女を見つめた。時間が止まったような静寂があった。ほのかにアロマの香りがした。

やがて六條の耳に、臼杵の声が届いた。

「あなたは、間違っています」

眉をひそめる六條の前で、臼杵は小さなミニポットを摑んだ。湯気のなくなった紅茶のカップに傾けた。どろっとこぼれ落ちる液体はシロップだろうか。

丁寧に紅茶をかき混ぜる姿からは先ほどまでの脅えや動揺は影を潜め、清々しさすら漂っていた。その様変わりに、六條は戸惑った。

彼女の手が止まり、呟きが聞こえる。止められなかった――と。

「四月にあの人から電話がありました。出所を知ったのはその時です。ここへやって来た彼に、マトリョーシカとテープを渡しました」

握った拳に力が入る。臼杵が認めた。自分たちの犯行を。

「もう復讐なんてやめようとお願いしたんです。二人で生きていこうって……。彼は頷いてくれました。よく考えてみるって」

しかし人形とテープを持ち去った生森は、臼杵との約束を破る。

「真菜ちゃんが生きていた頃からの仲だったんですね？」

小さな頷きが返ってくる。

「裁判が終わる頃には区切りがついたと思っていました。あの人、わたしの前ではそんなふうに言っていたから」

けれど本心は違っていた。

「ムラナカ事件を取材している記者さんのことを、わたしは知りませんでした」

訴訟団を通じて知り合った栃村だ。

「テレビの特番を二人で観た夜に、すべて話してくれました。それは――」

それは、と臼杵は繰り返した。

「すべて真実でした」

憑き物が落ちたような、さばさばとした口調だった。

「わたしは宝来悠太郎さんの殺害を知っていました。刑事さんが仰る通り、林さんから聞いていたんです」

病院に勤め始めた頃から、何かと良くしてもらっていたのだと臼杵は語った。

「初めは名前が似てるねって、そんなふうに話しかけられたんです。あの人、聞き上手で、しっかりしていて、そのくせさみしがり屋で」

張りのある頰に苦笑が浮かんだ。

「夫と別れたいということもよく相談していました。お金がないから踏み切れないんだって。そしたらある日、誘われたんです」

香取たちへの脅迫に。

「彼女、宝来さんのケアを任されていたんです。中国語が喋れるから気に入られたそうで」

残留孤児だった宝来悠太郎の生い立ちが、六條の頭に浮かんだ。

「その立場を利用して、林さんは殺人ビジネスの証拠を摑んだんですね？」

「いいえ」

「いいえ？」

「彼女は仲間だったんです。香取たちの」

思わず口が開いてしまった。林美帆は宝来悠太郎の殺害に加担していたのか。考えてみれば納得だった。香取たちは万全を期し、悠太郎のそばにいた彼女を仲間に引き込んだのだろう。だからこそ林はヴァニラを手にすることができた。遺体の血液を抜くことができた。

　そして裏切った。

「交渉は弟さんに任せたそうです」

　ほどなく林は病院を辞めた。隠れるような生活は、万が一の報復を恐れたからだろう。

「わたしも辞めてしまいたかったけど、すぐに退職すれば怪しまれると思ってしばらく勤めを続けました。皮肉ですね。その後すぐ、生森さんに出会ってしまったんだから」

　臼杵がはにかんだ。

「奥さんを失い、愛する娘さんを失いかけて、それでも頑張っているあの人の姿に惹かれたんだと思います。この人なら全身全霊でわたしを愛してくれる。わたしも愛せるんじゃないかって」

　真菜の治療を通じ、生森と心を通わせていった。

「生森さんに脅迫のことは言えませんでした。とてもじゃないけど、言えるわけがないです。そんなことが知られたら……」

　嫌われてしまう。

「テレビ放送があってからの生森さんは、どうしても彼らが許せないと、納得がいかないと、怖いほどに思いつめていました。ついに殺してやると言い出して……。何度も説得したんですが聞いてもらえませんでした。このままだと彼は捕まってしまう――」

だから、と続ける。

「だから香取を殺そうと決めたんです」

背筋が粟だった。臼杵の論理の、突然の飛躍に。

「電話で、『あなたたちのしたことは知っている』と告げると、あっさり話は進みました。どこか目立たない外で会いたいとお願いしたら、小宮公園を提案されました」

最初の脅迫に詳しいという利点もあった。報道の過熱もあった。栃村が不審な死を遂げた直後でもあった。香取は疑心暗鬼に陥っていたのだろう。

十二月二十日、午後八時、ひよどり沢デッキ。

「スタンガンを押し当てて、用意していた金づちで殴りました」

幸か不幸か、近くには誰もいなかった。

「自首するつもりだったんです。でもその前にと思って生森さんに電話をしたら、待ってろと言われて」

遺体を茂みに隠してから一時間、電話越しに臼杵は脅迫に加担したことも含め、すべてを生森に伝えた。やって来た生森は香取の遺体を確認し、迷わず偽装冤罪の工作を提案してきた。

「彼、わたしに謝ったんです。すまなかったって。こいつを殺したのは君じゃなくおれなんだって。わたしを殴る時も、すまないって。きっと痛かったのはわたしより、あの人のほう」

深いため息が臼杵からもれた。魂が抜けるような、そんな吐息に思われた。目の前にいる女性はごまかしを諦め、すべてを吐露しているようだった。

なのになぜか、腑に落ちない。その理由を言葉にするのは難しかった。

強いていうならば、怒り。

初めて会った時に感じた彼女の怒りが、この告白のどこにもない。

「――今、生森と連絡は？」

「会ったのはテープとマトリョーシカを渡した一回だけです。電話やメールをしても返事はありません。住んでいるところも、わたしは嘘を教えられていたんです」

最初の聞き取りで、彼の住まいを教えるよう求められたのを思い出す。

「林さんとは？」

「世田谷の住まいは聞いていました。でもお互い病院を辞めてからは、年に数回会うかどうかという関係です」

「一昨日の夜に訪ねたのはなぜです？」

「それは、香取さんたちがサファリを使い続けた理由の一端は彼女にもありましたから。もしかしたら狙われるかもしれないと思って――」

「嘘だ」

とっさに鋭い声が出た。

「だったら生森と同じ格好をする必要がありません。違いますか？」

臼杵は答えなかった。

「林さんの職場を彼に伝える必要もない」

「それはだって、彼女の居場所を教えたら、あの人から連絡があるかもしれないでしょ？」

六條は絶句した。そんな理由で？　生森から連絡がほしいというだけの理由で、知り合いを殺人犯に差し出したのか？

「林さんは、どこまであなたたちの犯行を知っているんです？」

「彼女は関係ありません。香取を殺す前にいろいろ尋ねたくらいです。わたしより香取のことをご存じだったし、脅迫のこととか、殺害の方法とか、裁判についてとか教えてほしくて」

「――それで林さんは、警察に相談したんですね？　あなたの殺意を察し、止めるために」

かつて脅迫していた香取本人に忠告はしづらく、臼杵の名は出せないから愛人を騙った。

「そのような連絡は受けました。適当に聞き流しましたけど」

捕まることを厭わない臼杵に、林の張った予防線は意味を成さなかったのだ。

「ヴァニラの小瓶も、あなたが持っていたんですね？」

「林さんからいただいていたものです」

「そんな危険な薬品を、簡単に譲るとは思えませんが」

「必要だったので、無理を言いました」

「必要？　生森に渡さずともよかったはずです」

「喜んでくれると思って」

またもや、生森のため。

微笑みが六條に向けられている。

何かが崩れていく予感があった。先入観が、くるりと反転するようなこの感覚を、六條はついさっきも感じている。香取殺害を決心した時の、彼女の論理の飛躍に。

生森が香取を殺してしまうかもしれないから先にわたしが殺す——。これは動機として成立するのか？

臼杵は言った。あなたは間違っています——と。しかし事件のおおよそは六條がたどり着いた答えと合致している。では何をまだ、おれは見誤っているのだ？

目の前の女性の、見下ろすようなその表情に、ひ弱さはまるでない。

「マトリョーシカは？」

「涙目のマトリョーシカは、どこから？」

声が上ずってしまった。

「林さんにお願いして用意してもらいました。あの子へのプレゼントに」

「あの子？」

「真菜ちゃん」

今日、彼女の口からその名を初めて聞いたと、六條は気づく。

「人形を、遺体と一緒に埋めたのはなぜです？」

殺人ビデオはアリバイ工作に必要だった。だがマトリョーシカは次の犯行の布石だ。生森に罪を犯してほしくないと願っていた臼杵が、なぜそれを容認したのか。

「生森の希望だったから――ですか？」

頷きが返ってくると思っていた。生森のためだった、と。

しかし、かすかに口もとを歪ませた臼杵の答えは、「半分は」だった。

「半分？」

「彼は次の犯行のためと考えていたんでしょうけど、わたしにとっては埋葬でした」

「へ？」

「勝負だったんです」

その言葉も、その微笑みも、意味がまったくわからなかった。

臼杵が立ち上がる。六條の身体が強張る。

彼女は迷いなくクローゼットへ歩んだ。扉を開ける。振り返った両手には一体の人形が収まっていた。

涙目のマトリョーシカ。陣馬山で見つかったものよりも一回りほど大きなサイズ。

「これは――」

六條はテーブルに置かれた愛らしい女の子の顔を見つめ、尋ねた。べっとりとこびりついた血液を指さして。

「真菜ちゃんの血ですね？」

臼杵が目を大きくした。知っていたのか、というふうに。

「容態が急変した時、真菜ちゃんが吐きかけたんです」

「それが、どうしてここに？　なぜ生森に渡さなかったんです？」

臼杵は答えない。血塗れのマトリョーシカを見つめ、うっとりと微笑んでいる。

そのぞっとするような笑みに、思考が巡った。

サファリ、ヴァニラ……。

ベッドに横たわる小児癌の少女、プレゼントのマトリョーシカ、吐血……。

待て。

待て、待て。

サファリを開発した芝浦の言葉が蘇る。――あの事故の原因は、おそらくほかの薬品との併用禁忌――いわゆる飲み合わせというやつです。東雲病院の内科は新薬の使用に積極的でした。新薬同士の知られていない反応があったのだと、わたしは推測しています。

それに対し、サファリの投与を指示した内科医の息子はこう返した。――自殺する直前、父がもらしていたそうです。なんであの子が死んだんだろうって。ほかの患者さんはともかく、あの女の子、あの十歳の子どもには、サファリ以外の新薬を投与していないはずなのにって。

ついさっき、臼杵志保は言った。

――林さんからいただいていたものです。

――必要だったので、無理を言いました。

いただいた、ではなく、いただいていた。生森に渡すよりも前に、彼女はそれが必要だった。

「――飲ませたのか？」

サファリではなく、

「真菜ちゃんに、ヴァニラを」

口にしただけですぐさま心不全へ誘う毒薬を。

「あなたが！」

「だって——」

臼杵志保が、困ったように小首を傾げた。

「あの子が生き続けたら、彼は幸せになれないでしょ？」

背筋が凍った。脂汗が全身から滲んだ。

「お金もたくさんかかるし、負担でしかありません。真菜ちゃんに、サファリはよく効いているみたいだったし」

生き続けてしまうかもしれなかった——。

「なんで……、なんでそんなことを」

「ひどいんですよ、彼女。せっかくプレゼントしたのに、ぜんぜん喜んでくれないんだもの」

臼杵は拗ねたように唇を尖らせて、マトリョーシカに触れた。

「一口ぶんのヴァニラを容器にうつして、一番小さなマトリョーシカの代わりに隠しておいたんです。彼女の前で、人形を一体ずつ取り出していきました。ヴァニラが出てくるまでに笑ってくれたら許してあげようと思ってたのに、でもあの子、ずっと嫌そうな顔をしてた。お父さんを取らないでって、そんなふうに言うんです」

だからヴァニラを飲ませた。薬と偽って。

不審死はサファリの薬害に紛れさせられるという計算のもとに。

「マトリョーシカにかかるくらい血を吐いて。あんなふうになるとは予想してませんでした。もっと楽に死なせてあげるつもりだったんです。病気との兼ね合いだったのかしら」

臼杵には、一片の罪悪感も感じられなかった。今さらのように六條は気づく。真菜が亡くなった現場を訪れた芝浦の口から、マトリョーシカの目撃証言が得られなかったことに。容態の急変から時間をあけてやって来た彼の目にマトリョーシカが映らなかったのは、臼杵がそれを隠したからだ。自分が殺人薬を飲ませたことを、けっして悟らせまいとして。

「あの子がいたら、彼は幸せになれない。わたしを一番に愛せない」

くるりと、反転した。

おれは間違っていた。臼杵志保という女を、完全に見誤っていた。

暴行の被害者という人形をかぶり、殺人の協力者という人形をかぶり、強い愛情をもった人間という人形をかぶり、しかしそれらに覆われていたのは、六條の理解を超えた欲望だった。

「生森さんを待つ間、香取の死体を見ながら、これでようやく真菜ちゃんに勝てたんだって思ったんです」

六條は確信する。生森の代わりに香取を殺したのは献身などではない。独占するためだ。臼杵の欲望は、生森を手中に収めることだけを求めていた。

「彼があんな提案をしてくるとは考えてもいなかった。――うれしかった。わたしを守るためにそうしてくれたんだって。殴られる痛みも気持ちよく思えるくらいに」

臼杵の頬が、ほのかに赤らんでいた。

「けど、そうじゃなかったんですね。わたしのためなら、弓削を殺す必要なんてないもの」

大きな瞳から一筋の涙が流れ、六條は吐きそうになる。

「やっぱり彼の一番は、真菜ちゃんだった」

頭の片隅で思う。彼女の怒りの矛先(ほこさき)は、生森を捕えて離さない、真菜に刺さっていたのだ。生森を復讐に駆り立てる動機そのものに、怒っていたのだ。

マトリョーシカを遺体と一緒に埋めたのは次の殺人のためじゃない。真菜への弔いでもない。埋葬――。彼女の目的は、永遠に消すことだった。真菜という存在を。なのに真菜の血で染まった人形は残していた。処分せず、手もとに置いておいた。

この血塗れの人形は臼杵にとって、勝利の証だったから……。

呆然とする六條の前で、臼杵が自分のスマートフォンに触れた。六條は動けない。

チャイムが鳴った。どんどんとノックの音が響いた。六條は動けない。

携帯をテーブルに置き、臼杵が紅茶を口にする。一気に飲み下す。六條は止められない。

ほのかに香るアロマの香り。ヴァニラの香り。

3

午後三時、彦坂は臼杵志保の死を六條の電話で知った。

〈服毒のようです。薬品はまだわかってませんが〉

おそらく紅茶の、ミニポットの中に……と歯噛みするような声で伝えてくれた。

麻布の店へ聞き込みをするつもりで走らせていたホンダを路肩に停め、彦坂は言葉にならない唸りをあげた。その死以上に、六條が語る臼杵の告白に眩暈を覚えた。

〈裏を取る必要はありますが、おそらくほとんどが事実でしょう〉

殺人ビジネスに加担していた林美帆を通じ、臼杵志保はヴァニラを手に入れていた。

それを使い、生森真菜を殺害した。おぞましい嫉妬心から。

〈臼杵のスマホから、麻布の店について生森へメールが送られています。林の連絡先もです。返信はありませんが、生森は読んでいるでしょう〉

ほかにも、と六條は続けた。

〈すごい数のメールが送られています。今日の夕食の献立から、熱いラブコールまでさまざま〉

同じくらいかけている電話も含め、すべて返信はなく、応答もされていなかった。

〈それが臼杵には耐えられなかったんだと思います。彼女が林のマンションを訪れたのはたぶん、同じことをするためだった〉

香取を殺した時と同じこと。生森が復讐すべき相手を自らの手で殺める。彼を振り向かせるために手を汚す。身近にいる標的が林美帆だった。

林が身を隠したせいで、臼杵には手段がなくなった。六條に追いつめられ、生森の気持ちを悟り、死を選んだ。

〈林への発信もありました。おれと辰巳さんが、最初に会いに行った直後です〉

応答の履歴はなし。ゆえに臼杵はマンションへ出向いたのだ。

林美帆が県警に連絡を寄越してきたのは、遺体とともに埋められたマトリョーシカの確認のためだ。彦坂からマトリョーシカの写真を見せられ、事件の犯人を確信したのだろう。臼杵の連絡を無視し、仕事を休んだ。自宅を訪ねられ、身を隠す決心をした。

〈残念ながら、林の行き先は聞き出せませんでした。臼杵も知らなかったのでしょう〉

おそらく――と六條は続けた。

〈臼杵の犯行が、生森の退路を断ってしまったんです。生森にとってのマトリョーシカは、次の犯行の決意表明だった。遺体と一緒に埋めたのも、ヴァニラの小瓶を入れたのも、ほかの人形を残しておいたのも。奴はきっと、臼杵だけでなく、自分も手を汚さなくちゃならないという思いで……〉

六條の声が途切れた。重たい沈黙が、彼の疲労を雄弁に物語っていた。

「大丈夫か？」

〈……わかりません。とりあえず今から、辰巳さんと一緒に報告という名目の取り調べを受けることになります〉

彦坂さん――。

〈おれにはわからない。本当にわからない。組織とか政治とか、そんな大きな話がわからないのはいい。手が届かなくても仕方ないでしょ？　でも人間が……、人間がわからなくなりました〉

「おれだってそうだ。みんなそうだ」

六條は答えなかった。電話の向こうでうなだれる若者の姿が見える気がした。

「こないだ、なんで刑事になったのかって訊いてきたな」

世田谷のマンションで林美帆に会った帰りに。

「成りゆきだ。刑事になったのはなんとなくだ。だが、続けてきたのは成りゆきじゃない」

自分の声が、やけにはっきり聞こえた。

「なんとかやっていくんだ」

中途半端であろうと、迷いながら、できるだけ格好をつけて。

「六條くん、踏ん張れよ」

わずかな間を空け、お役に立つかはわかりませんが――と、絞り出すような声がした。

〈臼杵は林のことを『さみしがり屋』だと言っていました。林が姿をくらましたなら、誰か知人のところへ身を寄せているかもしれません〉

それと――。

〈自殺の直前、彼女は生森宛にメールを送っています〉

『さようなら、愛しています』

〈調布署に、臼杵の知人を名乗る人物から所在確認の連絡があったそうです。間違い

なく――〉

生森だ。彼は臼杵の死を知った。

「わかった。ありがとう」

電話を切って、彦坂は天を仰いだ。もしも自分があの時、林美帆の相談をきちんと取り合うよう井岡に助言したなら、どうなっていたのか。

香取の死を止めることはできただろうか。生森の怒りを鎮めることはできただろうか。臼杵志保の歪んだ魂を救う術はあったのだろうか。

わからなかった。すべては結果論なのかもしれなかった。

わかっているのは、犯した小さな間違いを、間違いで覆ったことだ。二つ目の間違いに、また間違いをかぶせた。そうやって次々と、間違いは大きくなっていった。

一番最初のきっかけは、怒りだった。香取たちに対する怒り。力なき患者を自分たちの都合で死に追いやった彼らを許せないという想い。自分の息子も同じ目にあったかもしれないという想い。その気持ちを否定はしない。今も彦坂に、香取や弓削への怒りは残っている。

人間がわからなくなったと六條は言った。その通りだ。しかし、そこからやっていくほか、方法などないじゃないか。偉そうなことをいう資格がないのは痛いほどわかっている。おれは取り返しのつかない過ちを犯した。

けれど、だからといって諦められるほど、人生は軽くない。

生森を止めたい。たとえ望んだ結末にならずとも、彦坂にとってはそれがぎりぎり通したいわがままであり、ケジメなのだ。

頭を整理する。林が知人のところへ身を寄せているとすれば、相手はきっと女性だろう。ソバージュの女性以外に思いつくのは青葉台で暮らしていた元同居人くらいだが、居場所を突き止めている時間はない。

しかしどのみち、探し当てるしかない。

そう決めた時、電話が震えた。

〈井岡さんから連絡がありました。その報告と、ご紹介いただいたお礼です〉

すっかり無視し続けていた坪巻の声には多少の皮肉と、わずかな礼節があった。

「義理を果たしただけだ」

〈ならお返しを。つまらない情報かもしれませんが、林美帆という女性についてです〉

調べに行き詰まり、彼に頼っていたのを忘れていた。

〈ネット通販の化粧品会社というのがいいヒントでした。前にも登場した経済通の知り合いが、ちょうどそっち方面の記事を書こうとしていたもんで〉

「林美帆の名があったのか？」

〈そこまではわかりません。今時は有象無象、個人でやってる通販まで含めたら星の数ほどありますから〉

「坪巻くん」

〈ああ、すみません。回りくどいのが悪い癖でして。社名で一つ気になるのがあったんです。小さな会社ですが、いちおう事務所も設けている。『プラトーク』というんですが〉

「『プラトーク』？」

〈ロシアの農婦がかぶってるストール、頭巾の呼び名です。スタンダードなマトリョーシカの絵柄は、たいていこいつが描かれているそうです。代表は玉尾優香（たまおゆうか）となっています〉

「――場所は？」

横須賀市の住所をメモに取りながら、携帯を潰れるほど握り締めた。

〈ついでにもう一つ。この会社の売り文句は、医師免許をもったアドバイザーを抱えてることだそうです〉

「坪巻くん。今、栃村の手帳を持っているか？」

〈ご両親から借り受けていますが〉

「どこかに『ＲＹＵ』と書かれていないか」

〈……あります。R、Y、U〉

彦坂は大きく息を吐いた。

「恩に着る」

〈こちらこそ。ただし、井岡さんのインタビュー記事に手心を加えるつもりはありませんので〉

その声は、胸を張っている者の響きだった。

「もちろんだ」

彦坂はエンジンをかけ、乱暴に車をUターンさせた。

迷いはなかった。『プラトーク』の代表を務める玉尾優香は、かつて林が青葉台で暮らしていたマンションの世帯主だ。

高速道路に乗り、しばらく走って後悔した。事故による渋滞を示す頭上の掲示板に気づいた時、すでにホンダは鮨詰めの車列に埋もれてしまっていた。くそっ、とハンドルを叩き、土曜日か、と思った。

遅々として進まない前方車両のテールを眺めながら、じりじりと時間が過ぎた。まだ横浜市にも達していない。この調子だと、到着は六時を過ぎるだろう。

自分がそこへ向かうことに迷いはない。一方で、この情報を春日や八王子署に伝えるかどうかは決めかねていた。確証があるわけではなく、何より組織への疑念が、彦坂の中に根を張ってしまっている。

しかし麻布の時のように、生森を取り逃がしたらと思うと背筋が凍った。辰巳や六條は動けない。井岡に頼むことではない。どうする？

「――おれだ。頼みがある。手の空いてる者を何人か連れて至急、横須賀へ来てくれ。動ける奴がいい。詳しい事情は後で話す。見込み違いの無駄足になるかもしれんが、責任は、おれが取る」

〈ヒコさん〉電話口の向こうで、輪島がため息まじりに言う。〈こっちはね、あんたのその命令をずっと待っていたんです〉

日が暮れるまでには必ず――。そう言い残し、輪島は通話を切り上げた。

息を吐き、狭い車内の天井を仰ぐ。背中を丸めたヒコ岩はやめだ。動かねばならない。

思い立ち、握ったままの携帯を操作した。

『しばらく帰れないかもしれない。あるいは長い休暇になる。どちらにしても、胸を張って健一に会いに行くつもりだ』

塔子にメッセージを送信し終えると、のろまな車列がわずかに動き始めた。

高速を降りるまでに予想以上の時間がかかった。目的地まで16号線を走る。妙な縁を感じずにいられなかった。

小川町のビルの近くで、すでに覆面パトカーが待機していた。

「会社は五階です。まだ営業しているようですぜ」と、輪島が出迎えてくれた。

居並ぶ円谷、甲田や佐伯たちへ無言で目礼をし、彦坂は言った。

「細かな説明をしている暇はない。このビルに入った『プラトーク』という会社に生森が現れる可能性がある。目的は林美帆という女性の殺害だ」

じん、と緊張感が走った。

「降りたい者はそうしてくれ。後からとやかく言うつもりはない」

男たちは特に言葉を発せず、次の指示を待っている。

その面構えを見て、彦坂もまた腹を括った。

「甲田、佐伯。お前らはここで待機。生森が来たら後を追え。気づかれた時は問答無用で拘束しろ」

二人が厳しい表情で頷いた。

「輪島」

「玉尾の住所なら調べてあります。下手をしちゃアレなんで連絡は取ってませんが」

玉尾が林を逃がす可能性もあり、接触は慎重かつ速やかに実行せねばならない。彦坂の考え通りに動いていた輪島に対し頼もしさを覚える。

「円谷と一緒にそっちを張ってくれ。林美帆に接触するチャンスがあったら任意同行を願え」

「断られたら？」

「判断は任せる」

輪島がニヤリとする。

「ヒコさんは？」

「町を流す。おれは奴のバイクをこの目で見ているからな」

「了解。ただしお互い、無茶はほどほどでいきましょう。命あっての物種だ」

一同の緊張感が増した。生森がどんな凶器を携えているか、最悪のケースまで想定する必要があった。一方の彦坂たちは丸腰である。

「生森か林、もしくは玉尾を見かけた者はおれに連絡を入れろ」

彦坂は小さく息を吸った。

「捜一の意地を見せるぞ」

皆の目に火が灯る。ホシを捕まえる——その不気味な欲望の炎だ。

彦坂はホンダへ戻り、辺りを走らせた。横須賀は新米の頃、交番勤務をした土地だ。多少の変化はあれど、だいたいの地理は頭に入っていた。

横須賀街道を日の出町一丁目の交差点で右折し、玉尾優香の自宅マンションがある横須賀中央駅前へ、そこから26号線を北上、本町一丁目交差点で再び横須賀街道に合流する。このルートで何周もホンダを巡回させながら、すれ違う車両や沿道の人々に目をやった。特に駅前は人の数も車両の数も多く、流してすべてを見極めるのは難しかった。

何事もなければと祈りつつ、自分の勘の正しさを願ってしまう。これもまた刑事のジレンマだった。

時刻が七時を回った頃、佐伯から電話がかかってきた。

〈玉尾優香がビルから出てきました。一人です〉

「よし、後を尾けろ。甲田はそのままそこで待機。生森が来るかもしれないからな」

了解、と電話が切れ、彦坂は輪島にこの情報を伝えた。

「玉尾がそっちに着いたら、林を匿(かくま)っているかどうか話を聞こう」

〈それなんですが……〉輪島の声に戸惑いがあった。〈どうも部屋には誰もいないみたいで〉

別の場所に匿っているのか、もしくは完全なる彦坂の勇み足か。

「――続行だ。まだ奴が現れる可能性はある」

言いながら、嫌な予感が膨らんでゆく。馬鹿馬鹿しいとは思うが、ゲンを担ぐ刑事の習性で、よりによっての渋滞が気にかかる。

出遅れた彦坂に比べ、生森には丸々二十四時間以上の猶予があった。林の連絡先は臼杵から伝わっている。すでに林と接触している可能性は否定できない。

佐伯から再度入電。玉尾優香は自宅へ向かわず、徒歩でよこすか海岸通りへ進み、道沿いのダイニングバーに入ったという。

〈追いますか？　わたしの見てくれでは目立ってしまいそうな雰囲気ですが……〉

「同席者の確認は絶対だ。店を間違ったふりをして中をのぞいてくれ」

その結果、彼女とともにテーブルに着いていたのは女性だった。

〈歳は三十過ぎくらいでしょうか。背中越しなので顔は見えませんでしたが、長い黒髪です〉

林かもしれない。

「すぐ行く」

ちょうど海岸通りにつながる交差点を過ぎたばかりだった。彦坂はホンダをいささか強引にUターンさせた。

その時。

自分の中の警報が鳴った。強烈な違和感。バックミラーに目をやる。しかしその正体はわからない。

答えを見つける前に、今度は明確な驚きが彦坂を襲った。

ホンダを追い越していく、カウルのついた黒いバイク。

息が止まった。拳で額を打つ。落ち着け——。

彦坂は電話を取った。

「生森が現れた。黒のバイクで海岸通りへ向かっている。店に入って玉尾を護衛」

佐伯が短く、了解、と応じ電話を切った。

彦坂の目はバイクから離れなかった。憶えたナンバーを何度も口もとで呟く。つかず離れず、距離を保つのにじりじりした。間もなくバイクは玉尾優香が入ったと思しきダイニングバーに達した。そしてそのまま通り過ぎた。

違うのか？

玉尾優香とともにいるのは林美帆でない？　それともバイクが生森ではないのか。

バイクが小学校前の交差点を左折した。そのまま真っ直ぐ進んだ。その先に、公園がある。岸壁に巨大な記念艦『三笠』を有する三笠公園。

ここだ。ここで、生森は林と会おうとしている。

バイクが小道を行き、車での追尾が不可能になった。

すぐさま電話をかける。

「輪島、円谷を連れて三笠公園に来い。タクシーを使ってもいい」

〈わりと道は混んでますよ〉

「なら走れ！」

携帯をバイブレーションに切り替える。ホンダを乗り捨て、彦坂は歩いた。変装の道具を用意しておけばよかったと悔やんだ。

真っ平らな三笠公園には遮蔽物がほとんどない。時刻は八時過ぎ。行き交う人はまばらで、空気はのんびりとしていた。

握った携帯が震えた。佐伯だ。

〈玉尾と同伴の女性は林ではありませんでした〉

現在の恋人なのだという。

〈林に頼られたことは認めました。自宅ではなく駅前のホテルを取ってやったそうです〉

「彼女の所在は？」

〈不明です。ホテルに電話しましたが、出かけています〉

くそっ！

「玉尾を自宅に送れ。お前から甲田に三笠公園へ来るよう――」

そこまで言った時、彦坂の声と足が止まった。

岸壁の戦艦と広場を挟んで設置されている蒸気機関車の模型。これが飲み水タンクであると交番時代に知った。

そこに女性が立っている。黒のパンツスーツを着込んだ彼女の、長い髪が浜風に揺れている。

両手に収まらないほどの、マトリョーシカを抱えて。

「林さん」

話しかける前から、彼女はこちらに気づいていた。たおやかな微笑みが彦坂を迎えた。

「またお会いしましたね。そんな気はしてましたが」

彼女の口調に乱れはなかった。

「近くに生森がいます」

「存じています」

「あなたを狙っている」

「そうですね」

「保護させてください」

「必要がありますか？」

「必要？」

「志保さんは亡くなったのでしょう？」

「……なぜ、それを」

「生森さんからメールで。彼女の遺品を渡したいから会おうと。このマトリョーシカは待ち合わせの目印です」

彼女が抱えるマトリョーシカは無表情に涙を垂らしている。香取、弓削、今西、臼杵志保……そして林が抱える一体。生森の持つ二体を合わせ、マトリョーシカは七体あったのだ。

もちろん、と林は続けた。

「わたしを呼び出す口実でしょう」

「なら——」

「不思議ですね。志保さんを恐れて逃げ出したのに、彼女が亡くなったと聞かされたとたん、何もかもどうでもよくなるなんて」

薄く透明な肌からは、いささかの温度も感じられない。欲も見栄も見いだせない。手をのばせば届く距離で向かい合ううち、疑問が口からあふれた。

「なぜ、あなたのような人が殺人ビジネスに加担したんです？」

破滅と隣り合わせの暴挙を犯す欲望が、どうしても目の前の女性とつながらなかった。

うっすらとした笑みが返ってきた。

「理由なんてありません。計画を洩らされた時点で選択肢は一つでしたから」

断れば命すら危うくなる。ヴァニラと悠太郎の血液を隠し持ったのは保険だったのだ。

「幸い、怪しまれたのは一度だけでした」

「栃村という記者ですね？」

「お客のふりをしてやって来たんです。わたしのことは調べてあると伝えたかったのでしょう。帰りがけにマトリョーシカを見せられました。いかにもセンスのない安物でしたが」

そして栃村は囁いた。あなたたちがしたことを知っている、と。

「相手にしませんでした。たとえ香取さんたちが白状したって、わたしはシラを切り通せばいい。どうせ証拠はないんです」

「その大事な証拠――ヴァニラの小瓶を臼杵に譲ったのはなぜです？」

林の瞳が、真っ直ぐこちらを向いた。

気圧されまいと、彦坂は見返す。

「あなたに、香取たちを脅迫する必要なんかない」

大病院の医師だったのだ。それなりの蓄えはあっただろう。そんな人間が、自らも加担した殺人ビジネスをネタに脅迫を行うなんて馬鹿げている。

「まして臼杵を誘う必要はなかったはずです」

およそ役に立ちそうもない看護師を巻き込んだ理由――。

「初めから、彼女のための脅迫だったんですね？」

離婚の金を欲していた臼杵を助けるためだったのだ。たんに金銭的な援助をするのではなく、まるで自らの献身を証明するかのように、林は危険な橋を渡った。

「結果、あなたは病院を去ることになった。臼杵のために、医師の身分を犠牲にした」

「汚い職場に倦んで、投げ出したくなっただけです」

「苦労して手に入れたお仕事のはずだ。弟さんは、そんなあなたを尊敬してらした」

「あの子の目に映っていたのは、きれいな色に塗られたわたしです」林の黒髪を、涼しげな風がさらった。「言われるまま目指した仕事に、思い入れなどありません」

それも嘘ではないだろう。しかし――。

「涙目のマトリョーシカ」

彦坂は林と、彼女が抱く人形を見つめた。

「どうして臼杵にあげたマトリョーシカの、一番大きな一体を手もとに置いておいたんです？」

「手放すのが惜しくなった――ではいけませんか？」

「しかしそれは空っぽだ。あなたが嫌だとおっしゃっていた、空っぽの人形だ」

林から笑みが消えた。

「それでもあなたは、手もとに残した」

どんな場合に、人はマトリョーシカを分け合うのか。

自分なら、と彦坂は思う。自分ならきっと、家族と分け合う。離れて暮らす家族と、それでもつながっていると信じるために。

「臼杵に、想いを寄せていたんですね」

ゆえに県警に相談した。臼杵を殺人犯にしないよう手を打った。香取が失踪したのちも臼杵の名を隠し通し、彼女の罪を隠すため、遺体のそばにあったマトリョーシカをほしがった。

ここにも歪んだ愛情があったのだ。

そして臼杵は、それを利用した。

林は黙ったまま、ただ凛と立っていた。

「なぜ、彼女の言いなりになったんです？」

「言いなり？」

初めて彼女が、感情をこぼした。

「彼女の話を聞いて、ぜんぶわたしが勝手にしたことです」

目を伏せ、マトリョーシカをさする。

「このマトリョーシカ。これだけがただ一つ、志保さんから頼まれたものでした。子どもが喜ぶような、とびっきりのやつをくれって。わたし、うれしかった」

おかしいでしょ？　と笑む。

「見返りは何もなし。ありがとうの言葉さえ、もらったことがないんです。あんなわがままな人、ほかに知りません。……憧れていたのでしょうね。あの純粋な、自分勝手さに」

かすかに夜空を仰ぐ林の、血の通わない首筋に目が吸い寄せられる。

「彼女、熱いんです。その熱に、わたしは触れたかった」

彦坂に、その言葉の意味はわからない。

「……すべて警察に話してください。そうすれば――」

「どうなるんです？」

答えられなかった。どうにもならないと認めてしまいそうになった。

「彦坂さん」

穏やかな、それでいて強固な声。

「わたしにはもう、ほしいものがありません。空っぽの人形です」

彦坂は言葉を失った。目の前の女性は、一片の温もりもなく静かに微笑む、人間の形をした容器だった。

届かない。こんなに近くにいるのに。

がうん！

轟音が響いた。とっさに林に抱きついた。押し倒した拍子に、彼女が抱えたマトリョーシカが地面を転がった。

林に覆いかぶさったまま振り返ると、広場の中央で黒いTシャツの男がゆらりと立ち尽くしていた。生森だ。

がうん！

生森の身体が跳ねた。その手に握られていた物が落下する。マトリョーシカ。

二発の銃声は、彼の背後から。

身体を揺らしながら、生森はこちらへ近づこうとし、そのまま崩れ落ちた。

彼が倒れた向こうに、拳銃を構えた男がいた。

彦坂の頭の中で火花が弾けた。

「バカヤロウ！」

立ち上がり、拳銃を構えた男へ駆ける。

固まったように動きをやめていた彼が、条件反射のように彦坂へ銃口を向けた。恐怖はなかった。怒りだけが彦坂を動かしていた。

目の焦点が合っていない本郷を、彦坂は殴りつけた。

「バカヤロウっ」

もう一度怒鳴った。

尻もちをついた本郷が、奥歯を鳴らしながら答えた。

「……責任を、取らなくちゃと、思って」

その目が涙で滲んでいた。

すべてわかった。今西の火事の時に生森を取り逃がした負い目を抱えていた本郷に、何者かが吹き込んだのだ。自分の手で片をつけろ、と。

だから拳銃を携えて、彦坂を尾行していた。彦坂が生森にたどり着くかもしれないと踏んで。

おれのせいだ。おれが、こいつの尾行に気づいていれば……。

坊主頭の円谷が走ってきた。その後ろを豆タンクの輪島が追ってくる。

「こいつを頼む。それと救急車を」

円谷に命じ、輪島を向く。「あそこの女性を。林美帆だ」

輪島が目で頷き、彦坂を追い越していった。林は呆けたように、仰向けに倒れたまま空を見上げていた。その心のうちを、彦坂が推し量(はか)る術(すべ)はない。

生森に駆け寄る。

「しっかりしろ！」

銃弾が、脇腹と胸の辺りにめり込んでいた。瞬間、駄目だ、と感じた。

仰向けにし、膝で頭を支えてやる。

「生森っ」

「ああ……あんたか。しつこい男だ」

生森が弱々しく微笑んだ。

「なんで……」

ぶつけたい想いはたくさんあった。ありすぎて、言葉にできない。

「なんで、こんなことを……」

生森の笑みが消えた。虚ろな目が、夜空を捉えていた。

「こんなことしたって、どうにもならないじゃないかっ！」

生森が息を吐く。「そうだな」と。

「志保さんには、悪いことをした。あの人を、おれは利用してたんだ……」

彦坂は奥歯を嚙み締めた。

「あの人は、おれを好いてくれた。そんな人、妻以外に初めてだった。そんな人を、おれは殴った。殴って言うことを聞かせたんだ」

この期に及んで、生森は臼杵の罪を隠そうとしていた。

「……うれしかった。彼女が真菜のことを、可愛がってくれたことが……。あの人は、真菜のために、金まで貸してくれた。最新の治療を受けられるようにって……」

違う。違うんだ。その金は彼女が香取たちから巻き上げたものなんだ。真菜のためじゃなく、お前の気持ちを捕らえたかっただけなんだ。おぞましい独占欲に囚われて、ゆえに彼女は真菜を、あんたの娘を殺したんだよ。あんたは騙されたまま、こんな取り返しのつかない犯罪を犯してしまったんだ――。

虚しさが満ちた。臼杵も死に、自らも死にかけている生森を前に、真実を伝えることが、いったい誰の、なんのためになるのか。

「おれは……」生森が続けた。「彼女と真菜の三人で、暮らせたらと……」

「ああ」と、彦坂は返した。「そうだな」

生森の目から力が失われてゆく。かすんでゆく。

円谷に叫ぶ。「救急車はっ！」

すぐに来ます！　と怒鳴り声が応じる。

「生森。後でじっくり聞いてやる。だからもう――」

「……んだ。真菜は」

「喋るな！」

その時、生森の瞳が大きく開いた。消えかけていた光が戻り、手のひらが、彦坂の腕を痛いほど強く握った。

「血を……」身体の底から、絞り出すような声だった。「真菜は、血を吐いたんだ」

返してやれる言葉はなかった。脳裏を健一の顔がよぎり、彦坂は唇を噛んだ。

生森が、自分の胸もとに手を当てた。ネックレスを摑み、力任せに引きちぎった。

「これを」

チェーンの先にぶら下がっている、マトリョーシカ。一番小さな、最後の一体。中には何もないはずのその人形を、生森は逆さに向けた。

底に蓋がしてあった。

「取って、くれ。頼むよ」

「わかった。わかったから」

言われるまま蓋を外した。穴が空いていた。その中に、紙片がくるまっていた。指を突っ込み、丸められたそれを取り出した。

紙片を広げ、彼に握らせた。

写真だった。

三十代くらいの女性と、小学生くらいの女の子が頰を寄せ合い、微笑んでいる。ツツジと思しき花が咲く、山の中で。

「……可愛いだろ？」

生森が目を閉じた。彦坂はもう、彼の名を呼ばなかった。

頭上を、飛行機が通過してゆく。彦坂の手の中で、一番小さなマトリョーシカが涙をこぼしている。

とある日の新聞記事――

ムラナカ製薬の元営業部長だった今西民雄(いまにしたみお)さん（55）が入院先の病院で亡くなった。死因は心不全とみられている。

解　説

大矢博子

呉勝浩はどんな小説を書く作家か。

一言で答えるなら、本格ミステリと社会派の融合である。アクロバティックな論理展開で読ませるケレン味たっぷりの本格ミステリの構造と、社会の現実を抉る強いメッセージ性を併せ持つのが、呉作品の特徴だ。

では、呉勝浩は何を書く作家かと問われたら。

私は〈抵抗〉を書く作家だと答えよう。どうしようもない理不尽に対する抵抗、変えられない過去に対する抵抗、消せない後悔に対する抵抗。その先に何があるのかを、呉は描き続けている。

この手法とテーマが、呉勝浩という作家の特性である。そして本書『マトリョーシカ・ブラッド』は、その特性が色濃く出た一編と言っていい。

物語は一本の匿名通報から始まる。神奈川県と東京都の境にある陣馬山に、五年前に遺体を埋めたという内容だった。〈埋まっているのは香取富士夫だ〉という言葉に、神奈川県警の刑事・彦坂誠一は愕然とする。

　香取はかつて四人の死亡者を出した薬害事件の中枢にいた医師だった。被害者団体との和解は成立したものの、世間の激しいバッシングに晒される。そして香取は失踪、そのまま行方がわからなくなっていた。逃亡したのだとばかり思っていた。

　その香取が殺されていた――。しかし彦坂を追い詰めたのはその事実だけではない。実は香取が失踪する前、愛人だという女性から、香取に身の危険が迫っているかもしれないという相談を受けていたのである。だが説明が曖昧で具体的な被害もなく、本人を寄越すこともできないと言う。そんなあやふやな話では動けない上、薬害を起こした香取への反感もあり、彦坂は担当の井岡ともども彼女の相談を「なかったこと」にした。それが五年前のことである。身の危険を訴えられたにもかかわらず握りつぶした、その人物が殺されていたわけで、とんでもない失態だ。

　さらに事件は続く。今度は八王子で薬害事件の関係者が殺された。死体の状況と残された手がかりから連続殺人であることは間違いない。被害相談の不受理が連続殺人事件に発展したことがばれたら、県警を揺るがす大不祥事になってしまう。彦坂と上司の春日はその一件を隠したまま捜査を進めようとするが、第二の事件は警視庁の管轄だ。共同での捜査となるのは必定。そして警視庁の警部補・辰巳は彦坂の言動に疑いの目を向け――。

と、少々長くなってしまったが、これが本書の導入部である。

まずは本格ミステリの側面から見ていこう。二件の死体の側にはともに同じ絵柄の、サイズの違うマトリョーシカが置かれていた。マトリョーシカとは大きな人形の中に小さなサイズのサイズのものが複数入れ子になっているロシアの民芸品だ。死体の側に置かれた血まみれの人形――横溝正史もかくやというような、なんともワクワクするケレンではないか。このマトリョーシカが何を意味しているのか、謎解きの興味を惹くことこの上ない。

加えて、香取殺しと第二の殺人の間に五年ものブランクが空いたのはなぜなのかという謎もある。また、浮かんだ容疑者には鉄壁のアリバイがあった。謎が謎を呼び――ここから先は後半の展開にかかわるので具体的には書けないが、二転三転する展開に何度も驚かされること必至。「なるほど、そういうことか！」と膝を打ったのに、それがまたひっくり返されたりするわけで、まったく油断がならない。実に凝った構成のミステリなのである。

その謎解きをさらに面白くしているのが、本書の警察小説の側面だ。

これまでも呉は複数の警察小説を書いているが、これはその中でも特に真正面から警察組織を取り上げた作品となっている。警視庁と神奈川県警の縄張り意識と競争意識、本庁と所轄の関係、そして不祥事隠し。意地の張り合い、足の引っ張り合い。至るところで生まれる不協和音。事件そのものを隠したい神奈川県警と、それを暴きたい警視庁。警察という組織の持っている暗部がこれでもかと描かれ、読み応えは抜群だ。

彦坂の被害相談不受理の一件を含め神奈川県警と警視庁が互いにすべての手札を出せばすんなり進むはずの捜査が、双方のメンツのせいで情報が集まらない。大事な情報を隠したまま、彼らは真犯人に辿り着けるのか。本格ミステリの興奮と警察小説のリアルが最高の形で融合した一冊と言っていい。

ちなみに「WEB本の雑誌」のインタビューによれば、呉は小学生のときに有栖川有栖の『月光ゲーム』『孤島パズル』に出合い、クリスティの『アクロイド殺し』に「とどめをさされ」、中学では大沢在昌の「新宿鮫」シリーズを追いかけたという。なるほど納得のラインナップだ。

さて、エンターテインメントとしての面白さはここまで説明してきた通りだが、ここで注目すべきは、彦坂は決して保身のみに走る刑事ではないという点にある。むしろまっとうな職業意識を持つ刑事だったのだ。しかし五年前の被害相談を握りつぶした一件が彼の心に染みを残す。

「自分と井岡がしたことはせいぜい過失だ。しかしここで事実をのみ込むことを、過失とは呼べない」

そう思いながらも組織のしがらみで隠さざるを得ないことへの葛藤（かっとう）。彦坂のこの言葉は決して彼だけのことではないし、警察だけのことでもない。私たちの普段の生活の中でも、似たようなことはある。失敗を嘘で糊塗（こと）し、それを隠すためにまた嘘をつく。事態がどんどん悪くなることはわかっているのに引き返せない自縄自縛（じじょうじばく）。重要な小道具として使われるマトリョーシカは、嘘を嘘で隠し、またそれを嘘で隠していく様子のメタファーに他ならない。

彦坂は自らのマトリョーシカを割ることができるのか。組織から出ることはできず、けれど自分の正義感に完全に蓋（ふた）をすることもできず、組織のしがらみの中でどう自分の信念を守るのか。呉が描き続けているテーマ〈抵抗〉が、ここにある。どうしようもない理不尽に対する抵抗、変えられない過去に対する抵抗、消せない後悔に対する抵抗。

彦坂だけではない。登場する刑事たちひとりひとりが、自分の信念と組織のしがらみの間にいる。それぞれが自分の信じる道をどのように模索するのか、組織の中にいて自分の正義をまっとうするにはどうすればいいのか。それが本書の核になる。複数の刑事たちの〈選択〉を、どうかじっくりと見届けていただきたい。

中でも、彦坂と並んで強い印象を残すのが八王子署の若き刑事・六條である。「みんなを幸せにしたい」という思いで刑事を志したが、組織のしがらみにやや辟易気味。正義感の持って行き場がない。さらに彼の実家は資産家で、刑事を辞めても裕福な生活が保証されている。組織にしがみつく必要のない彼が実にいいスパイスになっているとともに、その変化も読みどころのひとつだ。

このような異なる世代を組み合わせるやり方は、呉の得意技である。たとえば『蜃気楼の犬』（講談社文庫）には老練な刑事と理想に燃えるルーキーのコンビが登場した。青臭いほどにまっすぐなルーキーの正義感を、初老の刑事は心配するとともに眩しく見つめている。『おれたちの歌をうたえ』（講談社）は、戦中派に薫陶を受けた中年の男が、自分の知識や価値観を平成生まれの若者に伝えるという構図が全体を貫く芯になっている。

また、警察内のしがらみや到底手の出せない巨悪に対しての足掻きは、交番警官を主人公にした『ライオン・ブルー』（角川文庫）にも共通するテーマだ。これも後悔を抱えた警察官が自分の進むべき道を模索する物語である。

もちろんそれらすべてに本格ミステリの大仕掛けが用意されていることは言うまでもない。ぜひ本書と併せてお読みいただきたい。

トリッキーな謎解き、重厚な社会派ドラマ、そして傷を抱えながらも自らの信念を貫こうとする闘い。そのすべてが呉勝浩にはある。後悔という名のマトリョーシカを一体ずつ剝いでいった先に待ち受ける衝撃の結末に、あなたは何を思うだろうか。

二〇二二年四月

この作品は2018年7月徳間書店より刊行されました。

なお、本作品はフィクションであり、実在の個人・団体などとは一切関係がありません。

徳間文庫

マトリョーシカ・ブラッド

2022年5月15日 初刷

著者 呉（ご） 勝浩（かつひろ）

発行者 小宮英行

発行所 株式会社徳間書店

東京都品川区上大崎三―一―一
目黒セントラルスクエア 〒141―8202

電話 編集〇三（五四〇三）四三四九
販売〇四九（二九三）五五二一

振替 〇〇一四〇―〇―四四三九二

印刷
製本 大日本印刷株式会社

ISBN978-4-19-894740-8

徳間文庫の好評既刊

顔 FACE

横山秀夫

「わたしのゆめは、ふけいさんに、なることです」小学1年生の時の夢を叶え警察官になった平野瑞穂（ひらのみずほ）。特技を活かし、似顔絵捜査官として、鑑識課機動鑑識班で、任務に励む。「女はつかえねぇ！」鑑識課長の一言に傷つき、男社会の警察機構のなかで悩みながらも職務に立ち向かう。描くのは犯罪者の心の闇。追い詰めるのは「顔なき犯人」。瑞穂の試練と再生の日々を描く異色のD県警シリーズ！

徳間文庫の好評既刊

默過
下村敦史

移植手術を巡り葛藤する新米医師――「優先順位」。安楽死を乞う父を前に懊悩する家族――「詐病」。過激な動物愛護団体が突き付けたある命題――「命の天秤」。ほか、生命の現場を舞台にした衝撃の医療ミステリー。注目の江戸川乱歩賞作家が放つ渾身のどんでん返しに、あなたの涙腺は耐えられるか。最終章「究極の選択」は、最後にお読みいただくことを強くお勧めいたします。